Auf die Liebe, die uns heilt

Vorwort

Eine zweite Chance...und die Geheimnisse, die sie bedrohen

Margie Clifton hätte nie gedacht, dass sie mit ihren achtundvierzig Jahren einen neuen Anfang wagen würde. Doch als ihr Bruder ihr sein Haus auf San Juan Island schenkt, entschließt sie sich, ihr altes Leben hinter sich zu lassen. Schließlich könnte es keinen besseren Ort geben, um ein Unternehmen zu gründen, ein zweites Zuhause für ihre erwachsenen Kinder einzurichten und sich von ihrer Scheidung zu erholen. Und wenn zu ihrem neuen Leben zufällig auch der wortkarge und gutaussehende Chief Deputy Sheriff gehört? Umso besser!

Emotionale Verstrickungen sind das Letzte, wonach Hank Kowalski der Sinn steht. Der Tod seiner geliebten Frau liegt erst zwei Jahre zurück und er weiß, dass seine Tochter eine neue Beziehung auf keinen Fall akzeptieren würde. Und doch ziehen ihn Margies ruhige Kraft und ihre Schönheit in den Bann und er fragt sich, ob ein Neuanfang – und vielleicht eine neue Liebe – genau das ist, was er braucht.

Aber Margie hat ein Geheimnis, ein dunkles Geheimnis, das dieses neue Leben zu zerstören droht, von dem sie träumt.

Bringen Margie und Hank den Mut und die Zuversicht auf, die Hindernisse zu überwinden, die zwischen ihnen stehen? Oder ist ihre zweite Chance auf ein glückliches Leben von Anfang an zum Scheitern verurteilt?

Boundary Pass
Waldron Island
Stuart Island
Spieden Island
Sidney Island
Posey Island
Haro Strait
San Juan Channel
Orcas Island
Lummi Island
Shaw Island
San Juan Island
Rosario Strait
Blakeley Island
Cypress Island
Guernes Island
Lopez Island
Decatur Island
Anacortes
N
S
E
W

Posey Island
Haro Strait
San Juan Channel
Westcott Bay
Saltwater Cove
San Juan Island
Friday Harbor
Lime Kiln
Cattle Point
N
W
E
S

Kapitel 1

Mit leisem Brummen schob sich die Fähre langsam auf San Juan Island zu. Margie zog den Reißverschluss ihrer gelben Regenjacke zu und verließ die warme Snackbar, um an Deck zu gehen. Der Wind fuhr ihr kalt ins Gesicht und zauste ihr Haar, doch das machte ihr nichts aus. Außer ihr war niemand an Deck und sie hatte einen wunderbaren Blick auf Friday Harbor.

Sie schloss die Augen und atmete tief durch. Hier war die Luft auf jeden Fall sauberer als in Seattle. Und der Ausblick auf die kleinen Inseln war atemberaubend, beeindruckender als der Puget Sound, die Bucht, an der Seattle lag, mochte sie auch noch so schön sein. Natürlich wohnte sie gern in der Stadt, wo sie sich eine Existenz aufgebaut und ihre Kinder großgezogen hatte. Aber die Kinder hatten längst ihr eigenes Leben und es war höchste Zeit, dass sie die Vergangenheit hinter sich ließ und zu neuen Ufern aufbrach.

„Margie? Margie Clifton? Bist du das?“

Margie wandte den Blick von den glänzend weißen Segelbooten in der Ferne. „Joan! Was machst du denn hier?“

Joan umarmte sie. „Ach, du kennst uns doch. Für einen Kurzurlaub zu zweit sind Ron und ich immer zu haben. Wie geht es dir? Was machen die Kinder?“

„Prima, uns geht es gut. Und euch?“

„Alles bestens.“

„Schön.“ Margie verstummte. Sie hatte nicht damit gerechnet, hier auf Bekannte zu treffen, und wollte sich nicht verplappern.

„Bist du übers Wochenende auf der Insel?“

Und auf Fragen zu ihren Zukunftsplänen war sie schon gar nicht vorbereitet. „Nein, ich – ähm, also, ich habe gerade ein Haus auf der Insel gekauft.“

„Ach, das ist ja wundervoll! In der Stadt oder …?“

„Nein, auf der Westseite der Insel.“ Vier Hektar, direkt am Wasser, aber das brauchte Joan nicht zu wissen. Es würde sich anhören, als wollte sie angeben, und eine Angeberin war Margie ganz sicher nicht. Sie sprudelte über vor Freude und Aufregung, aber es wäre zu kompliziert, die ganze Situation zu erklären.

„Ach, stimmt, dein Bruder wohnt dort draußen. Fliegt er nicht diese kleinen Flugzeuge, die zwischen den Inseln pendeln?“

„Ja, genau. Dass du das noch weißt!“ Genau genommen war er früher zwischen den Inseln hin- und hergeflogen. Inzwischen war er … aber das ging Joan nun wirklich nichts an. Und Margie eigentlich auch nicht.

Sie räusperte sich. „Übernachtet ihr in der Stadt?“

„Ja, wir sind zwei Tage hier, dann fahren wir weiter nach Orcas Island und danach geht es zurück nach Hause. Nur ein kleiner Trip zwischendurch.“

„Das hört sich gut an." Margie wusste, dass sie besser den Mund hielt. Wenn sie weiterredete, würde sie irgendetwas sagen, das sie besser nicht sagen sollte, und dann würde sie nicht mehr an sich halten können. „Tja, war schön, dich zu sehen, aber ich glaube, wir sind bald im Hafen. Ich gehe schon mal zu meinem Auto zurück."

„Natürlich. Ich fand's auch schön."

Margie winkte ihr rasch zu, bevor sie ins Innere des Schiffes hastete und die Treppe zum Parkdeck auf der untersten Ebene der Fähre hinabstieg.

Sie unterhielt sich gern mit Joan. Ihre ältesten Töchter waren in der Schule nur ein Jahr auseinander gewesen und so waren sich die Mütter zwangsläufig ständig über den Weg gelaufen. Sie mochte Joan.

„Aber das heißt nicht, dass du ihr deine ganze Lebensgeschichte erzählen musst", ermahnte sich Margie im Flüsterton, als sie sich hinters Steuer ihres Toyota zwängte. Als Erstes legte sie den Sicherheitsgurt an und musste dann über sich selbst lachen. Bis die Fähre anlegte, waren es mindestens noch zehn Minuten. Warum schnallte sie sich jetzt schon an? Für den Fall, dass es hier plötzlich zuging wie auf dem Autoscooter?

Sie löste den Gurt und öffnete das Fenster einen Spaltbreit. Dass Joan eine nette Frau war und ihre Kinder zusammen zur Schule gegangen waren, hieß nicht, dass Margie ihr etwas von dem Haus erzählen musste, das sie gekauft hatte. Als sie vor einem Monat den Deal mit ihrem Bruder Mike abschloss, hatte sie ihm versprechen müssen, die Einzelheiten für sich zu behalten.

„Wenn jemand fragt, wo ich bin, sag einfach, dass ich einen Job im Ausland angenommen habe“, hatte er gesagt und ihr einen blauen Kugelschreiber gereicht.

„Okay, kapiert.“ Gewissenhaft unterschrieb sie und fügte ihre Initialen an der Stelle ein, auf die ihr Bruder zeigte. Mike erklärte, dass er wieder für das FBI arbeiten würde, mehr durfte er ihr nicht verraten. Und sie war klug genug, keine Fragen zu stellen. Ihr Bruder war neun Jahre älter als sie, und obwohl sie ganze achtundvierzig Jahre alt war, gab er ihr in Situationen wie dieser immer noch das Gefühl, das Nesthäkchen der Familie zu sein.

„Glückwunsch“, sagte er, als sie beide unterschrieben hatten. „Du hast gerade dein erstes eigenes Haus gekauft.“

Sie schob ihm die Dollarnote zu, die er als Kaufpreis gefordert hatte. „Bist du sicher, dass ich dir nicht eine angemessenere Summe zahlen kann?“

Er schüttelte den Kopf. „Mehr brauche ich nicht. Pass gut darauf auf, ja?“

Aus dem Lautsprechersystem der Fähre dröhnte eine Stimme. „Die Passagiere werden gebeten, zu ihren Fahrzeugen zurückzukehren und sich für die Ausschiffung bereit zu machen.“

Hastig griff sich Margie ihre Handtasche und suchte hektisch nach dem Autoschlüssel. Warum bloß hatte sie Zeit mit ihrem Sicherheitsgurt verschwendet, statt ihren Schlüssel zu suchen? Schließlich fand sie ihn unter einer Wasserflasche, steckte ihn ins Zündschloss und wartete, bis sie an der Reihe war, von der Fähre auf die Insel San Juan zu fahren.

Sie war ein bisschen nervös, als sie langsam vom Fähranleger Richtung Front Street fuhr. Eigentlich wollte sie ein paar Sachen an ihrem neuen Haus abladen, bevor sie in die Stadt zurückkehrte, doch die Fähre hatte etwas Verspätung und sie befürchtete, dass die Zeit knapp werden könnte.

Sie schaffte es jedoch, die Stadt schnell zu durchqueren, und war schon bald auf dem Weg nach Westcott Bay auf der anderen Seite der Insel. Obwohl sie sich nicht für die Strecke entschieden hatte, die gemeinhin als reizvoll gepriesen wurde, war der Ausblick wundervoll. Ein stiller Friede umgab sie, als sie an den Farmen und kleinen Wohnhäusern vorbeifuhr. Margie ließ das Fenster herunter und genoss die kühle Abendluft.

An der Einfahrt zu ihrem Grundstück musste sie aussteigen, um die Kette zu lösen, die die Schotterpiste absperrte. Langsam fuhr sie aufs Haus zu. Weder das metallische „Ping", mit dem die Steine auf dem holprigen Weg gegen die Unterseite ihres Autos schlugen, noch die Staubwolken, die durch das offene Autofenster hereinwirbelten, störten sie im Geringsten. Kurz darauf war sie oben auf dem kleinen Hügel, von dem aus man einen atemberaubenden Blick auf Westcott Bay hatte.

Er war sogar noch umwerfender, als sie ihn in Erinnerung hatte. Das Wasser schimmerte zart gegen den strahlend blauen Himmel, und durch das üppige Grün der Bäume am Rande des Grundstücks waren weiße Schäfchenwolken zu sehen, die träge vorbeischwebten. Margie ging das Herz auf.

„Später habe ich noch genug Zeit, hier zu stehen und aufs Meer zu starren“, ermahnte sie sich schließlich. Sie lenkte das Auto zum Haus und lud schnell ein paar Kisten aus. Gerade wollte sie wieder nach draußen hasten, als sie an der Innenseite der Haustür einen Briefumschlag bemerkte.

Hallo, Schwesterchen,

ich bin wirklich froh, dass du mein Angebot angenommen und das Haus gekauft hast. Es ist halbwegs hergerichtet, wie du sehen wirst. Ich habe in den letzten Monaten viel daran gearbeitet, aber alles ist nicht fertig geworden. Ich habe dir eine Liste mit brauchbaren Handwerkern dagelassen, die ich auf der Insel kenne. Sag ihnen, dass du meine Schwester bist. Und wenn das nicht funktioniert, drohe ihnen mit allen Mitteln, die dir einfallen.

Leider werde ich mich eine Weile nicht melden können. Du wirst merken, dass dieses Fleckchen Erde etwas Magisches hat. Wenn dir irgendetwas helfen kann, deine Familie wieder zusammenzubringen, dann ist es dieser Ort.

- Mike

Margie schluckte gegen den Kloß in ihrer Kehle an. Ihr Bruder war kein sentimentaler Typ. Er sprach nicht über seine Gefühle und war vollkommen hilflos, wenn seine kleine Schwester etwa vor seinen Augen zusammenbrach.

Wie vor ein paar Monaten. Margie hatte ihn zu Weihnachten eingeladen und es war wirklich alles schiefgegangen, was nur hatte schiefgehen können. Die einzige Toilette in der Wohnung war verstopft, der Schinkenbraten im Ofen war angebrannt und die Nachbarn aus der unteren Etage hatten sich schon dreimal beschwert, dass sie zu laut seien.

Als die Kinder im Bett waren, war es mit ihrer Fassung vorbei. Mike hatte einfach mit verschränkten Armen dagestanden, während sie sich die Augen aus dem Kopf weinte.

„Tut mir leid“, sagte sie schließlich und fing an, Geschenkpapier und leere Teller einzusammeln. „Keine Ahnung, was mit mir los ist.“

Er starrte sie stumm an, bevor er antwortete. „Wahrscheinlich liegt es daran, dass du versuchst, drei erwachsene Kinder und deinen alten Bruder über die Weihnachtstage in einer winzigen Wohnung unterzubringen.“

„Ja, wahrscheinlich hast du recht. Das ist alles. Nichts, was eine Saugglocke nicht richten könnte, stimmt’s?“ Sie schaffte es gerade bis zur Spüle, dann brach sie erneut in Tränen aus. „Ich weiß nicht, Mike. Ich weiß nicht, wie ich das schaffen soll. Ich habe das Gefühl ... an Tagen wie diesen kommt es mir vor, als hätte die Scheidung meine Familie zugrunde gerichtet. Meinst du, ich kriege das wieder hin?“

Er dachte einen Augenblick nach. „Keine Ahnung.“

Margie faltete den Brief zusammen und schob ihn in die Hosentasche. Sie durfte jetzt nicht sentimental werden. Schließlich war sie eine Frau mit einer Mission.

In ihrer Handtasche, sorgsam in der Innentasche verstaut, steckte das Foto einer Frau. Sie griff hinein und zog es hervor. Ihre Familie konnte erst wieder zueinanderkommen, wenn Margie mehr über diese Frau aus ihrer Vergangenheit herausgefunden hatte.

Eine Frau, deren Geheimnis eng mit ihr und ihrer Familie verknüpft war.

Eine tote Frau.

Kapitel 2

Hank lehnte sich in seinem Stuhl zurück, legte die Füße auf den Schreibtisch und starrte auf den Ventilator an der Decke, der sich unablässig drehte. Noch achtundzwanzig Minuten, dann war seine Schicht zu Ende. Wenn nicht noch irgendeine Katastrophe dazwischenkam.

Er hörte, wie die Eingangstür aufging und Lola, die Sekretärin, mit jemandem sprach, dessen Stimme er nicht kannte. Hank ließ den Ventilator nicht aus den Augen. Der war immerhin noch ein bisschen interessanter als die Uhr.

„Entschuldige, Chief. Ich habe hier jemanden, der dich sprechen muss."

„Nein, hast du nicht", sagte Hank, den Ventilator fest im Blick. „Bestimmt kann einer unserer wunderbaren Deputies ihm oder ihr helfen."

„Nein", erwiderte Lola, ohne eine Miene zu verziehen. „Außer dir sind alle beschäftigt."

Hank sah sich um. Tatsächlich hatte es den Anschein, als würden alle telefonieren oder mit irgendjemandem reden. „Sie tun nur so."

„Bin gleich wieder da", sagte Lola gleichmütig.

Hank schloss die Augen. Wenn es jemand war, der sich über die Hinterlassenschaften von Nachbars Katze in seinem

Garten beschweren wollte oder über Touristen, die am Stoppschild nicht gehalten hatten, oder der vermutete, dass jemand widerrechtlich Feuerwerkskörper bunkerte – nun, dann brauchte er die Augen gar nicht erst aufzumachen.

Lola räusperte sich. „Das ist der Chief Deputy Sheriff. Chief Hank, das ist Margie Clifton. Sie hat ein paar Fragen an dich."

„Margie", sagte er, ohne die Augen zu öffnen, als würde er meditieren, „was gibt es Dringendes?"

„Ach, eigentlich ist es nicht wirklich dringend. Mir war nicht klar, dass es so wirkt, wenn ich hier auftauche. Es geht um – tja, also, es geht um etwas, das schon passiert ist. Ich weiß nicht, hm, ich bin mir nicht sicher ..."

Hank öffnete die Augen. Er hatte die Frau noch nie gesehen. Ihre gelbe Regenjacke blendete ihn, als würde er in die Sonne blicken. Oder vielleicht war es auch die Tatsache, dass sie vor Energie nur so zu sprühen schien.

„Etwas, das schon passiert ist?", fragte er langsam.

„Ich bin mir nicht sicher. Ich bin gerade erst hierhergezogen – heute Nachmittag, um genau zu sein. Aber als ich vor einem Monat nach einem Besuch auf der Insel mit der Fähre zurückfuhr, fand ich dieses Foto." Ihre Hand verschwand in ihrer ausladenden Umhängetasche und kam mit einem Zeitungsausschnitt wieder zum Vorschein. „Hier steht nur ‚In Memoriam'. Aber ich kenne diese Frau oder besser gesagt: Ich habe sie vor vielen Jahren gekannt. Ich weiß nur nicht mehr, wie sie hieß."

Hank nahm die Füße vom Tisch, beugte sich vor und betrachtete das Foto. „Sie haben sie also gekannt, erinnern sich aber nicht mehr an ihren Namen?“

„Ja, kennengelernt habe ich sie vor … ach, das muss zwanzig Jahre her sein. Doch dann verschwand sie aus meinem Leben und ich konnte sie nicht mehr ausfindig machen.“

Was für eine Geschichte fantasierte sich diese Dame da zusammen? „Und jetzt wollen Sie wissen, wie sie hieß?“

„Ja.“

Hank seufzte. In der ganzen Stadt hingen Plakate mit dem Foto der Toten. „Sie hieß Kelly Allen. Sie ist vor ein paar Monaten bei einem Autounfall hier auf der Insel ums Leben gekommen. Der Fahrer beging Fahrerflucht.“

„Oh.“ Margie betrachtete das Foto einen Moment lang eingehend, dann steckte sie es wieder in die Tasche.

„War sonst noch was?“

„Eins noch. Kelly hatte ein Kind. Können Sie mir vielleicht sagen, wie dieses Kind heißt?“

Hank setzte sich auf. „Hören Sie, gute Frau. Dies ist das Büro des Sheriffs. Unsere Aufgabe ist es nicht, Angehörigen toter Touristen nachzuspüren. Vielleicht versuchen Sie es mal auf einer dieser Websites zur Familienforschung. Oder auf Facebook.“

Die Frau senkte den Blick, dann sah sie ihn wieder an. „Verstehe. Nun, danke für Ihre Hilfe, Chief …?“

„Hank.“

„Chief Hank“, sagte sie lächelnd.

Er schüttelte den Kopf. „Nein, einfach nur Hank. Ich meine: Hank reicht. Den Titel können Sie weglassen."

„Es war nett, Sie kennenzulernen, Hank."

„Machen Sie's gut", sagte er, lehnte sich wieder in seinem Stuhl zurück und verschränkte die Hände hinter dem Kopf.

Offenbar verstand sie den Wink mit dem Zaunpfahl und ging ohne ein weiteres Wort davon.

„Hey, Chief", rief einer der Deputies, „ich wusste gar nicht, dass wir hier so ein strenges Regiment führen und Leuten nicht helfen, Verwandte lange verschollener Freunde zu finden."

„Hast du es denn noch nicht gehört?", fragte ein anderer. „Wir haben keine Zeit, uns um Neuankömmlinge auf der Insel zu kümmern, bei der Verbrechensrate! Letzte Woche hat der Chief gleich zwei frei laufende Hunde erwischt."

Der ganze Raum brach in schallendes Gelächter aus.

„Ihr hättet doch anbieten können, die Nachforschungen für sie zu übernehmen", gab Hank zurück. „Aber ihr habt ja so unglaublich beschäftigt getan."

Wieder lachten alle.

Seufzend sah Hank auf die Uhr. Noch achtzehn Minuten. Wie konnte das sein? Die Woche wollte einfach nicht zu Ende gehen. Und zu allem Überfluss drohte das Memorial-Day-Wochenende. Natürlich hatte er Dienst. Ein zweifelhaftes Vergnügen.

Er beugte sich vor und entsperrte seinen Computerbildschirm. Bevor er Feierabend machte, sollte er noch einmal seine E-Mails checken. Er öffnete das Programm und stellte fest, dass nichts Neues gekommen war. Zum Glück, denn er hasste es, E-Mails zu beantworten.

Noch sechzehn Minuten.

Er rief das Programm für Hintergrundchecks auf und gab „Kelly Allen“ als Suchbegriff ein. Stammte ursprünglich aus Oregon. Hinterließ einen Ehemann und ein Kind. Eine Tochter, Morgan Allen, zweiundzwanzig Jahre alt.

Keiner der Allens war jemals aktenkundig geworden. Keine Pseudonyme, keine Festnahmen. Nichts Interessantes. Was wollte die Frau in der sonnigen Regenjacke von ihnen? War sie nur eine dieser hochnäsigen Damen, die nicht wussten, was sie mit ihrem Geld und ihrer Zeit anfangen sollten und auf der Suche nach einer Mission waren? Er würde nicht zulassen, dass sie der trauernden Familie auf die Nerven ging. Die Hinterbliebenen hatten genug mit sich selbst zu tun und brauchten keine gelangweilte Dame der Gesellschaft.

Die restliche Zeit bis zum Feierabend vertrieb sich Hank damit, dass er seinen Schreibtisch aufräumte und zwei Kaffeebecher auswusch, die er viel zu lange hatte stehen lassen. Dann wünschte er allen einen schönen Abend und ging zu seinem Auto. Er beschloss, zum Abendessen wieder einmal in seine Lieblingspizzeria zu gehen. Natürlich tat es ihm nicht gut, ständig im Restaurant zu essen, der Ansatz zum Rettungsring um seine Mitte war nicht zu übersehen, doch er brachte es nicht fertig, für sich allein zu kochen.

Wie üblich bestellte er zwei Stücke Pizza, spülte sie mit einer Cola herunter und machte sich dann auf den Nachhauseweg. Das Haus war dunkel und still. Er stellte den Fernseher an, faltete die Wäsche und machte sich dann bettfertig. Noch vier Arbeitstage, dann hatte er endlich eine freien Tag.

Am nächsten Morgen hörte er den Wecker nicht und kam eine Viertelstunde zu spät ins Büro. Früher fand er es schrecklich, zu spät zur Arbeit zu kommen, da hatte es ihm richtig Stress gemacht. Aber jetzt? Jetzt war es einfach ein weiterer Punkt auf der langen Liste der Dinge, die ihm egal waren.

Im Büro herrschte ausgelassene Stimmung. Woher der Trubel kam, war nicht schwer zu erkennen: Little Miss Sunshine war wieder da. Hank blieb einen Moment stehen und beobachtete, wie sie mit den Deputies redete und lachte. Sie war schon etwas älter, sah jedoch keineswegs schlecht aus. Flirtete sie etwa mit seinen Untergebenen? Und erwiderten sie die Flirterei?

„Guten Morgen, Chief", sagte Deputy Ball.

„Was ist denn hier los?", fragte Hank. Mit verschränkten Armen starrte er seine Deputies an, die sich um Margie scharten.

Mit einem freundlichen Lächeln wandte sie sich zu ihm um. „Da sind Sie ja, Chief. Ich hatte schon Sorge, dass Sie nichts mehr abbekommen."

Hank runzelte die Stirn. Nichts mehr abbekommen? Einer der Deputies trat einen Schritt zu Seite und nun sah er, was sie meinte. Blaubeermuffins, Bananenbrot und etwas, das er nicht identifizieren konnte, doch es sah äußerst verführerisch aus.

Aha. Sie flirtete nicht, sondern wickelte sie um den Finger – mit Backwaren.

„Haben Sie das fabriziert?", fragte er.

„Ja“, nickte sie. „Ich backe für mein Leben gern und dachte, ich schaue heute morgen mal vorbei und bringe Ihnen ein paar Leckereien.“

Hmmm. Die Sachen sahen nicht nur verlockend aus, sie dufteten auch wundervoll. Die Blaubeeren waren unwiderstehlich. Hank konnte sich kaum erinnern, wann er das letzte Mal selbst gemachte Muffins gegessen hatte. Aber dass diese Dame backen konnte, hieß nicht, dass sich das ganze Police Department davon blenden ließ.

„Das ist sehr nett von Ihnen“, sagte er. „Und was können wir heute für Sie tun?“

Margie schüttelte den Kopf. „Danke, aber heute bin ich nur so hier. Ich werde mich bald um ein paar Lizenzen bemühen. Aber ich weiß gar nicht, wo ich da anfangen soll.“

„Was für Lizenzen?“, fragte Deputy Ball mit vollem Mund.

„Nun, ich versuche, die Renovierungen zu Ende zu bringen, die mein großer Bruder angefangen hat. Mike Grady, kennen Sie ihn?“

„Klar“, erwiderte der Deputy. „Alle kennen Mike. Er hat uns oft geholfen und uns bei der Suche nach verschollenen Kayakern oder Wanderern aus der Luft unterstützt.“

Margie lachte. „Das hat er mir natürlich nicht erzählt. Er ist kein Angeber.“

„Nein“, sagte Hank. „Das ist er weiß Gott nicht. Wohnen Sie bei ihm?“

„Nein, eigentlich nicht ...“, sagte sie. „Er hat einen neuen Job im Ausland angenommen und seinen Besitz verkauft. An mich. Er dachte, dass ich aus der Scheune vielleicht eine Eventlocation machen könnte. Für Hochzeiten und dergleichen."

„Ach ja?", sagte Hank. „Drüben in Westcott Bay?"

Margie nickte. „Ja, genau. Mike hat schon angefangen zu renovieren, aber es gibt noch eine Menge zu tun, bevor ich loslegen kann. Und leider kann ich viel besser backen als elektrische Leitungen verlegen. Oder Toiletten installieren."

Die Deputies um sie herum lachten.

Hank ließ die verschränkten Arme sinken. Vielleicht war sein erster Eindruck von Margie falsch gewesen. Mike war ein netter Bursche, er hatte eine ganze Weile auf der Insel gelebt, es könnten an die zehn Jahre gewesen sein. Er flog Kleinflugzeuge und Helikopter. Manchmal waren sie sogar mit Hanks Boot zum Fischen hinausgefahren. Wenn er gewusst hätte, dass Margie Mikes Schwester war, hätte er sie ein bisschen freundlicher empfangen.

„Nun, Margie, da kann ich Ihnen sicher helfen. Ich kenne Mike seit Jahren und, ähm, ich wünschte, Sie hätten gesagt, dass er Ihr ..."

Margie winkte ab. „Ach, ich hätte mir denken können, dass es Wunder wirkt, wenn ich Mike erwähne. Er meinte, ich sollte seinen Namen fallen lassen, um den Handwerkern Beine zu machen."

Wieder ertönte Gelächter und selbst Hank musste grinsen.

„Ja, das sollte funktionieren."

„So, ich muss mich verabschieden. Meine Tochter kommt heute mit der Fähre aus Anacortes herüber und ich muss vorher noch ein paar Besorgungen machen."

„Kommen Sie, ich begleite Sie zu Ihrem Wagen“, sagte Hank und hielt ihr die Tür auf. Das Gekicher und die „Oooh“-Rufe seiner Kollegen überhörte er geflissentlich.

Margies Auto stand direkt vor dem Gebäude.

„Tja, danke noch mal für die leckeren Sachen“, sagte er. „Jetzt finden meine Leute die Aussicht auf das Wochenende nicht mehr so schlimm.“

„Ist an den Wochenenden bei Ihnen besonders viel los?“

Hank zuckte die Schultern. „Ja, meistens schon. Mit den Touristen kommen so viele zusätzliche Menschen auf die Insel, dass es zwangsläufig mehr Ärger gibt. Natürlich nichts Ernstes, machen Sie sich keine Sorgen. Das Übliche eben: Beschwerden über Lärm. Feuerwerke. Gestohlene Gartenzwerge.“

Margies fröhliches Lachen brachte selbst Hank zum Lächeln. Sie hatte ein nettes Lachen.

„Das klingt aber aufregend“, sagte Margie und schloss die Autotür auf. „Ich werde versuchen, keine Dummheiten zu machen.“

„Ja, bitte. Sonst müssen die Deputies Ihre Kaution in Kuchen festsetzen.“

Blöder Witz, ehrlich.

Aber sie lachte trotzdem.

„Schönen Tag noch!“, rief sie und setzte zurück.

Hank sah ihr nach, wie sie vom Parkplatz fuhr und auf die Straße einbog. Moment mal – warum hatte er ihr den Namen von Kelly Allens Tochter nicht genannt? Er musste unbedingt sein unfreundliches Auftreten von gestern wiedergutmachen.

Vielleicht fand er im Laufe des Wochenendes Zeit, bei ihr vorbeizuschauen und ihr von Kelly Allen zu erzählen. Margies Frage nach einem Kind war zwar etwas merkwürdig gewesen, doch nun wusste er, dass sie keine gelangweilte Dame der Gesellschaft war, die ihre Neugier befriedigen wollte. Was sprach schon dagegen, Mikes sonniger kleiner Schwester den Namen der Tochter der Toten zu nennen?

Kapitel 3

„Schatz? Wir müssen los, sonst verpassen wir noch die Fähre."

Aus der oberen Etage war ein Knurren zu hören. Jade sah auf ihre Armbanduhr – sie hatte ihn vor dreißig, vor fünfzehn und vor zehn Minuten gerufen. In fünf Minuten mussten sie aufbrechen. Sie wusste nicht, was sie sonst hätte tun sollen.

Endlich kam ihr Mann die Treppe herunter. Er war barfuß.

„Ich weiß überhaupt nicht, warum ich mitkommen soll", sagte er mit verschränkten Armen.

„Weil meine Mom gestern erst auf die Insel gezogen ist. Und weil ich sie sehen möchte. Vielleicht können wir ihr irgendwie helfen."

„Na und?" Er seufzte. „Ich habe morgen einen Auftritt. Wir müssen unbedingt mit der Abendfähre zurückfahren, damit ich mich morgen in Ruhe vorbereiten kann."

Jade holte seine Schuhe aus dem Schrank. „Keine Sorge, ich verspreche dir, dass wir die Fähre erwischen und heute Nacht in unserem eigenen Bett schlafen. Komm schon, die Fahrt nach San Juan wird bestimmt schön. Da wollten wir schon so lange mal hinfahren, aber irgendwie haben wir es nie geschafft. Dabei ist es nur ein Katzensprung bis zur Insel."

„Vermutlich werden wir von jetzt an ständig rüberfahren“, sagte Brandon und nahm seine Schuhe entgegen. „Dein Wunsch geht also in Erfüllung.“

„Okay, bist du soweit?“

„Glaub schon.“

Jade hatte beschlossen, dass sie am besten mit ihrem Auto fuhren, denn Brandons fahrbarer Untersatz war mit der Ausrüstung vollgepackt, die er für seine Auftritte als DJ brauchte. Auf keinen Fall durfte etwas aus seinem Auto gestohlen werden, während es auf dem Parkplatz am Fähranleger stand. Dann wäre er wirklich sauer, dass sie ihn zu diesem Ausflug nach San Juan überredet hatte.

Sie stellten das Auto ab und reihten sich in die Schlange der Fußpassagiere ein. Das Boarding war fast abgeschlossen. Wenn man das Auto mit auf die Insel nahm, musste man schon eine Stunde vor Abfahrt am Hafen sein. Jade wusste, dass sie das unmöglich schaffen konnten, und hatte daher ihre Mutter gebeten, sie in Friday Harbor abzuholen.

An Bord gingen sie direkt aufs Oberdeck. Die Fähre schien voller zu sein als sonst, wahrscheinlich lag es daran, dass es der Freitag vor dem Memorial Day war. Die Leute wollten auf die Insel, um ein bisschen Spaß zu haben und sich zu entspannen. Jade wünschte sich, dass Brandon ebenfalls Spaß hatte, doch seit sie an Bord gegangen waren, hatte er nicht ein einziges Wort mit ihr gewechselt.

„Soll ich dir etwas von der Snackbar holen? Vielleicht Nachos? Oder ein Bier?“

Er schüttelte den Kopf. „Nein, danke. Meinst du, deine Mutter macht nichts zu essen?“

„Wahrscheinlich nicht. Ich glaube kaum, dass sie ihre Küchensachen schon ausgepackt hat.“

„Aber sie musste doch sicher kaum etwas mitnehmen. Dein Onkel hat ihr im Grunde all seine Sachen dagelassen.“

Oh je. Diese Unterhaltung steuerte auf gefährliches Terrain zu.

„Kann sein. Meinst du, wir sehen unterwegs ein paar Schwertwale?“

„Für Schwertwale ist es noch zu früh im Jahr. Und ich bin sicher, dass er alles dagelassen hat“, erwiderte Brandon, ohne sie anzusehen. „Er hat ihr alles im Haus verkauft: die Haushaltsgeräte, Möbel – “

„Nun ja, viele Möbel sind es nicht gerade“, unterbrach ihn Jade.

„Du weißt, was ich meine. Das Haus ist riesig. Es hat vier Schlafzimmer und einen komplett ausgebauten Keller. Und dann ist da noch die Scheune.“

„Ja, es ist wirklich ein schönes Haus.“

Brandon schnaubte. „Nicht zu fassen, dass dein Onkel es ihr einfach so überlassen hat. Wenn er unbedingt am anderen Ende der Welt arbeiten will – gut und schön. Aber er hätte uns dort wohnen lassen können. Er hätte es uns ja nicht einmal schenken müssen! Und wir hätten es bestimmt besser genutzt als deine Mutter.“

Jade holte tief Luft. Gut, dass er sich das jetzt alles von der Seele redete und nicht erst, wenn sie bei ihrer Mutter waren.

Sie hatte keine Ahnung, wie sie ihn besänftigen sollte, aber wenigstens hatten sie die Chance, das Thema hinter sich zu bringen.

„Nun ja, es wäre schon schön gewesen, aber wir haben keinerlei Anspruch darauf. Aus irgendeinem Grund wollte mein Onkel, dass meine Mutter das Haus bekommt. Ich freue mich für sie."

Brandon antwortete nicht, sondern blickte wortlos aus dem Fenster.

Jade stand auf. „Du möchtest also nichts von der Snackbar?"

Brandon schwieg weiter. Jade machte sich trotzdem auf den Weg. Sie rechnete nicht damit, dass ihre Mutter sie bekochen würde, wahrscheinlich war sie noch mit Auspacken und Einräumen beschäftigt. Jade kaufte Eistee und eine warme Brezel mit Käsedip für sich. Für ihren Mann nahm sie Thunfischsalat mit Crackern und eine Limonade. Das mochte er besonders gern. Vielleicht besserte sich seine Laune dann.

Als sie zu dem Tisch zurückkehrte, an dem sie mit Brandon gesessen hatte, war er nirgendwo zu sehen. Jade suchte die ganze Lounge ab, fand ihn aber nicht. Sie überlegte, dass er vielleicht nach draußen gegangen war, doch auch dort war er nicht. Schließlich entdeckte sie ihn auf dem Unterdeck. Er saß allein in einer Nische und starrte auf sein Handy.

„Hey, ich habe dich überall gesucht", sagte sie und setzte sich ihm gegenüber. „Ich hab dir etwas mitgebracht."

„Die Kinder auf dem Oberdeck sind mir auf die Nerven gegangen. Sie haben einen Heidenlärm gemacht."

„Oh“, sagte Jade. Ihr waren die Kinder gar nicht aufgefallen. Sie biss in ihre Brezel. Inzwischen war sie kalt geworden, doch mit dem Käsedip schmeckte sie immer noch ganz gut. Einen Moment lang saß sie da und überlegte, was sie sagen sollte.

„Weißt du, wenn wir ernsthaft auf eine Anzahlung sparen, könnten wir uns ein Haus auf San Juan Island kaufen. Oder in Anacortes oder wo immer du willst.“

„Was meinst du mit ‚wenn wir ernsthaft sparen‘?“

„Nun, wir müssten einen Sparplan aufstellen. Wenn wir uns beide daran halten, hätten wir in ein, zwei Jahren genug für eine Anzahlung zusammen.“

Er schüttelte den Kopf. „Ich weiß nicht, ob ich mich im Moment darauf einlassen will. Bei mir ist beruflich gerade so viel in Bewegung, dass mich nicht auch noch um einen Sparplan kümmern kann.“

„Ich denke, wir können es so hinbekommen, dass dein berufliches Fortkommen nicht darunter leidet“, erwiderte sie.

„Nee“, sagte er und wandte sich wieder seinem Handy zu. „Vielleicht in einem Jahr oder so.“

Jade beschloss, das Thema vorerst auf sich beruhen zu lassen, und aß ihre Brezel auf. Dann lehnte sie sich in ihrem Sitz zurück und sah aus dem Fenster. Sie war immer schon gerne mit der Fähre zwischen den Inseln hin- und hergefahren. Diese Fahrten hatten etwas Beruhigendes, die enorme Größe des Schiffes gab ihr das Gefühl, klein und geborgen zu sein. Das leise Rumpeln der Maschinen, die langsame, aber stete Bewegung, mit der die Fähre durch das ruhige Wasser pflügte –

und immer auch die Chance, Schwertwale, Schildkröten oder sogar Buckelwale zu sehen.

Für sie war dies die schönste Art zu reisen - und wunderbar bequem war sie noch dazu! An Bord gab es eine Snackbar, Toiletten und jede Menge Platz, um sich auszubreiten und Puzzles zu legen oder Brettspiele zu spielen. Bei gutem Wetter war sie gern an Deck und genoss die Aussicht auf die Inseln und das Wasser. Eine Fahrt mit der Fähre war eine friedliche Angelegenheit, man kam ohne Hektik ans Ziel.

Zwanzig Minuten später sah Jade schließlich ein, dass Brandon hartnäckig an seiner mürrischen Stimmung festhalten wollte. Also beschloss sie, an Deck zu gehen.

Sie bewunderte die sanfte grüne Landschaft und das glitzernde Wasser und hielt Ausschau nach Walen und Schildkröten, doch die Wasseroberfläche blieb still und glatt. In ruhigen Momenten wie diesen dachte sie manchmal an die Flüsse in der Unterwelt der griechischen Mythologie. Für die alten Griechen war das Leben nach dem Tod ein Ort, und sie konnte sich vorstellen, wie diese Fähre sie still und leise in die Unterwelt beförderte.

Im Vergleich war die Fahrt auf dem flammenden Fluss (war das der Styx? Oder der Phlegeton? Die beiden konnte sie nie auseinanderhalten) der reinste Horror gewesen. Welchen Namen hätten sich die Menschen in der Antike wohl für eine Reise ausgedacht, die ihr wie der Himmel auf Erden vorkam? Vielleicht konnte man sie am ehesten mit der Fahrt auf dem Fluss Lethe vergleichen, auf dem tugendhafte Seelen ins Vergessen glitten. Während sie dem Paradies entgegenstrebten, ließen sie die Erinnerung an ihr irdisches Leben hinter sich. Die Reise auf dem SanJuanedos?

In ihrer Hosentasche vibrierte ihr Handy. Ob Brandon sie suchte?

Nein, es war eine Nachricht von ihrer Mutter. Lächelnd öffnete sie sie: ein Foto von der Fähre, die auf Friday Harbor zusteuerte. „Ich kann euch schon sehen, Liebes!"

Lachend machte Jade ein Foto vom Hafen und schickte es ihrer Mutter. „Ich dich auch!", schrieb sie dazu.

Dann ging sie hinein zu ihrem Mann. „Sieh mal, meine Mutter ist schon am Hafen, um uns abzuholen."

Er betrachtete das Foto. „Wie nett!", sagte er. Er lächelte sogar, wie Jade erleichtert feststellte.

„Sie hat ein paar Straßen vom Hafen entfernt geparkt, damit wir nicht in einen Stau geraten. Bist du soweit? Ich glaube, wir sind gleich da."

„Ja, lass uns gehen."

Der Thunfischsalat und die Cracker standen unberührt auf dem Tisch. Sie steckte beides rasch in ihre Handtasche. Wahrscheinlich würde Brandon später Hunger bekommen. Bald darauf legte die Fähre an und sie machten sich auf den Weg vom Hafen in die Stadt. Jade spürte, wie sich ihre Stimmung hob, als sie sich mit den anderen Passagiere langsam durch die Straßen schoben.

Da waren Junge und Alte, Familien mit Kindern, manche hatten Hunde dabei. Einige Passagiere zogen prall gefüllte Koffer hinter sich her, andere reisten mit leichtem Gepäck wie

Brandon und sie. Die gute Laune der Menschenmenge war ansteckend.

Sie überquerten die Straße und Jade packte Brandon am Arm. „Lass uns ein Foto machen. Es ist so hübsch hier. Ich liebe diese kleinen Läden und den Blick auf den Hafen."

„Okay", sagte Brandon. „Soll ich ein Foto von dir machen?"

„Nein, vielleicht können wir jemanden fragen, ob er uns beide fotografiert? Oder wir machen ein Selfie."

„Gut, versuchen wir es mit einem Selfie." Er nahm ihr Handy und streckte den Arm so weit vor, dass sie beide aufs Bild passten. Nachdem er zwei Fotos gemacht hatte, schob Jade das Handy wieder in die Hosentasche und sie stiegen weiter den Hügel hinauf zu der Straße, in der ihre Mutter auf sie wartete.

Kaum hatte ihre Mutter sie erspäht, rief sie: „Jade! Schätzchen, hier bin ich!"

Jade lief auf sie zu und umarmte sie. „Hallo, Mom, danke, dass du uns abholst. Ich kann es gar nicht glauben, dass du jetzt hier wohnst."

„Ich auch nicht."

Brandon umarmte seine Schwiegermutter. „Margie, schön, dich zu sehen."

„Braucht ihr etwas aus der Stadt oder sollen wir uns gleich auf den Weg machen? Bevor ich losgefahren bin, habe ich Lasagne gemacht. Sie steht zum Abkühlen auf der Anrichte. Bis wir da sind, müsste sie die richtige Temperatur haben."

Brandon grinste hämisch. „Jade hat schon auf der Fähre gegessen. Sie konnte nicht mal eine Stunde warten."

„Ich hatte nicht damit gerechnet, dass du etwas kochst", sagte Jade. „Aber keine Sorge, für deine Lasagne ist immer noch Platz."

Sie zwängten sich in Margies kleines Auto. Jade saß vorne neben ihrer Mutter. „Mom, soll ich dir die Lokalsender einstellen?"

„Oh, das wäre wunderbar. Bis jetzt hatte ich noch gar keine Gelegenheit, an solche Kleinigkeiten überhaupt zu denken."

Jade suchte die besten Radiosender aus und speicherte sie ab, während sie sich mit ihrer Mutter über den Umzug unterhielt. Offenbar war es überraschend einfach gewesen, einige ihrer Besitztümer auf die Insel zu transportieren.

Die Fahrt von einem Ende der Insel zum anderen dauerte nicht länger als zwanzig Minuten. Darüber staunte Jade jedes Mal, denn sie hatte die Insel immer größer in Erinnerung, als sie tatsächlich war. Im Handumdrehen erreichten sie Westcott Bay und das neue Zuhause ihrer Mutter.

Natürlich hatte Jade ihren Onkel öfter besucht, doch diesmal war es anders. Sie war so aufgeregt, dass ihr beim Anblick des Hauses ein helles Kreischen entfuhr. „Mom! Das ist fantastisch!"

„Ich weiß. Es ist einfach unglaublich. Ich zeige euch später alles, aber erst sollten wir essen, sonst wird die Lasagne kalt."

Sie folgten Margie ins Haus. Der Tisch im Esszimmer war mit wunderschönem Geschirr gedeckt und die Stoffservietten griffen die Farben des Raumes auf. Jade hatte diese Sachen noch nie gesehen.

„Mom, woher hast du das alles?“

Margie winkte ab. „Ach, ich hab ein bisschen über die Stränge geschlagen. Die Teller habe ich im Ausverkauf gefunden und sie mir gegönnt. Gefallen sie dir?“

„Sie sind wundervoll. Und die Servietten?“, fragte Jade und strich bewundernd über den Stoff.

„Die hab ich selbst gemacht. Als ich den Stoff sah, dachte ich, dass er bestens zu San Juan passt.“

Brandon räusperte sich. „Sie sind sehr schön.“

Sie zerteilten die Lasagne und Jade legte Brandon ein großes Stück auf den Teller. „Es ist ewig her, dass wir Moms Lasagne gegessen haben, aber sie ist zum Niederknien.“

„Vielen Dank, Margie“, sagte Brandon.

Jade machte sich mit großem Appetit über die Lasagne her. Sie war genauso gut, wie sie sie in Erinnerung hatte. „Du willst die Scheune also für Hochzeiten und andere Feiern herrichten?“, fragte sie ihre Mutter.

„Ja“, sagte Margie. „Es ist allerdings noch eine Menge Arbeit.“

„Ich komme gern und helfe dir. Zusammen schaffen wir das im Handumdrehen. Hast du dir schon einen Namen für dein neues Unternehmen überlegt?“

Ein Lächeln breitete sich auf dem Gesicht ihrer Mutter aus. „Ja, hab ich, aber ich weiß nicht, ob er nicht ... ich bin mir nicht sicher, ob er passt.“

„Woran hattest du denn gedacht?“

Sie seufzte. „Nun, erst wollte ich irgendetwas mit ‚Scheune' finden, aber das klingt so, als sei eine Farm gemeint. Und ich werde ja keine Landwirtschaft betreiben. Dann dachte ich … nun, was haltet ihr von ‚Saltwater Bay'?"

„Wahnsinn!", sagte Jade. „Finde ich toll!"

Brandon nickte. „Ich habe ja reichlich Erfahrung mit Namen, und selbst ich finde ihn richtig gut."

Jades Mutter strahlte. „Wirklich? Ich meine, wir sind ja hier in der Bucht und gleich am Wasser und … tja, ich weiß nicht, aber ich dachte, der Name ist ideal."

Jade nickte. „Der passt ganz sicher."

Plötzlich klopfte es an der Tür und die drei sahen einander verdutzt an. Margie stand auf. „Wer kann das sein? Vielleicht ein Freund von Onkel Mike, der noch nicht mitbekommen hat, dass er nicht mehr hier ist?"

Sie ging zur Haustür und öffnete. Jade hörte Stimmen und Gelächter.

„Mom!", rief Jade. „Wer ist es denn?"

„Ach, niemand. Nein, natürlich ist es nicht niemand, aber niemand, den du kennst."

Jade und Brandon tauschten einen erstaunten Blick.

„Ist es jemand, den wir kennenlernen dürfen?", fragte Jade lächelnd.

Ihre Mutter kam mit einem großgewachsenen, schnurrbärtigen Polizisten ins Esszimmer zurück. Seine Miene wirkte ein wenig mürrisch.

„Oh-oh, deine Mutter ist gerade erst auf die Insel gezogen und hat schon Ärger mit der Polizei", bemerkte Brandon.

„Oh nein, ganz und gar nicht“, erwiderte der Polizist. „Ich wollte nur vorbeischauen, um Ihrer Mutter Informationen über ihre Freundin zu bringen.“

„Welche Freundin, Mom?“, fragte Jade.

„Ach, jemand, den ich kannte, als du noch ganz klein warst. Chief Hank, das sind meine mittlere Tochter Jade und ihr Mann Brandon.“

Chief Hank winkte ein wenig verlegen. „Nett, Sie beide kennenzulernen, aber ich wollte Sie nicht beim Essen stören.“

Jade schüttelte den Kopf. „Sie stören überhaupt nicht. Wir haben derart reingehauen, dass es eher nach Raubtierfütterung als nach gesitteter Mahlzeit aussah.“

Alle lachten.

Brandon streckte die Hand nach der Lasagneform aus. „Ich bin noch nicht fertig“, sagte er.

„Wollen Sie sich nicht zu uns setzen und mitessen?“, fragte ihre Mom.

Chief Hank schüttelte den Kopf. „Nein, danke, ich will Ihnen keine Mühe machen. Ich war auf dem Nachhauseweg und dachte, ich schaue mal kurz vorbei.“

„Wir beißen nicht“, sagte Jade. „Und wir können auf keinen Fall alles alleine essen.“

„Nein, danke, ich muss wirklich weiter.“

Jade sah ihrer Mutter nach, die in der Küche verschwand. Gleich darauf kam sie mit einer Plastikdose wieder, in die sie eine gigantische Portion Lasagne löffelte. „Nehmen Sie wenigstens etwas mit nach Hause. Wenn sie Ihnen nicht schmeckt, können Sie sie einfach wegwerfen – das bekomme ich eh nicht mit."

Er nahm die Dose lachend entgegen. „Ich bin sicher, sie schmeckt hervorragend. Nun, es war wirklich nett, Sie kennenzulernen. Ich hoffe, wir sehen uns jetzt öfter – tja, und einen schönen Abend noch."

„Das wünschen wir Ihnen auch", erwiderte Jade.

Brandon hatte schon die Hälfte seiner zweiten Portion verspeist und murmelte zum Abschied etwas mit vollem Mund.

Als ihre Mutter zum Tisch zurückkehrte, fragte Jade sie nach der Freundin, die Chief Hank erwähnt hatte.

„Weißt du, Schätzchen, ich habe sie seit vielen Jahren nicht gesehen und hier auf der Insel habe ich dann ein Foto von ihr entdeckt. Ich dachte, bei der Polizei könnte ich etwas über sie erfahren."

„Bei der Polizei? Hat sie etwas verbrochen?"

Ihre Mutter lachte. „Nein, Jade, natürlich nicht. Ich verspreche dir, dass du alles erfährst, wenn ich ihre Familie ausfindig gemacht habe."

Jade legte den Kopf schief. „Hast du keinen Kontakt zu ihr? Ist sie etwa verschwunden?"

„Oh nein, aber – ich erzähle dir die ganze Geschichte ein andermal. Esst auf, dann zeige ich euch die Scheune."

Jade nahm sich noch ein kleines Stück von der köstlichen Lasagne. Eigentlich war sie satt, aber sie konnte nicht widerstehen. „Okay."

Sie beschloss, das Thema fürs Erste nicht weiterzuverfolgen, aber irgendetwas an dieser Geschichte mit der geheimnisvollen Freundin stimmte nicht. Und was war mit diesem Chief Hank? Sie war wild entschlossen, nicht lockerzulassen, bis ihre Mutter ihr alles erzählt hatte.

Kapitel 4

Nach einer raschen Besichtigungstour durch die Scheune und einem kurzen Rundgang über das Grundstück war es Zeit für Jade und Brandon, zum Fährhafen aufzubrechen. Margie hatte versprochen, sie hinzubringen.

„Die Zeit ist viel zu schnell vergangen!“, sagte Margie auf der Fahrt zur Ostseite der Insel. „Bitte, kommt bald wieder. Oder ich komme zu euch. Aber ich will euch nicht zur Last fallen“, fügte sie schnell hinzu.

Jade lachte. „Du würdest uns nie zur Last fallen, Mom. Ich glaube, ich komme nächste Woche wieder. Ich muss nicht immer im Büro sein, um zu arbeiten. Vielleicht kann ich sogar ein paar Tage bleiben, wenn du das Internet ans Laufen kriegst. Dann arbeite ich und zwischendurch können wir was zusammen unternehmen.“

„Das wäre wunderbar!“ Margie lenkte den Wagen in eine Parklücke. „Ihr solltet euch sputen und aufs Schiff gehen, sonst hängt ihr über Nacht auf der Insel fest.“

Brandon lachte. „Wenn ich die Planung Jade überlassen hätte, würden wir mit Sicherheit hier festsitzen.“

Margie presste die Lippen zusammen, um Brandons spitze Bemerkung nicht mit einer passenden Retourkutsche zu quittieren. Jade konnte tun, was sie wollte, Brandon fand immer etwas daran auszusetzen. Es brachte Margie auf die Palme, doch in der Vergangenheit war sie mit ihren Versuchen kläglich gescheitert, ihn von diesen Nörgeleien abzubringen. Also hielt sie lieber den Mund.

Er löste den Sicherheitsgurt. „Danke noch mal. Ich bin sicher, dass wir uns bald wiedersehen."

„Ja, gerne. Ihr seid immer willkommen."

Jade gab ihr zum Abschied einen Kuss auf die Wange. „Ich hab dich lieb, Mom!", sagte sie und stieg aus dem Wagen. „Schönen Abend noch!"

Margie blieb im Auto sitzen und sah ihnen nach, wie sie den Hügel hinuntergingen. Sie wollte nicht wegfahren, bevor sie die beiden sicher auf der Fähre wusste. Ihre Tochter war zwar schon fünfundzwanzig Jahre alt, aber manche Gewohnheiten legt man ein Leben lang nicht ab.

Nachdem die beiden es geschafft hatten, saß Margie in ihrem Auto und überlegte, was sie als Nächstes tun sollte. Es war ein wunderschöner Abend und ihr war nicht nach der Einsamkeit in ihrem leeren Haus zumute, daher beschloss sie, einen Spaziergang durch Friday Harbor zu machen und sich ein wenig umzusehen.

Margie stieg aus und spazierte die Straße entlang. Es herrschte viel mehr Betrieb als noch vor einem Monat, als sie hier gewesen war, um das Haus zu „kaufen". Je wärmer das Wetter wurde und je näher die Sommerferien rückten, desto mehr Besucher würden auf die Insel kommen. Der Gedanke erfüllte sie mit Hoffnung – nicht nur für ihr geplantes Unternehmen, sondern für das Leben überhaupt.

Langsam schlenderte sie durch die First Street und genoss die Musik und das Lachen, das aus den Restaurants drang. Vor dem Schaufenster eines Immobilienmaklers blieb sie stehen und studierte die Fotos der Objekte, die zum Verkauf standen. Sie staunte über die Preise. Die Häuser kosteten mehrere Millionen Dollar.

Beklommen fragte sie sich, was der Besitz ihres Bruders wirklich wert war. Er hatte ihn vor vielen Jahren gekauft und wahrscheinlich war er damals nicht schrecklich teuer gewesen. Aber das große Grundstück unmittelbar am Wasser mit dem umwerfenden Ausblick hätte er sicher für eine Million verkaufen können, wenn nicht sogar für mehr.

Margies Blick ging von einem Foto zum anderen, doch sie fand kein günstigeres Angebot, jedenfalls keines am Wasser. Es war offensichtlich, dass ihr Bruder eine Menge Geld verschenkt hatte, als er ihr das Anwesen überließ. Geld hatte ihm noch nie viel bedeutet und er hatte weder Frau noch Kinder, darum war er ihr und ihrer Familie gegenüber immer großzügig gewesen. Wahrscheinlich hatte sie ihm einfach leidgetan, obwohl es das Letzte war, was sie wollte.

Nach der Scheidung war ihr vom Gericht Unterhalt für sieben Jahre zugesprochen worden. Damals war Margie nicht wohl dabei, Geld von ihrem Mann anzunehmen, der ja nun ihr Ex-Mann war, aber sie hatte keine andere Wahl gehabt. Sie war an der Ingenieurschule eingeschrieben gewesen, als sie ihn kennengelernt hatte, doch bald darauf hatte Jeff um ihre Hand angehalten und sie hatten geheiratet. Kurz nach der Hochzeit wurde Margie schwanger und ihr Mann hatte sie überredet, ihre Ausbildung zu unterbrechen, sodass er sich darauf konzentrieren konnte, sein Studium abzuschließen und sein Unternehmen aufzubauen.

Im Großen und Ganzen hatte diese Rollenverteilung gut funktioniert. Jeff hatte sich als Wirtschaftsprüfer selbständig gemacht und konnte seine ganze Aufmerksamkeit dem Beruf widmen. Margie kümmerte sich um die Kinder und den Haushalt und gab sich alle Mühe, die Super-Mom zu sein. Es war nicht ganz das, was sie sich für ihr Leben vorgestellt hatte, doch sie war gerne Mutter. Sie war auch gerne Ehefrau. Und sie machte ihre Sache verdammt gut.

Es hatte sie seltsam berührt, wie routinemäßig die Scheidung über die Bühne gegangen war. Der Richter teilte einfach die Anzahl der Ehejahre durch drei und rundete das Ergebnis ab. Heraus kamen sieben Jahre Unterhalt, mit denen sie sich ein neues Leben aufbauen konnte.

Damals war Margie zweiundvierzig Jahre alt gewesen und hatte in ihrem Lebenslauf keinerlei Berufserfahrung vorzuweisen. Sie hatte überlegt, wieder aufs College zu gehen und ihr Ingenieursstudium abzuschließen, doch das erwies sich als unglaublich teuer. An einer staatlichen Universität hätte sie 13.000 USD berappen müssen. Sie beschloss, stattdessen am Community College einen Abschluss als Arzthelferin zu machen.

Auf diese Weise schaffte sie es zwar, sich finanziell über Wasser zu halten, doch ihr neuer Beruf eröffnete ihr nicht die Möglichkeiten, die sie sich erhofft hatte. Eigentlich hatte sie sich irgendwann ein kleines Haus kaufen wollen, doch die

Immobilienpreise in Seattle waren in den letzten zwanzig Jahren geradezu explodiert.

Dabei wohnten ihre Kinder schon längst nicht mehr in Seattle. Als Connor zum College ging, hätte sie in eine preiswertere Gegend ziehen können. Doch die Stadt war ihrer aller Zuhause und sie hatte gehofft, den Kindern dort weiterhin eine Anlaufstelle bieten zu können. Leider war ihr das nicht gelungen.

Irgendwann hatte Jeff eine Zweigstelle in New York City eröffnet und verbrachte von da an die meiste Zeit an der Ostküste. Es war nicht seine Schuld, dass ihre Liebe verebbt war. Er hatte sich in der ganzen Sache sehr anständig verhalten. Eines Tages hatte er sich mit ihr hingesetzt, hatte ihre Hand genommen und ihr versichert, dass er sie immer lieben werde, aber nicht länger mit ihr verheiratet sein könne.

Ein Windstoß fegte durch die Straße und Margie erschauderte. Sie hätte besser eine Jacke mitgenommen, doch eigentlich hatte sie gar nicht vorgehabt, zu dieser Stunde noch unterwegs zu sein. Wenn sie sich bewegte, würde ihr gleich wärmer werden.

Sie bog nach links in die Spring Street ein. Langsam wanderte sie die steil ansteigende Straße entlang und betrachtete die kleinen Geschäfte und die Restaurants. Es gab ein Lebensmittelgeschäft und ein paar Läden, in denen man Kajaks mieten oder sich zu Walbeobachtungstouren anmelden konnte. Und ein paar Geschäfte mit allem möglichen Kleinkram.

Margie liebte diese hübschen Kleinigkeiten. Sie blieb vor einem Schaufenster stehen, in dem Geschirrhandtücher, Schürzen und andere Dinge für die Küche dekoriert waren, alle mit Motiven der Insel San Juan. Margie nahm sich vor, während der Woche wiederzukommen, wenn das Geschäft geöffnet hatte.

Bald hatte sie die kleinen Läden hinter sich gelassen und kam zu einem Kreisverkehr, an dem ein kleiner Parkplatz und ein Einkaufszentrum lagen. Sie wollte schon weitergehen, als ihr Blick auf einige Blumensträuße auf dem Bürgersteig fiel. Daneben lag etwas, das wie ein Plakat aussah. Vorsichtig umrundete Margie den Kreisverkehr, um sich das Arrangement anzusehen. Als sie näherkam, schnürte es ihr das Herz zusammen.

Im Gedenken an Kelly Allen, geliebte Ehefrau, Mutter, Schwester und Tochter.

Auf dem Plakat war dasselbe Foto abgedruckt, dass sie aus der Zeitung ausgeschnitten hatte. Kellys strahlendes Lachen und die großen braunen Augen blickten ihr entgegen. Es war immer noch ein Schock, ihr Gesicht zu sehen. Sie war ihr nur ein einziges Mal begegnet, vor dreiundzwanzig Jahren ... und damals hatte sie nicht gelacht.

Es war ein dunkler, stürmischer Sonntagabend gewesen. Connor war gerade erst ein paar Wochen alt und sie hatte die beiden älteren Kinder durchs Haus scheuchen müssen, bis sie

sie endlich ins Bett bekommen hatte. Jeff war beruflich unterwegs gewesen, wie so oft, als er sein Unternehmen aufbaute.

Margie hatte es endlich geschafft, die Kinder zu Bett zu bringen, das leise Tappen kleiner Füße, die sich die Treppe wieder hinunterschlichen, war seit fast einer Stunde verstummt. Da klopfte es plötzlich an der Tür. Margie lief schnell hin, um aufzumachen, und hoffte inständig, dass der späte Besuch die Kinder nicht weckte und die ganze Prozedur des Zubettgehens von vorne losging.

Als sie die Tür öffnete, stand eine zierliche, verängstigt wirkende junge Frau vor ihr. Das dunkle Haar war völlig durchnässt. Margie fiel der wilde Blick in ihren Augen auf.

„Ja, bitte? Kann ich Ihnen helfen?“

Die Frau starrte sie wortlos an.

Margie beugte sich vor, um sie genauer zu betrachten. „Ist alles in Ordnung?“

„Ist dies das Haus ... von Jeff Clifton?“

„Ja, ich bin Margie Clifton. Kennen wir uns?“

Die Frau schüttelte den Kopf. „Nein. Das ... das ist ein Irrtum. Ich muss weiter.“

Margie sah ihr nach, als sie den Bürgersteig hinunterhastete.

Sie lief ihr hinterher. „Sie können in diesem Sturm doch nicht draußen herumlaufen. Bitte, kommen Sie ins Haus, ich kann Ihnen ein Taxi rufen oder so etwas.“

Die junge Frau blieb stehen, drehte sich um und warf Margie einen gequälten Blick zu.

„Bitte. Ich bestehe darauf.“

Schließlich ließ sich die Frau überreden, hereinzukommen. Ihre Kleidung war völlig durchnässt. Im Licht der Diele kam sie Margie vor wie eine Highschoolschülerin.

„Warten Sie einen Moment, ich hole Ihnen etwas Trockenes zum Anziehen und mache Ihnen einen Tee. Und dann sehen wir zu, dass wir Sie nach Hause kriegen, okay?"

Die junge Frau nickte. Margie ging nach oben und hörte Connor weinen. Natürlich, es war Zeit für sein Fläschchen. Sie griff sich ein paar trockene Kleidungsstücke und holte das Baby aus seiner Wiege. Als sie wieder in den Flur kam, war die Frau nirgendwo zu sehen. Margie überlegte, ob sie sie sich in ihrem übermüdeten Zustand vielleicht nur eingebildet hatte. Schließlich fand sie sie in der Küche, wo sie reglos am Tresen stand.

„Hier, dort drüben im Badezimmer können Sie sich umziehen."

Stumm nahm die Frau das Kleiderbündel und ging ins Bad. Margie machte das Fläschchen für Connor fertig und war gerade dabei, ihn zu füttern, als sie zurückkam.

„Sie können Ihre nassen Sachen hier hinlegen. Ich kann sie schnell in den Trockner stecken, wenn der Kleine getrunken hat."

Die Frau schüttelte den Kopf und starrte Connor mit weit aufgerissenen Augen an. „Nein, ist schon okay."

„Sind Sie – gehen Sie hier in der Nähe zur Schule? Vielleicht in die Fairview Highschool?"

„Nein, ich studiere an der Portland State University. Ich bin im ersten Semester."

„Ah, okay. Ich kenne ein paar Leute, die dort studiert haben. Dann sind Sie aber weit weg von zu Hause."

Die Frau nickte und stand auf, als wollte sie gehen. „Hören Sie – danke für alles, aber ich muss jetzt weiter."

„Wenn Sie Schwierigkeiten haben, kann ich Ihnen vielleicht helfen."

Die Frau schwieg einen Moment und biss sich auf die Unterlippe. „Ich bin schwanger", sagte sie dann. „Und ich möchte, dass Sie das Baby zu sich nehmen."

Margie starrte sie mit offenem Mund an. Das hatte sie nun wirklich nicht erwartet. „Nun – also, ich habe selbst gerade erst ein Baby bekommen. Und ich habe noch zwei weitere Kinder. Ich finde das ganz rührend, aber ich bin sicher, Sie finden ..."

„Jeff ist der Vater. Jeff ist der Vater meines Babys. Ich habe es niemandem erzählt."

Margie war froh, dass sie saß, sonst hätten die Beine unter ihr nachgegeben. „Wie bitte? Was sagen Sie da?"

„Ich wusste nicht, dass er ... verheiratet ist. Ich habe es gerade erst herausgefunden und ..."

„Wahrscheinlich verwechseln Sie ihn mit einem anderen Jeff", sagte Margie mit schriller Stimme. Sie hatte im Ohr, was ihr Mann ihr eingeschärft hatte: Mit wachsendem Erfolg seines Unternehmens mussten sie stets darauf gefasst sein, dass ihnen jemand übelwollte. „Niemand soll sich einbilden, dass er uns hereinlegen kann, nicht wahr?", sagte er immer.

„Nein, ich habe ihn nicht verwechselt", sagte die junge Frau leise. „Er belügt Sie. Sie sollten ihn verlassen, Sie sollten nicht zulassen, dass er – "

„Mein Mann belügt mich nicht. Wir sind seit fünf Jahren glücklich verheiratet."

Connor begann zu weinen. Margie legte ihn sich auf die Schulter und klopfte ihm sanft auf den Rücken.

„Es tut mir leid", sagte die Frau, schnappte sich ihre nassen Sachen und rannte zur Tür hinaus.

Am nächsten Morgen fragte sich Margie, ob sie das alles vielleicht nur geträumt hatte. Das Gespräch mit der jungen Frau ging ihr nicht aus dem Kopf. Hatte sie sich diese merkwürdige Begegnung nur eingebildet?

Doch dann fand sie im Badezimmer einen Schlüsselanhänger, ein kleines Plättchen, das wie ein winziges Nummernschild aussah und auf dem ein Name stand: Kelly. Das alles ergab keinen Sinn. Jeff war ein guter Mann – ein wunderbarer Mann. Warum sollte er etwas so Verantwortungsloses tun und sich auf eine Affäre mit einer Achtzehnjährigen einlassen? Das passte nicht zu ihm.

Margie wagte es kaum, den Besuch zu erwähnen, aus Angst, ihn zu verärgern. So erzählte sie ihm nur, dass eine junge Frau namens Kelly auf der Suche nach ihm vorbeigeschaut habe.

„Ich glaube nicht, dass ich eine Kelly kenne", sagte er gleichmütig. „Hat sie gesagt, was sie wollte?"

„Nein", erwiderte Margie. „Sie wollte nur kurz Guten Tag sagen."

Sie beobachtete ihn genau, doch er zeigte keinerlei Reaktion. Genauso gut hätte sie ihm sagen können, dass der Postbote vorbeigekommen sei. Sie verstaute den Schlüsselanhänger in ihrem Schmuckkästchen und beschloss, über die ganze Sache nachzudenken, wenn sie nicht so müde war.

Doch dieser Moment kam nie. Die Kinder forderten sie ununterbrochen und Margie vergaß die ganze Angelegenheit. Bis vor Kurzem.

Margie griff in ihre Hosentasche und zog den Schlüsselanhänger hervor. Mit den Fingerspitzen fuhr sie die Buchstaben nach. War es Zufall, dass sie das Schicksal auf die Insel geführt und diese Frau wieder in ihr Leben gebracht hatte?

Ein einzelner Regentropfen traf Margie auf der Nase. Sie blickte auf und im selben Moment zuckte ein Blitz über den Himmel.

Kapitel 5

Die Sonne war noch nicht ganz aufgegangen, als sich Morgan auf den Weg zum Fahrradverleih machte. Mehr als ihren Rucksack hatte sie nicht dabei, sie war lieber mit leichtem Gepäck unterwegs. Sie erklomm die Treppe zum Laden und spähte durch die Glastür ins Innere. Alles war dunkel und leer.

Was war das denn? Hatte das Geschäft etwa noch geschlossen?

Dann sah sie das Schild, auf dem die Öffnungszeiten standen. „Tatsächlich! Die machen erst um neun Uhr auf."

Sie stöhnte. Vielleicht zeigte sich hier dieses spezielle Zeitgefühl, das angeblich so typisch für die Insel war. Allerdings fand sie das gar nicht komisch. Sie zog ihr Handy hervor und suchte nach einem Taxiunternehmen – vergeblich. So etwas gab es auf San Juan offenbar nicht. Kein Taxi, kein Uber, nichts. Gar nichts. Wie seltsam. Es kam ihr vor, als sei sie auf einer Zeitreise zurück in die Vergangenheit.

Bis zu ihrem Ziel waren es mehr als neun Meilen und bis jetzt war nichts so gelaufen, wie sie es sich vorgestellt hatte. Sie hatte die erste Fähre nach Friday Harbor verpasst und musste eine ganze Stunde auf die nächste warten. Und nun sah es so aus, als würden sich auch ihre zugegebenermaßen wenig durchdachten Pläne für die Weiterfahrt zerschlagen.

Aber sie würde sich nicht aufhalten lassen. Sie gab die Adresse in ihr Handy ein und machte sich zu Fuß auf den Weg.

Zuerst lief es ganz gut, aber bald hörte der Bürgersteig auf, sodass sie am Rand der schmalen Straße gehen musste, auf der die Fahrer für ihren Geschmack viel zu schnell fuhren. Gab es vielleicht einen Bus? Sie blieb stehen und zog ihr Handy zurate. Nichts. Jedenfalls nichts, was Google bekannt wäre.

Seufzend schob sie das Handy in die Hosentasche zurück und beschloss, erst einmal ihren Schuh zu binden, bevor sie weiterging. Da hörte sie, wie hinter ihr ein Auto zum Stehen kam. Ihr ganzer Körper spannte sich an.

„Können wir Sie irgendwohin mitnehmen?“, rief eine Stimme.

Morgan drehte sich um. Hinter ihr stand ein kleines SUV mit Mountainbikes auf dem Dach und vier Leuten im Innern. Eine Mitfahrgelegenheit würde eines ihrer größten Probleme lösen, doch sie war noch nie getrampt und war sich nicht sicher, ob es wirklich eine gute Idee war. Andererseits sahen diese Leute jung und nett aus und nicht so, als würden sie Tramper umbringen.

„Wohin fahrt ihr?“, fragte sie.

„Wir wollten uns Mount Finlayson ansehen. Es ist nicht weit von hier.“

„Ich wollte nach Cattle Point.“

„Das liegt mehr oder weniger auf dem Weg“, sagte die Frau auf dem Beifahrersitz. „Willst du wandern gehen? Sollen wir dich mitnehmen?“

Wandern gehen. Ha. Morgan biss sich auf die Lippe. Sie könnte eine Menge Zeit sparen, wenn sie mitfuhr, und diese Leute sahen wirklich vollkommen harmlos aus. Das war doch auch nichts anderes als mit einem Uber-Taxi zu fahren. Außer, dass es nichts kostete.

„Ja, gerne, wenn es euch nichts ausmacht“, sagte sie schließlich.

„Dann steig ein.“

Morgan zwängte sich auf den Rücksitz neben die beiden Passagiere, die dort bereits saßen. Sie stellte sich vor und sie erzählten ihr, dass sie das Feiertagswochenende auf der Insel verbringen wollten. Ihre Zelte hatten sie in der Nähe des Lime Kiln Point auf der anderen Seite der Insel aufgebaut.

„Das klingt schön“, sagte Morgan.

Die Frau auf dem Beifahrersitz drehte sich um. „Bis jetzt war es einfach toll“, sagte sie. „Falls du in der Gegend bist, besuch uns doch auf unserem Zeltplatz. Wenn es dunkel wird, sind wir normalerweise so erledigt, dass wir nur noch dasitzen und dem Plätschern der Wellen lauschen.“

Morgan lächelte. Das klang so friedlich. Allerdings war sie selbst gar nicht friedlich gestimmt, aber das mussten ihre Mitfahrer nicht wissen. „Ja, danke. Das werde ich mir merken.“

Die Fahrt bis Cattle Point dauerte ganze sieben Minuten. Im Vergleich zu dem dreistündigen Marsch, auf den sie sich gefasst gemacht hatte, wirklich komfortabel. Sie stieg aus und bedankte sich, die anderen winkten zum Abschied und fuhren davon.

Ihre erste Erfahrung als Tramperin – fünf Sterne.

Was sie am meisten überraschte, war, dass außer ihr offenbar niemand auf diesem Wanderweg unterwegs war. Sie blieb stehen und schaute auf den Leuchtturm an der Landspitze von Cattle Point. Der Ausblick auf das Wasser und die anderen Inseln in der Ferne war unvergleichlich. Der Wind strich ihr um die Ohren und ließ die hohen Gräser wogen. Nach der Fahrt in dem warmen Auto mit den freundlichen, lächelnden Leuten empfand sie diesen Ort, an dem die Welt zu Ende zu sein schien, als krassen Gegensatz.

War ihre Mutter jemals diesen Weg entlanggegangen? Hatte ihr der Ausblick gefallen? Morgan würde nie mehr Gelegenheit haben, sie danach zu fragen ...

Doch jetzt war keine Zeit für Trübsal. Sie hatte zu tun.

Nach einem weiteren Blick auf ihr Handy fand sie die Straße, die sie nehmen musste, und machte sich auf den Weg. Der Ort, den sie suchte, war online erstaunlich leicht ausfindig zu machen – im Internet blieb wahrhaftig nichts verborgen. Zehn Minuten später erreichte sie eine lange private Zufahrt.

Sie beschloss, sich möglichst unauffällig zu verhalten, zumal es inzwischen ganz hell geworden war. Daher mied sie die Einfahrt und schlug sich etwa drei Meter seitlich davon durch einen Saum aus Bäumen und Büschen. Sie kam schnell voran und hatte das Gefühl, recht gut getarnt zu sein. Im hinteren Teil des Grundstücks entdeckte sie eine große Garage. Sie wartete ungefähr fünf Minuten, um sich zu vergewissern, dass im Haus alles ruhig war, bevor sie sich genauer umsah.

Als sie sicher war, dass sie allein war, schlich sie zur Garage, um die Tür zu untersuchen. Sie betätigte den Türgriff, doch sie hatte kein Glück. Morgan spähte durch das nächstgelegene Fenster ins Innere. Die Garage war riesig. Insgesamt standen dort acht Autos, einige davon auf einer zweiten Ebene.

„Reiche Leute", murmelte sie. So etwas hatte sie noch nie in ihrem Leben gesehen. Einer der Wagen war mit einer Art Plane abgedeckt. Das konnte der sein, den sie suchte.

Eine Viertelstunde lang bemühte sie sich vergeblich, das Schloss zu knacken, so wie sie es im Internet gesehen hatte. Schließlich gab sie auf und sah sich nach einer anderen Möglichkeit um, in die Garage zu gelangen. Es war aussichtslos.

Gerade hatte sie beschlossen, nachts noch einmal wiederzukommen und in der Zwischenzeit bessere Möglichkeiten zu erkunden, dem Schloss zu Leibe zu rücken, als das Heulen einer Polizeisirene die Stille durchschnitt.

Oh je.

„Guten Morgen", rief der Polizist.

Morgan erstarrte. Ihre Gedanken rasten. Sollte sie weglaufen? Wie weit würde sie kommen? Wie kalt war das Meer? Wahrscheinlich ziemlich kalt, aber ...

Er kam näher. „Können Sie mir sagen, was Sie hier machen?"

„Ich bin ... gewandert. Und habe mich verlaufen."

Der Polizist runzelte die Stirn. „Tragen Sie beim Wandern immer weiße Turnschuhe?"

Morgan blickte auf ihre Füße hinunter, dann wieder hoch zu ihm. Er wirkte kräftig – nicht dick, aber auch nicht gerade dünn. Er war einfach ein großer Kerl, und sie fragte sich, ob er ein schneller Läufer war. Sie war es mit Sicherheit nicht.

„Ja, das sind alte Schuhe", sagte sie.

„Gibt es einen Grund, weshalb Sie sich so eingehend mit diesem Türgriff hier befasst haben?"

„Was? Ach, die Tür", sagte sie mit einem nervösen Lachen. „Ich wollte mir nur die Autos da drinnen ansehen. Sie sehen wirklich toll aus."

Sie sehen wirklich toll aus?! Brillant!

Er nickte und sah sich um. „Nun, der Besitzer dieser tollen Autos möchte nicht, dass Sie hier herumlungern. Das gilt als unbefugtes Betreten eines Privatgrundstücks. Ich muss Sie mitnehmen. Können Sie sich ausweisen?"

Sie stöhnte. „Ja, Sir. Meine Papiere sind in meinem Rucksack. Ist es okay, wenn ich ihn abnehme?"

„Klar, aber bitte schön langsam."

Sie nickte und ließ den Rucksack in Zeitlupe vom Rücken gleiten.

„Nicht so schnell", rief er.

Sofort schossen ihre Hände in die Höhe. „Tut mir leid!"

Er lachte. „War nur Spaß. Das war prima. Machen Sie weiter."

Morgan schlug das Herz bis zum Hals. Hatte er wirklich nur einen Witz gemacht? Sie war zu erschrocken, um einen klaren Gedanken zu fassen. Langsam zog sie einen Reißverschluss am Rucksack auf, zerrte ihren Führerschein hervor und reichte ihn dem Polizisten.

Er nahm ihn, betrachtete ihn und hielt ihn dann am ausgestreckten Arm von sich.

„Das ist doch wohl nicht Ihr Ernst", sagte er leise.

„Was ist? Das bin ich wirklich." Vorsichtshalber reckte sie wieder die Arme in die Höhe.

„Nein, schon gut. Nehmen Sie ruhig die Hände herunter." Er rieb sich mit der Hand über das Gesicht. „Sie sind Morgan Allen?"

„Ja, Sir."

Die Vordertür des Hauses ging auf und ein Mann streckte seinen Kopf heraus. „Das ist sie. Nimm sie fest!"

„Auch das noch!", murmelte der Polizist. „Geh sofort ins Haus zurück!", befahl er dem Mann.

„Ich will nicht, dass sie – "

„Ins Haus! Auf der Stelle!", brüllte der Officer.

Erst jetzt merkte Morgan, wie kalt ihre Hände waren. Mit offenem Mund starrte sie den Mann in der Haustür an.

Der betrachtete sie und den Polizisten einen Moment lang, dann schlug er die Tür zu.

Der Polizist wandte sich wieder Morgan zu. „Okay, junge Dame, wir unterhalten uns im Auto weiter. Kommen Sie. Haben Sie ein Fahrrad dabei?"

Sie schüttelte den Kopf.

„Wie sind Sie hergekommen?"

Sie zog die Nase kraus. Obwohl sie ihm nur ungern die Wahrheit sagte, war ihr doch klar, dass man einen Polizisten besser nicht anlog. „Ich ... ein paar Leute haben mich mitgenommen."

„Ah. Okay. Setzen Sie sich auf den Rücksitz."

Mit wild pochendem Herzen schob sich Morgan auf die Rückbank. Sie hatte noch nie in einem Polizeiauto gesessen. Unbefugtes Betreten von Privatbesitz war nicht so schlimm, oder? Würde sie jetzt im Gefängnis landen oder so?

„Ich bin übrigens Hank, der Chief Deputy Sheriff."

Morgan ballte die Hände derart fest zu Fäusten, dass sich die Fingernägel in ihre Handfläche gruben. Sie zwang sich, sich zu entspannen. „Dann sind Sie also der Chef hier?"

Er schüttelte den Kopf. „Nein, Sie meinen den Sheriff."

„Okay."

„Aber ich wüsste trotzdem gern, was Sie hier draußen wollten. Und kommen Sie mir nicht wieder mit dem Märchen von der Wanderung."

Morgan fühlte sich wie benommen. Sie hatte von Anfang an nicht geglaubt, dass ihr Plan besonders schlau war. Und jetzt wagte sie nicht einmal auszusprechen, was sie wirklich vorgehabt hatte. „Ich wollte ... also, ich habe nicht richtig nachgedacht."

„Den Eindruck habe ich auch."

Sie fuhr fort: „Ich war auf der Suche nach einem Auto. Nach einem ganz bestimmten Auto."

Hank verschränkte die Arme. „War es vielleicht eine 1963er Corvette Sting Ray?"

Oh Mist. Er wusste genau, wer sie war und was sie wollte. Sie schloss die Augen. „Ja."

„Sie sind auf der Suche nach dem Wagen, der ihre Mutter angefahren und bei dem Unfall eine Stoßstange verloren hat."

Tränen quollen hinter ihren geschlossenen Lidern hervor. „Ja."

Hank seufzte. „Wahrscheinlich werden Sie mir nicht glauben, aber wir haben überall nach diesem Wagen gesucht."

„Ich dachte nur, dass ich vielleicht einen Hinweis finde."

Er schwieg.

Sie öffnete die Augen und beugte sich vor, um zu sehen, was er machte. Er saß einfach da, eine Hand aufs Lenkrad gelegt, und starrte durch die Windschutzscheibe.

„Hören Sie, ich weiß, dass Sie das für eine gute Idee halten. Es ist aber alles andere als eine gute Idee. Brock Hunter ist ein gefährlicher Mann, nicht nur, weil er wegen Alkohol am Steuer ein stattliches Vorstrafenregister hat. Ich will nicht, dass Sie sein Grundstück noch mal betreten. Wenn Sie sich nicht daran halten, muss ich Sie wirklich festnehmen. Zu Ihrem eigenen Schutz."

Morgan holte tief Luft und starrte aus dem Fenster. Sie bemühte sich, ihre Stimme so fest wie möglich klingen zu lassen. „Okay", sagte sie.

„Ich meine es ernst. Versprechen Sie mir, dass Sie sich von diesem Grundstück fernhalten."

„Ich verspreche es."

„Okay, gut." Er startete den Motor. „Dann ist das also abgemacht. Wo auf der Insel wohnen Sie?"

Er wechselte das Thema. Prima. „Ich habe noch nichts entschieden. Vielleicht zelte ich irgendwo. Oder ich suche mir ein Hotelzimmer."

Er drehte sich zu ihr um. „Machen Sie Witze?"

Sie schüttelte den Kopf. „Nein, wieso?"

Er rieb sich die Stirn. „Nun, ich kann Ihnen versichern, dass Sie an diesem Wochenende auf der Insel kein einziges freies Fleckchen finden und erst recht kein freies Zimmer. Alles restlos ausgebucht."

„Oh."

Planen war noch nie ihre Stärke gewesen.

„Soll ich Sie zur Fähre zurückbringen?"

„Ach, eigentlich hatte ich gehofft, eine Weile zu bleiben. Ich möchte die Stelle sehen, wo meine Mom …" Ihre Stimme drohte zu brechen. „Und ein paar andere Sachen."

„Verstehe."

Er schwieg einen Moment, dann sagt er: „Also, wenn Sie nichts geplant haben, kenne ich eine Dame, bei der Sie übernachten können." Hoffe ich jedenfalls, fügte er in Gedanken hinzu.

Morgan starrte ihn überrascht an. „Wirklich?"

„Oh ja", sagte er und fuhr rückwärts aus der Zufahrt.

Kapitel 6

Vielleicht sollte er sie vorher anrufen? Nein – selbst, wenn er gewollt hätte, er hatte Margies Nummer nicht.

Noch nicht.

Er warf einen raschen Blick in den Rückspiegel. Morgan saß reglos da, hielt ihren Rucksack umklammert und sah aus dem Fenster. Sie erinnerte ihn an seine eigene Tochter – allerdings konnte seine Tochter besser lügen. Mittlerweile arbeitete sie bei einer Werbeagentur, da kam ihr diese Fähigkeit zugute, doch als Teenager hatte sie ihn damit regelmäßig auf die Palme gebracht.

Für den Fall, dass Margie nicht zu Hause oder nicht bereit war, die junge Frau bei sich aufzunehmen, hatte er keinen Plan B. Er konnte Morgan natürlich anbieten, im Bezirksgefängnis zu übernachten, doch das war nicht sonderlich gemütlich. Was hatte sie sich wohl dabei gedacht, in Brock Hunters Garage einbrechen zu wollen? Hatte sie wirklich angenommen, dass die Polizei so nachlässig war?

Selbstverständlich hatten sie sich dort umgesehen. Sie hatten überall gesucht. Als man Morgans Mutter schwer verletzt fand und sie ins Krankenhaus brachte, lag an der Unfallstelle nur noch eine rückwärtige Stoßstange. Der Fahrer hatte Kelly Allen vermutlich angefahren, beim Zurücksetzen einen Pfeiler erwischt und war dann ohne Stoßstange weitergefahren. Das Nummernschild hatte er leider nicht verloren.

Brock war einer der reichsten Männer auf der Insel und meinte ganz offensichtlich, dass er über dem Gesetz stand. Er war der Einzige auf San Juan Island mit einem Auto, das zu dieser Stoßstange passte, doch das reichte nicht als Beweis. Hank vermutete, dass er das beschädigte Auto in Windeseile von der Insel geschmuggelt hatte. Wahrscheinlich war es keine zwölf Stunden nach dem Unfall zu einem handlichen Metallblock gepresst irgendwo verschwunden.

An jenem Abend wurde Brock wegen Alkohol am Steuer festgenommen. Seltsamerweise war er in einem 2001er Toyota Camry unterwegs gewesen – ein Auto, das weder seinen Vermögensverhältnissen noch seinem Stolz entsprach. Einer ihrer besten Deputies hatte den Besitzer des Fahrzeugs befragt, einen Mechaniker, der auf den Festland lebte. Doch der hatte keine Erklärung dafür, warum Brock Hunter geheimnisvollerweise mit seinem Auto auf San Juan Island aufgetaucht war.

So offensichtlich es auch schien, dass Brock der Schuldige war: Sie hatten keinerlei Beweise. Morgan war Brock gegenüber zu Recht misstrauisch, aber sie war zu jung, um zu verstehen, wie leicht ein reicher Mann durch die Maschen der Justiz schlüpfen konnte.

Ja, in einer idealen Welt würde die Liebe einer jungen Frau zu ihrer Mutter genügen, um den Fall zu lösen. Aber Hank wusste nur zu gut, dass für die Superreichen andere Gesetze galten – Brock war da keine Ausnahme. Er wurde nicht einmal für die Fahrt an jenem Abend belangt. Sein Anwalt schaffte es, ihn herauszuhauen, obwohl der Bluttest ergab, dass sein Alkoholpegel zweieinhalbmal über dem gesetzlich erlaubten Limit lag.

Das ganze Police Department war immer noch auf der Suche nach Beweisen, ging immer noch allen Hinweisen nach. Aber Hank wollte der bedauernswerten jungen Frau keine Hoffnungen machen. Es sah nicht gut aus.

Er räusperte sich. „Sind Sie schon mal auf San Juan gewesen?“

„Nein, das ist mein erster Besuch auf der Insel.“

„Oh.“ Keine idealen Voraussetzungen für einen ersten Besuch, aber daran ließ sich nun mal nichts ändern.

„Meine Eltern wollten hier ihren Hochzeitstag zu feiern. Meine Mom hat mir viele Fotos geschickt und geschwärmt, wie schön es hier ist ...“

„Das mit Ihrer Mutter tut mir furchtbar leid. Alle hier waren sehr betroffen und wir arbeiten immer noch an dem Fall.“

„Danke.“

Im Rückspiegel sah er, dass sie wieder aus dem Fenster blickte, und beschloss, den Mund zu halten. Aus eigener Erfahrung wusste er, dass die Dinge, die die Leute einem Trauernden sagten, oft nicht sonderlich hilfreich waren.

Den Rest des Weges legten sie schweigend zurück. Hank wurde immer nervöser. Vielleicht war sein Plan doch nicht so gut. Suchte er nur nach einem Vorwand, um Margie wiederzusehen? Sie war so unglaublich gastfreundlich gewesen, als er letztens vorbeigeschaut und ihr Morgan Allens Namen genannt hatte. Bestimmt würde sie es noch viel interessanter finden, die junge Frau persönlich kennenzulernen.

Nein. Keine gute Idee.

Aber jetzt war es zu spät, zurückzurudern.Wenn er Glück hatte, war sie nicht zu Hause. Hank fuhr langsam die Einfahrt zu ihrem Haus hoch, als ihm einfiel, dass er Margie noch ihre Plastikdose zurückbringen musste. Die Lasagne, die sie ihm neulich mitgegeben hatte, war fantastisch gewesen – absolut fantastisch. Aber eigentlich war es ganz gut, dass er die Dose jetzt nicht dabei hatte. So hatte er einen weiteren Grund, noch einmal bei Margie vorbeizuschauen.

Er hielt vor dem Haus, doch bevor er Morgan sagen konnte, dass sie im Auto warten solle, war sie bereits ausgestiegen.

Er hätte die Tür verriegeln sollen. Zu spät. Jetzt war es passiert.

Er ging zur Haustür und klingelte. Morgan stand hinter ihm. Hank drehte sich zu ihr um und lächelte ihr zu. Durchschaute sie, dass er gerade etwas ziemlich Verrücktes tat?

Die Haustür ging auf und Margie stand vor ihm, mit Farbspritzern auf Gesicht und T-Shirt. „Oh! Chief Hank! Hallo!“

„Hallo, Margie, tut mir leid, dass ich Sie bei der Arbeit störe –“

Sie lachte. „Sie stören überhaupt nicht. Was gibt’s?“

„Tja, also, heute früh kam ein Anruf wegen unbefugten Betretens eines Grundstücks und Sie glauben nicht, wer der Eindringling war.“ Er trat einen Schritt zur Seite, ohne Margie aus den Augen zu lassen.

Es war, als hätte ihr jemand einen Schlag in die Magengrube versetzt. Ihre Augenbrauen schossen in die Höhe, sie schien ein wenig zu schwanken und ihr Lächeln erstarrte.

Morgan ging mit ausgestreckter Hand auf sie zu. „Nett, Sie kennenzulernen. Ich bin Morgan Allen."

„Hallo, ich bin Margie Clifton."

Hanks Blick ging zwischen den beiden Frauen hin und her. „Ähm, Margie kannte Ihre Mutter. Vor langer Zeit."

„Tatsächlich?" Morgans Augen leuchteten auf.

Margie nickte heftig. „Ja, wir sind uns kurz begegnet, vor mehr als zwanzig Jahren. Ich habe ihr Foto gesehen und ... es tut mir so leid, Liebes."

Morgan schenkte ihr ein bemühtes Lächeln.

„Tja", sagte Hank und stützte die Hände auf die Hüften. „Ich habe sie hergebracht – nun, das kann sie Ihnen besser selbst erzählen. Aber ich hätte sie entweder verhaften oder ihr helfen können, eine Übernachtungsmöglichkeit zu finden. Auf der Insel ist alles ausgebucht und ich dachte – ich weiß, es klingt albern, aber wenn Sie vielleicht – "

„Natürlich!", unterbrach Margie ihn. „Ja, ich habe mehr als genug Platz. Ich würde mich freuen, Sie hier zu haben, Morgan."

„Ich möchte Ihnen nicht zur Last fallen", sagte Morgan. „Sobald irgendwo auf der Insel etwas frei wird, sind Sie mich wieder los. Bestimmt finde ich einen Zeltplatz oder so."

„Überhaupt kein Problem. Solange es Ihnen nichts ausmacht, dass ich streiche und versuche, alles auf Vordermann zu bringen."

„Ich würde Ihnen gerne helfen“, sagte Morgan.

„Na, sieh mal einer an“, sagte Hank. „Die Zahl der Beschäftigten hat sich gerade verdoppelt.“

Margie lachte leise und Hank wand sich innerlich vor Verlegenheit. Er hatte sie wirklich in eine schwierige Lage gebracht. Wäre er doch bloß umgedreht, als er noch die Gelegenheit dazu hatte. Es sah so aus, als würde er ihre Freundlichkeit ausnutzen, dabei war das überhaupt nicht seine Absicht. Er verspürte nur den seltsamen Drang, sie wiederzusehen, und er wusste, dass sie diese junge Frau kennenlernen wollte und ... nun, das Ergebnis war eine ziemlich ungemütliche Situation.

„Wenn es nicht passt, kann ich sicher eine andere Unterkunft für sie finden“, sagte Hank. Das stimmte natürlich nicht, aber er hatte das Gefühl, wenigstens eine Alternative anbieten zu müssen.

„Nein, nein, bitte tun Sie das nicht. Es wäre schön, jemanden hierzuhaben.“

Bevor er sich zurückhalten konnte, fragte Hank: „Ach, ist Ihr Mann nicht hier?“

Margie zuckte die Schultern. „Nein, mein Ex-Mann lebt in New York.“

Hank verspürte ein leises Flattern in der Magengegend. Ihr Ex-Mann!

„In New York? Das ist cool“, sagte Morgan. „Ich wollte immer mal nach New York. Waren Sie schon mal da?“

Margie nickte. „Ja, wir waren ein paarmal zusammen dort, als wir noch verheiratet waren. Damals hat er eine neue Zweigstelle seiner Firma aufgemacht. New York ist natürlich beeindruckend, aber ich bin einfach kein Stadtmensch, eher das typische Mädchen vom Lande."

„Ich auch", sagte Morgan.

„Und ich auch", sagte Hank und die beiden Frauen brachen in schallendes Gelächter aus. Höchste Zeit, dass er verschwand, bevor er noch mehr Unfug von sich gab.

„Tja, ich gehe besser wieder an die Arbeit. Morgan, denken Sie daran, was ich Ihnen gesagt habe. Und Margie – es war mir ein Vergnügen, wie immer."

Morgan nickte, die Lippen fest zusammengepresst.

„Ganz meinerseits", sagte Margie lächelnd. „Nochmals vielen Dank, Chief Hank. Wir sehen uns."

„Das will ich hoffen", erwiderte er, drehte sich abrupt um und ging zu seinem Wagen zurück, wobei er den Blick starr auf den Boden gerichtet hielt. Was war bloß in ihn gefahren? Er benahm sich wie ein albernes Schulmädchen. Wie lange war es her, dass er sich so gefühlt hatte? Bestimmt eine halbe Ewigkeit. Doch jedes Mal, wenn er Margie sah, gefiel sie ihm mehr. Sie hatte eine wunderbare Ausstrahlung und zog ihn unwiderstehlich in ihren Bann. Dass sie gut kochen konnte, war nicht der einzige Grund. Auch nicht, dass sie hübsch anzusehen war. Sie erinnerte ihn irgendwie an die Sonne und gab ihm ein Gefühl von ... Hoffnung?

Was war das jetzt? Kopfschüttelnd stieg er ins Auto. Hoffnung. Das war etwas, was er seit Jahren nicht mehr gespürt hatte.

Aber auch, wenn Margie wie ein Sonnenstrahl in Menschengestalt war, so hatte sie doch etwas Besseres verdient, als dass er ihr mit seiner mürrischen Art nachstellte. Die arme Frau war erst seit ein paar Tagen auf der Insel und hatte ihn schon viermal zu Gesicht bekommen.

Hank startete den Motor. Am besten ließ er sie in Ruhe. Er musste zu seinem normalen Leben zurückkehren. Arbeit. Abendessen in der Pizzeria. Stille Abende in seinem Haus.

Und obwohl das nicht das Leben war, das sich seine Frau vor ihrem Tod für ihn gewünscht hatte, war es doch das einzige Leben, das sich für ihn richtig anfühlte. Wie konnte er ohne sie jemals wieder glücklich sein? Es kam ihm falsch vor. Bis vor Kurzem war ihm noch nicht einmal der Gedanke an ein neues Glück gekommen.

Schluss. Aus. Er musste in seinen Alltag zurück. Langsam fuhr er die Einfahrt hinunter, in Gedanken schon wieder bei der Arbeit. Vielleicht schaffte er es, Kelly Allen die Gerechtigkeit zu verschaffen, die sie verdiente.

Kapitel 7

Margie hörte, wie Hanks Wagen die Einfahrt hinunterfuhr, schloss die Haustür und wandte sich zu der jungen Frau um.

„Also, ich bin gerade dabei, eines der Schlafzimmer zu streichen. Ich verschwinde mal eben im Bad, dann geht es weiter."

„Okay", sagte Morgan.

Margie lächelte kurz und hastete davon. Natürlich musste sie überhaupt nicht zur Toilette. Irgendwie war es ihr gelungen, eine halbwegs zusammenhängende Unterhaltung zustande zu bringen, aber sie wusste, dass sie diese Fassade nicht mehr lange aufrechthalten konnte. Sie stand unter Schock – und hatte nicht die geringste Erinnerung daran, was sie mit Hank geredet hatte. Vielleicht war das Gespräch doch nicht so verlaufen, wie sie dachte.

Im Bad angekommen, schloss sie rasch die Tür. In was um alles in der Welt war sie da hineingeraten? Ja, es stimmte, dass sie mehr über Kelly Allen hatte erfahren wollen. Und, ja, eines Tages hätte sie vielleicht Kontakt zu Kellys Kind aufgenommen und ... und dann was? Sollte sie sie fragen, ob sie je hatte wissen wollen, wer ihr Vater war?

Margie setzte sich auf den Toilettendeckel. Ihr Mund war staubtrocken, die Hände schweißnass. Bei seinem letzten Kurzbesuch hatte Hank ihr nur Morgans Namen mitgeteilt. Sie wusste nicht, wie sie aussah, und hatte erst recht nicht damit gerechnet, ihr höchstpersönlich zu begegnen.

Sie sah ... nun, sie sah Jade erschreckend ähnlich. Das war ihr als Erstes aufgefallen und es war, als würde ihr der Boden unter den Füßen weggezogen. Morgan hatte Jades Augen. Und sie hatte dasselbe lange dunkle Haar, aber der Altersunterschied zwischen den beiden war nicht groß und vielleicht trugen junge Frauen in den Zwanzigern ihr Haar eben lang.

Das musste nicht heißen, dass sie blutsverwandt waren. Vielleicht war Kelly damals einfach durcheinander gewesen – oder vielleicht hatte sie gelogen. Es gab zahllose mögliche Erklärungen, die ihr Leben nicht vollends auf den Kopf stellten.

Margie betätigte pro forma die Toilettenspülung und warf einen Blick in den Spiegel. Sie war sehr blass, aber jemand, der sie nicht kannte, würde das nicht unbedingt bemerken. Sie wusch sich die Hände und tupfte sich mit einem Handtuch über das Gesicht.

So hatte sie sich ihren Tag wahrhaftig nicht vorgestellt, aber sie konnte die arme junge Frau unmöglich wegschicken. Obwohl ... hatte Hank nicht gesagt, dass sie unerlaubt irgendwo eingedrungen war? Oder hatte sie sich das bloß eingebildet?

Egal. Wichtig war nur, dass diese junge Frau vor Kurzem ihre Mutter verloren hatte, die Margie vor mehr als zwanzig Jahren unter ungünstigen Umständen kennengelernt hatte. Möglicherweise hatte Kelly an jenem Abend tatsächlich Hilfe gebraucht. Und was immer auch die Wahrheit gewesen war, aus welchen Gründen Kelly auch immer bei ihr aufgetaucht war: Margie bedauerte, wie ihre Unterhaltung damals abgelaufen war. Die Begegnung verfolgte sie immer noch.

Und obwohl Morgan völlig unerwartet bei ihr aufgekreuzt war, kam es Margie so vor, als sei ihr Auftauchen die Fortsetzung jenes Abends vor mehr als zwanzig Jahren. Zwanzig Jahre, in denen sie immer wieder Zweifel geplagt hatten. Und nun war es höchste Zeit, endlich Klarheit zu schaffen.

Als Margie aus dem Badezimmer in den Flur zurückkam, stand Morgan noch immer da, wo sie sie zurückgelassen hatte. Die Arme musste völlig verängstigt sein – vom Polizeiauto in das Haus einer Fremden!

„Es ist wirklich schön, Sie als Gast hier zu haben. Ich bin selbst erst vor ein paar Tagen eingezogen."

„Ihr Haus ist wundervoll", sagte Morgan. Sie hatte die Finger fest vor dem Bauch verschränkt. „Ich würde Ihnen gerne beim Anstreichen helfen."

„Das ist nett von Ihnen, aber das müssen Sie wirklich nicht."

„Ich könnte natürlich auch Miete bezahlen – wie in einem Hotel."

Margie lachte. „Machen Sie sich darüber bitte keine Gedanken. Möchten Sie etwas trinken? Oder haben Sie Hunger? Ich habe noch ein paar Reste im Kühlschrank."

„Ein Glas Wasser wäre toll", sagte Morgan.

„Ich hole Ihnen schnell eins und dann zeige ich Ihnen alles, okay?"

„Danke, Mrs Clifton."

„Oh, du musst mich Margie nennen. Und ich nenne dich Morgan, okay?“

Morgan grinste. „Perfekt.“

Margie gab Morgan ein Glas Wasser, dann führte sie sie durchs Haus, erklärte ihr, wo in der Küche alles zu finden war und wie der Fernseher im Wohnzimmer funktionierte. Schließlich zeigte sie ihr die vier Schlafzimmer.

„Bis jetzt stehen nur in meinem Schlafzimmer und im Gästezimmer ein Bett. Mir fehlt noch jede Menge Mobiliar. Ich brauche auch noch Stühle für die Scheune. Komm, ich zeige es dir.“

Margie führte sie ins Freie und erzählte ihr unterwegs, wie ihr Bruder ihr das Haus mitsamt den Nebengebäuden verkauft hatte und was sie mit der Scheune vorhatte.

„Ich hab mir schon die Website der Inselverwaltung angesehen, da kann man sich Vordrucke für Genehmigungen herunterladen, aber ich habe das alles nicht verstanden. Vielleicht gibt es hier irgendwo ein Bürgerbüro, wo man mir helfen kann.“

„Ich kann dir helfen!“, sagte Morgan eifrig. „Bitte, lass mich dir helfen. Ich fände es schrecklich, hier zu übernachten, ohne mich irgendwie zu revanchieren.“

Margie lächelte. Sie mochte die junge Frau. Kelly hatte gute Arbeit geleistet. Ihr schlechtes Gewissen versetzte ihr einen kleinen Stich, den sie zu ignorieren versuchte. „Weißt du, das wäre tatsächlich eine große Hilfe. Ich streiche viel lieber an, als dass ich Formulare ausfülle.“

„Dann bin ich genau die Richtige für dich.“

Sie gingen zurück ins Haus, und während Margie weiter anstrich, verbrachte Morgan zwei Stunden am Computer und druckte Formulare und Informationen aus.

Im Laufe der nächsten Tage gewöhnte sich Margie immer mehr an ihre neue Mitbewohnerin. Sie hielt es für besser, die junge Frau nicht nach ihrem Privatleben auszufragen. Wenn sie ihrer Gastgeberin etwas erzählen wollte, würde sie es schon von sich aus tun. Stattdessen konzentrierte sich Margie darauf, ihre Anwesenheit nutzbringend einzusetzen und das Haus und die Scheune herzurichten. Morgan war hilfsbereit und fröhlich und Margie genoss ihre Gesellschaft.

Morgan half Margie einen ganzen Tag lang, die Unordnung zu beseitigen, die die von ihrem Bruder beauftragen Handwerker zurückgelassen hatten. Sie studierte die Anträge für die nötigen Genehmigungen, bis sie begriffen hatte, worum es ging. Sie fuhr sogar in die Stadt, um ganz sicherzugehen, dass sie alles verstanden hatte. Gemeinsam füllten sie die Formulare aus und Margie hatte das Gefühl, dass sie auf dem richtigen Weg waren.

In der Mitte der darauffolgenden Woche erfuhr Margie von einem Liquidationsverkauf einer Hochzeitslocation auf dem Festland.

„Sieh nur", sagte sie zu Morgan und wies auf die Fotos im Internet. „Das wäre genau das Richtige für mich. Die Tische und diese wundervollen goldfarbenen Stühle."

Morgan war sofort Feuer und Flamme. „Wir könnten einen Umzugswagen mieten und alles aufkaufen, was hineinpasst."

Margie runzelte die Stirn. „Wir müssten den Wagen aber auf dem Festland mieten, oder? Wie kommen wir vom Fähranleger zum Autoverleih? Lassen wir unser Auto hier? Meinst du, das geht? Und dann mit der Fähre wieder zurück ..."

„Kein Problem! Wir lassen deinen Wagen in Friday Harbor, fahren mit der Fähre aufs Festland und ich rufe uns ein Uber-Taxi, das uns zum Autoverleih bringt. Hier auf der Insel gibt es keine Taxis, aber sobald wir San Juan hinter uns gelassen haben, sollte das kein Problem sein."

„Ist das nicht ... gefährlich?", fragte Margie.

Morgan zuckte die Schultern. „Nicht wirklich. Ist nicht alles gefährlich, wenn man zu lange darüber nachdenkt?"

„Ja, wahrscheinlich hast du recht", sagte Margie lachend.

Am nächsten Tag bestiegen sie die Fähre nach Anacortes und Morgan bestellte ein Uber-Taxi, das sie am Fährhafen einsammeln sollte. Margie war ein bisschen nervös, doch nach kurzer Zeit fuhr ein Wagen mit einer freundlich wirkenden Dame in ihrem Alter vor.

„Morgan?", fragte sie.

Morgan nickte. „Carol?"

„Das ist viel besser, als ich gedacht hatte", flüsterte Margie. Morgan lächelte.

Zum Autoverleih war es glücklicherweise nicht weit, denn Margie konnte es kaum abwarten, den Lieferwagen zu übernehmen und loszufahren. Die Hochzeitslocation war etwa zwei Autostunden entfernt.

„Ich kann dich ablösen, wenn du möchtest", sagte Morgan.

„Nein, ist schon okay. Jedes Mal, wenn wir umgezogen sind, saß ich hinterm Steuer. Außerdem ist dieser Wagen nur etwas größer als der Minivan, den wir früher hatten.“ Margie musste lachen, als sie daran dachte, dass sie sich früher oft wie eine Busfahrerin vorgekommen war.

„Wahrscheinlich ist es besser, wenn du fährst. Mein Dad sagt immer, dass ich eine schreckliche Fahrerin bin.“

„Tatsächlich?“ Margie ergriff die Gelegenheit, Morgan ein wenig auszufragen. „Wo ist dein Dad?“

„Er ist wieder in Portland.“

„Weiß er, dass du auf der Insel bist?“

Morgan biss sich auf die Unterlippe. „Nicht wirklich. Er weiß, dass ich mir eine Auszeit vom College nehme. Und ich habe ihm gesagt, dass ich bei Freunden in Seattle bin ...“

„Verstehe.“

„Ich meine, es würde ihn nicht aufregen oder so. Nun, vielleicht doch, aber nicht, weil er nicht will, dass ich auf der Insel bin. Er würde sich einfach Sorgen machen.“

„Tja, so ist das eben bei Eltern.“ Margie unterdrückte ein Lächeln.

Morgan seufzte. „Ich weiß. Ich will nur nicht, dass er sich ängstigt.“

„Das verstehe ich, aber du solltest ihm trotzdem die Wahrheit sagen.“

„Ja.“ Morgan nickte. „Das werde ich.“

Margie atmete erleichtert auf. Morgan hatte einen Vater! Und der arme Mann sorgte sich um sie und wartete darauf, dass sie ihr Studium wieder aufnahm. Doch das Wichtigste war: Er existierte und es war nicht Jeff!

Für den Rest der Reise war Margie richtig ausgelassen. Weder der Verkehr noch der Regen konnten ihr die Laune verderben. Sie kauften Tische, Stühle, Tischdecken und Kerzenständer, alles in sehr gutem Zustand und unschlagbar günstig.

Natürlich entging ihr die Tatsache nicht, dass die Location spektakulär gescheitert sein musste, wenn diese Sachen verramscht wurden, ohne wirklich benutzt worden zu sein. Sie versuchte, nicht in Panik zu geraten. Selbst wenn ihre Idee von der Eventlocation scheiterte, konnte sie immer noch versuchen, bei einem Arzt auf der Insel als Arzthelferin zu arbeiten.

Sie luden alles in den Umzugswagen, bis er fast bis unters Dach vollgepackt war, und machten sich auf den Weg zurück zur Fähre. Die ganze Aktion war anstrengend und langwierig gewesen, und als sie in Saltwater Bay ankamen, waren sie erschöpft. Sie schafften es, ihre Einkäufe auszuladen, beschlossen aber, den Wagen erst am nächsten Tag zurückzubringen.

„Ich muss uns etwas zu essen machen!“, seufzte Margie, als sie endlich wieder im Haus waren.

„Nein, bitte überlass das mir. Ich habe gestern im Supermarkt alles Nötige besorgt. Ich hatte gehofft, mal für dich zu kochen.“

„Oh, das ist aber lieb von dir.“

Margie ließ sich mit einer Tasse Tee auf einem Barhocker am Küchentresen nieder. Der Tag hätte nicht besser laufen können. Sie hatte erstaunliche Schnäppchen für ihre Scheune erstanden, sie hatte herausgefunden, dass Morgan einen Vater hatte, und es schien, als hätten sie und Morgan sich genau zum richtigen Zeitpunkt gefunden.

Es fühlte sich immer noch so an, als hätte das Schicksal sie aus einem bestimmten Grund zusammengebracht – und nicht nur zum Möbelkaufen und Anstreichen. Und Margie war wild entschlossen, dass ihre Beziehung zu Morgan nicht so unglücklich endete wie ihre Begegnung mit Kelly.

Kapitel 8

Am Freitag war Jade noch vor der Mittagspause mit ihrer gesamten Arbeit fertig. Als sie ihr letztes Projekt losgeschickt hatte, schrieb ihre Chefin ihr überraschend eine E-Mail, dass sie sich den Rest des Tages freinehmen und gleich in ihr Wochenende starten könne. Jade beschloss, vorsichtshalber noch einmal persönlich mit ihr zu sprechen.

Sie klopfte leise an die offene Tür ihrer Vorgesetzten. „Hallo, haben Sie einen Moment Zeit?"

Madeleine winkte sie herein. „Natürlich! Kommen Sie rein. Ich habe mir gerade Ihre E-Mail angesehen."

„Ist alles in Ordnung?"

„Ja, wie immer. Sieht alles perfekt aus."

„Ah, gut."

„Ich dachte, Sie wären schon weg", sagte Madeleine und lehnte sich auf ihrem Stuhl zurück.

„Ich wollte nur sicherstellen, dass Sie nichts weiter brauchen. Und ich weiß es wirklich zu schätzen – "

„Nein, nein, alles bestens. Sie haben großartige Arbeit geleistet und ich habe genügend Zeit, alles noch einmal durchzusehen, bevor wir es am Mittwoch präsentieren. Im Ernst, gehen Sie ruhig! Sie wollen doch sicher auf die Insel und Ihre Mutter besuchen."

„Ja, gerne. Vielen Dank! Wenn Sie noch etwas brauchen, sagen Sie mir bitte Bescheid."

„Mach ich. Schönes Wochenende."

Nach diesem kurzen Gespräch fühlte sich Jade viel besser. In den zwei Jahren, in denen sie jetzt bei der Bank arbeitete, hatte sie nie irgendwelche Schwierigkeiten gehabt. Dennoch rechnete sie ständig damit, dass um die Ecke ein Projekt lauerte, mit dem sie nicht zurechtkam, oder dass sie mit Daten konfrontiert wurde, mit denen sie nichts anfangen konnte.

Im Laufe ihrer Ausbildung zur Statistikerin hatte Jade eher nebenbei die unterschiedlichsten Programmiersprachen gelernt, mit denen sich große Datenmengen verarbeiten ließen. Sie liebte Zahlen und sie liebte es, Probleme zu lösen. Da sie sich den größten Teil ihrer Programmierkenntnisse jedoch selbst beigebracht hatte, verfolgte sie die stete Sorge, dass sie irgendwann auffliegen könnte. Irgendwann würden die Anforderungen in ihrem Job ihre Fähigkeiten übersteigen und dann wäre allen klar, dass sie eigentlich eine Betrügerin war.

Sie fuhr zu ihrer Wohnung zurück und packte schnell eine Tasche. Brandon war nicht zu Hause, er hatte einen Teilzeitjob als Filialleiter in einem Lebensmittelgeschäft. Sie waren übereingekommen, dass Brandon nur stundenweise arbeiten sollte, damit er sich auf seine Karriere als DJ konzentrieren konnte.

Jade machte es nichts aus, die Hauptverdienerin zu sein. Sie wollte Brandon bei der Verwirklichung seiner Träume unterstützen. Außerdem liebte sie ihren Job, auch wenn sie wegen ihres hohen Gehalts ein schlechtes Gewissen hatte, weil sie sich nicht ausreichend qualifiziert fühlte.

Brandon sagte immer, sie hätte ein noch höheres Gehalt aushandeln sollen, als sie die Stelle antrat, doch sie dachte damals schon, dass es eigentlich viel zu viel war. Seitdem hatte sie sogar zwei Gehaltserhöhungen bekommen, ohne darum gebeten zu haben. Natürlich war sie dankbar dafür und wusste, dass es eine Anerkennung ihrer Leistungen war, doch gleichzeitig wuchs dadurch der Druck, die Erwartungen zu erfüllen. Ihre Sorge trieb sie dazu, in ihrer Freizeit ständig dazuzulernen.

Jade war lange vor dem Ablegen am Fährhafen. Auf dem Schiff spürte sie, wie die Anspannung von ihr abfiel. Der Himmel war bewölkt und sie saß während der ganzen Reise auf dem Außendeck, trank eine Tasse Kaffee, um sich warm zu halten, und freute sich darauf, die neue Mitbewohnerin ihrer Mutter kennenzulernen.

Jade wusste nicht viel über die junge Frau. Offenbar hatte Chief Hank sie nach Saltwater Bay gebracht, weil sie nicht wusste, wo sie übernachten sollte. Es war typisch für ihre Mutter, sie bei sich aufzunehmen. Früher waren Jades Freundinnen immer gerne zu ihnen nach Hause gekommen, weil ihre Mutter sie mit Aufmerksamkeit, Liebe und natürlich mit reichlich frisch gebackenen Keksen überschüttete. Ihre beste Freundin Katie nannte sie ihre „zweite Mutter".

Ihre Mutter holte sie am Fähranleger ab und Jade war ein wenig enttäuscht, dass die junge Frau nicht mitgekommen war.

„Wo ist Melinda?", fragte sie.

Ihre Mutter lachte. „Sie heißt Morgan."

„Ach, stimmt."

„Und sie ist in der Scheune. Ich habe den ganzen Tag vergeblich auf den Klempner gewartet, damit er an den Toiletten arbeitet. Morgan hat sich bereit erklärt, zu Hause zu bleiben, falls er doch noch kommt."

„Toiletten? Ist ja cool."

„Ohne Toiletten geht es auf keinen Fall. Die Scheune bietet schließlich Platz für 220 Personen. Onkel Mike hat schon mit den Bauarbeiten angefangen, aber ein paar Details fehlen noch, wie Waschbecken und solche Sachen."

„Ein paar Details. Verstehe. Das hört sich ganz schön aufwendig an."

„Ich weiß", sagte ihre Mutter seufzend. „Um ehrlich zu sein, bin ich mir gar nicht sicher, ob alles so klappen wird, wie ich es mir vorgestellt habe."

„Warum nicht? Geht dir das Geld aus? Ich würde gerne in dein Projekt investieren", sagte Jade mit einem Lächeln.

„Ach, hör auf", antwortete ihre Mutter. „Nein, ich habe einen Kredit für Kleinunternehmen bekommen, um die ganze Sache anzuschieben. Aber bald müssen die ersten Buchungen her, damit ich den Kredit zurückzahlen kann."

„Es wird bestimmt ein Erfolg. Erzähl mir von dieser jungen Frau, die neuerdings bei dir lebt. Ist sie sowas wie eine Trickbetrügerin?"

Ihre Mutter sah sie streng an. „Warum sagst du so etwas? Sie ist sehr nett. Sie hat nur gerade ... ein bisschen die Orientierung verloren."

„Irgendeine rührselige Geschichte wäre typisch für eine Trickbetrügerin", sagte Jade grinsend. Sie meinte es nicht ganz ernst, aber sie wollte nicht, dass jemand ihre Mutter ausnutzte. Das passierte besonders freundlichen Leute nur zu oft.

„Es ist nicht irgendeine rührselige Geschichte. Ihre Mutter war diese Frau, der ich vor Jahren kurz begegnet bin. Sie ist hier auf der Insel bei einem Autounfall ums Leben gekommen. Ein Unfall mit Fahrerflucht, der Schuldige wurde nie gefasst."

„Oh je, jetzt habe ich ein schlechtes Gewissen. Ich wollte nur sicher sein, dass sie nichts Böses im Schilde führt."

„Ich weiß, Schatz. Aber mach dir meinetwegen keine Sorgen. Die letzte Woche war wirklich gut, wir haben viel geschafft. Hast du dir die Bilder von all den schönen Stühlen angesehen, die wir für die Scheune erstanden haben?"

„Ja, hab ich. Und ich kann es kaum erwarten, sie an Ort und Stelle zu bewundern."

Bei ihrer Rückkehr stand der Wagen des Klempners vor der Tür. Sie gingen direkt zur Scheune, wo der Handwerker bereits bei der Arbeit war. Morgan war jedoch nirgends zu sehen.

Als Jade und Margie ins Haus traten, kam sie ihnen mit einem großen Korb mit frischer Wäsche entgegen.

„Morgan, das ist meine Tochter Jade. Jade, das ist Morgan."

„Freut mich, dich kennenzulernen." Morgan stellte den Wäschekorb ab und streckte Jade die Hand hin.

„Ebenso. Meine Mutter lässt dich ganz schön schuften, was?"

Morgan lachte. „Nicht wirklich. Ich musste abwarten, bis sie weg war, um heimlich die Wäsche zu waschen."

„Sind das einige der Tischdecken, die ihr auf dem Festland gekauft habt?“, fragte Jade.

Morgan nickte. „Ich denke, sie haben die Wäsche unbeschadet überstanden, das ist ein gutes Zeichen.“

Ihre Mutter inspizierte den Inhalt des Korbes. „Ja, sie sehen prima aus. Aber ich muss sie unbedingt bügeln, bevor wir sie falten und weglegen. So sind sie zu knittrig.“

„Das Bügeln kann ich übernehmen“, sagte Morgan. „Für ein Bügelbrett sind sie zu groß, aber wenn ich ein paar Handtücher auf dem Küchentisch ausbreite, müsste es passen.“

„Könnt ihr die nicht an einen Wäscheservice geben?“, fragte Jade. „Sonst seid ihr die halbe Zeit mit Bügeln beschäftigt.“

Ihre Mutter zuckte die Achseln. „Später vielleicht. Aber jetzt versuche ich, möglichst viel selbst zu machen.“

„Okay, das verstehe ich, obwohl ich wirklich besser den Mund halten sollte. Zu Hause bügele ich nicht einmal meine Blusen. Ein Tischtuch würde mich hoffnungslos überfordern. Aber jedem das Seine.“ Jade verschränkte die Arme. „Also, Morgan, bist du zum ersten Mal auf der Insel?“

„Äh, ja.“

„Und wie gefällt es dir bis jetzt?“

„Ich finde es wunderbar. Es ist wirklich schön hier. Ich bin wegen meiner Mutter hergekommen.“ Sie räusperte sich. „Sie hat San Juan geliebt. Sie ist vor ein paar Monaten hier auf der Insel gestorben. Und ich bin froh, dass ich etwas habe, das mich auf Trab hält.“

Mist – das hatte Jade nun wirklich nicht zur Sprache bringen wollen. „Meine Mutter hat es mir erzählt. Es tut mir sehr leid."

„Ist schon okay. Ursprünglich bin ich hergekommen, weil sie immer noch nicht wissen, wer für ihren Tod verantwortlich ist. Der Fahrer hat am Unfallort eine Stoßstange verloren, und es gibt auf der Insel nur einen einzigen Menschen, der ein dazu passendes Auto fährt. Die Polizei hat den Fehler gemacht, meinem Vater das zu sagen. Eigentlich wollte ich in seine Garage einbrechen, um nach dem Auto zu suchen."

„Ach, du meine Güte!"

Jade unterdrückte ein Lächeln. Ihre Mutter starrte Morgan mit offenem Mund an. „Beruhige dich, Mom. Ich würde das Gleiche tun, wenn es um dich ginge."

Morgan fuhr fort: „Ich weiß, es klingt dumm ... es war ein verrückter Plan. Aber sie haben die Stoßstange, sie wissen, zu welchem Auto sie gehört, und ich verstehe nicht, warum das nicht reicht. Welche Beweise brauchen sie denn noch? Nun ja, wahrscheinlich ist es nicht genug, um den Täter eindeutig zu überführen. Ich wünschte nur, sie könnten ihn verhaften. "

Jade runzelte die Stirn. „Das ist wirklich hart. Es tut mir leid."

„Der Besitzer dieses Autos wurde in derselben Nacht betrunken am Steuer eines anderen Autos erwischt. Das ist alles sehr verdächtig. Irgendwann bekamen wir von der Polizei keine Informationen mehr zum Stand der Ermittlungen und ich hatte das Gefühl, man hätte den Fall zu den Akten gelegt. Das konnte ich einfach nicht ertragen."

Jade wollte nicht, dass die arme junge Frau darüber sprach, wenn es ihr schwerfiel, aber sie erzählte ganz offen, was sie bewegte.

„Hast du Geschwister? Setzen sie sich auch so ein?"

Morgan schüttelte den Kopf. „Nein, ich habe nur noch meinen Vater. Genau genommen ist er mein Stiefvater, aber er hat mich großgezogen, seit ich zwei Jahre alt war."

„Oh – sind deine Eltern geschieden?", fragte Jade.

„Nein, mein leiblicher Vater ist vor meiner Geburt gestorben. Eigentlich bin ich also ein Waisenkind", sagte Morgan mit einem schwachen Lachen.

„Nein, du bist kein Waisenkind!", sagte Margie entschieden. „Dein Vater liebt dich und er macht sich sicher große Sorgen um dich. Du solltest ihm wirklich sagen, wo die ganze Zeit warst."

Morgan nickte. „Ja, ich weiß. Bestimmt ist er ganz unruhig. Und ich bin aus einer Laune heraus hier gelandet. Ich fürchte, das ist typisch für mich."

Margies Worte hatten streng geklungen, doch sie schienen Morgan ein bisschen aufzumuntern. Die Arme – Jade hatte ein schlechtes Gewissen. Wie hatte sie nur denken können, dass sie eine Trickbetrügerin war, und wenn auch nur im Spaß?

Jade hörte das Telefon in ihrer Handtasche klingeln und holte es schnell heraus.

„Apropos Väter, meiner ruft gerade an", sagte sie mit einem Blick aufs Display. Sie schlüpfte in eines der anderen Zimmer und schloss die Tür. „Hallo, Dad?"

„Alles Gute zum Geburtstag, Süße!"

Sie runzelte die Stirn. „Dad, ich bin's, Jade."

Einen Moment lang herrschte Stille. „Oh! Ich wollte eigentlich ..."

„... Tiffany anrufen, deine andere Tochter!" Jade lachte. „Und ihr Geburtstag ist morgen."

„Klar, das weiß ich doch."

Jade schüttelte den Kopf. Details waren noch nie die Stärke ihres Vaters gewesen, aber das war auch nicht verwunderlich. Schließlich hatte sich ihre Mutter immer um alles gekümmert und jetzt würde er sich nicht mehr ändern.

Jade war froh, dass er anrief, denn sie sprachen nur selten miteinander. Ihr Vater telefonierte nicht gern, aber da sie ihn jetzt einmal in der Leitung hatte, erzählte sie ihm aufgeregt von dem neuen Haus ihrer Mutter, von der Scheune und wie vielversprechend alles aussah.

„Das klingt großartig, ich freue mich sehr für euch. Ich muss mir das alles bald mal ansehen, aber jetzt sollte ich besser ich weitermachen, Kleines. Wir reden ein andermal, ja?"

„Tschüss, Dad. Ich hab dich lieb!"

Doch er hatte bereits aufgelegt. Mist. Aber hoffentlich würde er bald zu Besuch auf die Insel kommen. Das wäre toll.

Jade hatte mehr als ihre Geschwister unter der Scheidung der Eltern gelitten. Als Kinder hatten sie ihren Vater nur selten zu Gesicht bekommen und sie hatte befürchtet, dass sie ihn nach der Scheidung gar nicht mehr sehen würden. Das hatte sich zum Glück nicht bewahrheitet. Damals hatte Jade schon nicht mehr zu Hause gewohnt, sondern war auf dem College, und dann hatte sie geheiratet. Brandon erinnerte sie sehr an ihren Vater und das war nicht zuletzt der Grund, warum sie so gut mit den Launen ihres Mannes umgehen konnte. In diesem Punkt hatte Jade große Ähnlichkeit mit ihrer Mutter und die wusste immer, wie man einen Nörgler am besten anpackte.

Sie ging zurück in die Küche und half beim Ausbreiten der Tischdecken. Sie beobachtete Morgan aufmerksam, in der Hoffnung, etwas zu lernen. Im Bügeln war sie eine absolute Niete; jedes Mal, wenn sie es versuchte, sah ihre Wäsche hinterher knittriger aus als vorher. Hier konnte sie vielleicht etwas Nützliches mitnehmen und gleichzeitig hatte sie Gelegenheit, mit Morgan zu plaudern.

Ungefähr eine Stunde später erhielt ihre Mutter einen Anruf und zog sich eilig in ein anderes Zimmer zurück. Als sie wiederkam, wirkte sie ein wenig verwirrt.

„Was ist los? Ist etwas passiert?“, fragte Jade.

„Nein, keine Sorge. Das war Tammy am Telefon.“

„Das ist die Freundin meines Vaters“, sagte Jade zu Morgan. Morgan nickte und bügelte weiter.

„Sie hat mitgehört, wie gut es mit der Scheune läuft, und anscheinend würden sie und Dad gerne zu Besuch kommen.“

„Das ist doch toll!“, sagte Jade. „Ich muss gestehen, dass ich ihm von dem Haus und der Scheune vorgeschwärmt habe.“

Ihre Mutter nickte. „Und dann … hat sie gefragt, ob wir am Geburtstag deines Vaters eine Überraschungsparty in der Scheune steigen lassen könnten.“

„Aber bis dahin sind es nur noch ein paar Wochen“, sagte Jade.

„Ich weiß.“ Ihre Mutter runzelte die Stirn. „Aber wie kann ich Nein sagen?“

„Meine Mutter sagte immer: ‚Nein ist ein vollständiger Satz!‘“, warf Morgan ein.

Jade lachte. „Meine Mutter kann nicht Nein sagen. Das hab ich von ihr.“

Ihre Mutter verschränkte die Finger. „Ach, komm schon, es macht bestimmt Spaß! Dein Vater wird hier sein und deine Geschwister können hoffentlich auch kommen. Es wird sicher schön.“

„Heißt das, dass ich etwas länger hierbleiben sollte, um zu helfen?“, fragte Morgan leise.

„Nein, du brauchst nicht umsonst zu arbeiten“, antwortete ihre Mutter.

„Eigentlich hatte ich gehofft, mich hier nützlich machen zu können. Ich möchte noch nicht nach Hause fahren.“

Jade spürte, wie ihr das Herz anschwoll. Sie warf ihrer Mutter einen raschen Blick zu.

„Wir werden dich bestimmt nicht rausschmeißen“, sagte Jade.

„Genau“, fügte ihre Mutter hinzu. „Ich werde alles an Hilfe brauchen können, was ich kriegen kann.“

„Dann würde ich sehr gerne bleiben“, sagte Morgan und breitete mit einem strahlenden Lächeln die nächste Tischdecke auf dem Küchentisch aus.

Kapitel 9

Es war zwar nur eine Woche, aber Hank hatte es geschafft, sich abzulenken und sich von dem Haus in Westcott Bay fernzuhalten. Die Begegnung mit Morgan Allen hatte ihn wachgerüttelt. Er sprach noch einmal mit den Deputies, die mit dem Fall Kelly Allen befasst gewesen waren, las die Berichte durch, die sie damals verfasst hatten, und kam zu der Erkenntnis, die er befürchtet hatte: Sie waren in einer Sackgasse gelandet. Das Auto war nicht auffindbar und weder Brock noch sein Mechaniker Frankie machten den Mund auf.

Zu Beginn der Woche fuhr Hank aufs Festland, um Frankie einen Besuch abzustatten. Der Mechaniker war alles andere als kooperativ. Anfangs war er noch recht freundlich, doch sobald die Sprache auf Brock kam, machte er die Schotten dicht.

„Über Brock kann ich Ihnen nichts erzählen, was Sie nicht schon längst wissen“, sagte er. „Ich arbeite manchmal an seinen Autos. Er hat viele schöne und teure Autos. Das ist alles.“

„Er muss ein ziemlich guter Kunde sein, wenn Sie ihm Ihren Privatwagen leihen“, antwortete Hank.

Frankie schüttelte den Kopf. „Es ist kein Verbrechen, jemandem sein Auto zu leihen.“

„Wenn man dem Fahrer damit beim Vertuschen einer Straftat hilft, schon."

„Wir wissen beide, dass man ihn von dem Vorwurf freigesprochen hat, unter Alkoholeinfluss gefahren zu sein. Also ist nichts passiert. Mehr gibt es dazu nicht zu sagen. Wenn das alles war, würde ich jetzt gerne weiterarbeiten."

Frankie versuchte offenkundig, etwas zu verbergen, doch Hank wusste nicht, wie er ihn zum Reden bringen sollte. Aber er würde nicht aufgeben. Als er am Montag wieder ins Büro kam, beschloss er, alles zusammenzutragen, was er über Frankie und sein Geschäft in Erfahrung bringen konnte.

Zwei Stunden später trat Lola an seinen Schreibtisch. „Hey Chief, Besuch für dich."

„Sag, dass ich nicht hier bin."

„Dein Auto steht aber draußen."

„Dann sag, ich sei gestorben", erwiderte er, ohne aufzusehen.

„Darüber sollten Sie keine Witze machen", sagte eine vertraute Stimme.

Mit einem Ruck blickte Hank auf. „Lola hat mir nicht gesagt, dass Sie es sind."

Lola war schon fast an der Tür, wandte sich aber noch einmal kurz um und sagte gleichmütig: „Tja, ich stecke eben voller Überraschungen."

Hank stand auf. „Bitte nehmen Sie Platz. Tut mir leid – aber letzte Woche wurde ich jeden Tag von einem Mann belagert, der steif und fest behauptet, dass seine Nachbarin eine Hexe ist. Ich dachte, er sei es wieder."

Margie lächelte freundlich. „Das hört sich nach einem echten Quälgeist an. Aber Sie müssen sich nicht rechtfertigen."

Sie setzte sich. Wie immer sah sie sehr hübsch aus, aber er würde die Dinge ganz professionell angehen. „Also, womit kann ich Ihnen heute helfen?"

„Nun, ich möchte nicht zu viel von Ihrer Zeit in Anspruch nehmen. Ich brauche eine Empfehlung für einen Elektriker und einen Maurer. Es scheint, dass die Scheune früher als erwartet in Betrieb genommen werden muss."

Sie duftete auch so gut. Was war das? Ein Parfüm? Oder war es eine Mischung aus Blumen, Keksen und guter Laune?

Hank nickte. „Klar, kein Problem. Wie geht es mit der Renovierung voran?"

„Bis jetzt ziemlich gut. Morgan wird noch eine Weile bei mir bleiben - sie ist eine große Hilfe."

Er verschränkte fest die Arme. „Es tut mir leid, dass ich sie so auf Sie losgelassen habe. Ich wollte eigentlich vorbeischauen und sehen, wie es läuft, aber – "

„Alles bestens!", versicherte Margie ihm. „Ja, wirklich. Ich bin froh, dass sie da ist."

Beeindruckend. Sie war einfach wahnsinnig nett. „Freut mich, zu hören."

„Apropos Morgan ... ich möchte Sie um einen Gefallen bitten."

Hank beugte sich vor. „Und der wäre?"

„Es klingt sicher sehr seltsam“, sagte sie mit gedämpfter Stimme, „aber gibt es eine Möglichkeit, eine Kopie von Morgans Geburtsurkunde zu bekommen?“

Er runzelte die Stirn. „Die gibt es sicher. Aber ich müsste begründen, warum ich ihre Geburtsurkunde sehen will.“

„Oh.“

„Wieso brauchen Sie ihre Geburtsurkunde?“

Margie seufzte. „Nun, es ist eine lange Geschichte. Also, Morgan ist bei ihrer Mutter und ihrem Stiefvater aufgewachsen. Ihren leiblichen Vater hat sie nie kennengelernt, aber ich weiß möglicherweise, wer er war. Ich möchte jedoch nichts sagen, bevor ich eindeutige Beweise habe. Es ist sehr kompliziert.“

„Ich verstehe“, sagte Hank. „Leider kann ich da nichts machen. Morgan müsste die Urkunde selbst anfordern.“

„Ich möchte das Thema gar nicht anschneiden, solange ich nicht sicher weiß, wer es ist. Verstehen Sie, was ich meine?“

Hank nickte. „Klar. Eine heikle Angelegenheit.“

„Nun“, sagte Margie seufzend und stand auf, „ich werde Ihre Zeit nicht weiter in Anspruch nehmen. Können Sie mir noch einen Elektriker und einen Maurer empfehlen?“

Hank riss ein Blatt Papier aus seinem Notizbuch und kritzelte drei Namen darauf. „Überhaupt kein Problem.“

„Oh - und das ist wirklich meine letzte Bitte: Kennen Sie jemanden, der einen dicken Ast zersägen könnte? Bei dem Sturm vor ein paar Tagen ist ein riesiger Ast heruntergekracht und liegt jetzt vor der Scheune. Zum Glück hat er keinen Schaden angerichtet, aber er ist so groß, dass ich ihn allein nicht wegschaffen kann."

Ohne nachzudenken, antwortete Hank: „Dabei würde ich Ihnen gerne helfen. Ich habe zu Hause eine Kettensäge, die macht kurzen Prozess mit dem Ding. Und wenn die Scheite getrocknet sind, haben Sie prima Brennholz für den Winter."

„Ach, das müssen Sie nicht! Ich möchte Ihnen nicht noch mehr zur Last fallen."

„Nein wirklich, ich bin mir ziemlich sicher, dass Morgan nur Ihretwegen nicht zu dem Grundstück dieses Mannes zurückgekehrt ist und ich sie nicht verhaften musste."

Margie lachte. „Ja, ich versuche einen guten Einfluss auf sie zu haben."

„Im Ernst: Ich bin Ihnen etwas schuldig. Ich würde Ihnen gerne helfen. Heute Abend nach der Arbeit hätte ich Zeit."

„Aber nur, wenn ich Sie überreden kann, zum Abendessen zu bleiben", sagte Margie. „Es gibt Enchiladas."

Hank lächelte. „Das ist ein Angebot, das ich nicht ausschlagen kann. Etwas so Gutes wie Ihre Lasagne habe ich bestimmt ein ganzes Jahr lang nicht mehr gegessen."

Sie stupste ihn sanft an die Schulter. „Ach, hören Sie schon auf."

Hank spürte, wie er eine Gänsehaut bekam. „Die Lasagne war wirklich gut."

„Dann erwarten wir Sie zum Abendessen - ist sieben Uhr okay?"

„Perfekt. Bis dann."

Nachdem sie gegangen war, saß Hank am Schreibtisch und starrte auf den Computerbildschirm. Aber eigentlich war er in Gedanken bei ihr. Er hatte sich so gut auf seine Arbeit konzentriert, aber sobald sie auftauchte, war es um seine Aufmerksamkeit geschehen. In Sekundenschnelle verwandelte er sich von einem pflichtbewussten Polizisten in ihren ganz persönlichen Holzfäller.

Nach der Arbeit fuhr Hank sofort nach Hause, um sich umzuziehen. Er stand vor dem Schrank und stellte sich eine Frage, die er sich seit Ewigkeiten nicht mehr gestellt hatte: Was sollte er anziehen? Margie hatte ihn noch nie in Zivil gesehen, und zugegeben, seine Alltagskleidung war nicht gerade im allerbesten Zustand.

Er kramte in der Schublade, in der er seine T-Shirts aufbewahrte. Ganz unten lag ein weiches graues Shirt, das seine Frau besonders gemocht hatte. Er zog es heraus und fuhr mit der Hand über den Stoff - sie hatte immer gesagt, dass es sich so gemütlich anfühlte. Meist hatte er es an den Wochenenden getragen, wenn sie zusammen auf dem Sofa saßen und fernsahen und sie den Kopf an seine Schulter oder seine Brust gelehnt hatte.

Er faltete das Shirt zusammen und legte es vorsichtig in die Schublade zurück. Was sollte das alles? Warum versuchte er, für eine andere Frau gut auszusehen? Das war lächerlich - es war zu früh für solche Gefühle. Es war zu früh, sich auf ein Treffen mit einer anderen Frau zu freuen. Zu früh, glücklich zu sein.

Er schob die Schublade zu und schnappte sich ein schwarzes T-Shirt, das auf dem Boden lag. Es ging nicht darum, Eindruck zu machen, er musste nur einer Bekannten helfen. Er hatte keine Ahnung, wie lange das T-Shirt schon auf dem Boden lag und wie es dorthin gekommen war. Also genau das Richtige für den heutigen Abend.

Bei Margie angekommen, klopfte er an die Haustür. Sie öffnete sofort.

„Zeigen Sie mir, wo dieser Ast liegt?"

„Natürlich!"

Hank folgte ihr schweigend zur Scheune. Margie hatte sowohl vom Haus als auch von der Scheune aus einen unglaublichen Ausblick aufs Meer. Einen Moment lang schaute er aufs Wasser hinaus, dann machte er sich an die Arbeit. Eine halbe Stunde später hatte er den Ast zersägt, und während er die Holzstücke ordentlich aufstapelte, kam er zu dem Schluss, dass er besser nicht zum Abendessen blieb.

Doch davon wollte Margie nichts hören.

„Nein! Bitte, kommen Sie rein. Das Essen ist fast fertig, die Tortillachips und die Guacamole stehen schon auf dem Tisch."

Guacamole? Da konnte er nicht Nein sagen – und überhaupt: Ein paar Tortillachips konnten ja nicht schaden. Er beschloss, einen Happen mitzuessen und sich dann zu verabschieden.

Drei Stunden später saß er immer noch mit Morgan und Margie am Tisch und lachte und plauderte über alles Mögliche. Anfangs gab sich Morgan ein wenig reserviert, doch als sie einmal aufgetaut war, erwies sie sich als witzige und intelligente

Gesprächspartnerin. Und Margie … nun, Hank genoss es, den Klang ihrer Stimme zu hören. Und ihr Lachen - sie hatte ein wunderbares Lachen.

Als er an diesem Abend schließlich zu seinem Auto ging, versuchte er gar nicht mehr, so zu tun, als sei sie ihm gleichgül-tig. Er konnte sich nicht von ihr fernhalten. Die einzigen glücklichen Momente, die er seit dem Tod seiner Frau Corinne erlebt hatte, waren untrennbar mit Margie verbunden. Diesem Gefühl konnte er nicht widerstehen – ihr konnte er nicht widerstehen.

Er hätte nie gedacht, dass er sich jemals wieder für eine Frau interessieren würde. Nichts konnte an das Leben mit Corinne und die Liebe zwischen ihnen heranreichen, doch Margie stand gar nicht im Wettstreit mit seiner Vergangenheit und seinen Erinnerungen. Sie war einfach eine Mischung aus warmem Lächeln, frischen Cupcakes und einem hinreißenden Lachen. Ihr sanftes Wesen erinnerte ihn an Corinne, die ihm zum Ende ihres Lebens so oft gesagt hatte, was sie sich für ihn wünschte: dass er jemand anderen fand und glücklich war.

„Wir werden sehen", hatte er jedes Mal geantwortet, wohl wissend, dass es nicht passieren würde.

Aber jetzt fragte er sich, ob es vielleicht Corinne gewesen war, die Margie ausgewählt und auf die Insel geschickt hatte.

Kapitel 10

Als sich Margie von Hank verabschiedet hatte und ins Haus zurückkam, hatte Morgan den Tisch schon fast abgeräumt.

„Lass mich das doch machen", sagte sie.

„Es ist das Mindeste, was ich tun kann", erwiderte Morgan, die gerade die Spülmaschine belud.

„Meine Güte, wie sehr habe ich eine Spülmaschine vermisst", seufzte Margie.

„Hattest du in deiner alten Wohnung keine?"

„Nein." Margie setzte sich auf einen Hocker am Küchentresen. „Die Wohnung war winzig. Ich hatte noch nicht einmal Platz für einen richtigen Wäscheständer. Es war wirklich alles sehr beengt."

Morgan spülte den letzten Teller ab und stellte ihn in die Maschine. „Chief Hank scheint ganz nett zu sein."

„Ja", sagte Margie und gab sich Mühe, gleichgültig zu klingen.

„Ich glaube, er mag dich", sagte Morgan mit einem Lächeln.

„Rede keinen Unsinn!" Margie verschwand hastig im Esszimmer, um den Tisch abzuwischen und die Stühle zurechtzurücken.

Er mochte sie nicht, er war einfach nur nett. Eigentlich war er viel zu nett; vermutlich hielt er sie insgeheim für eine schreckliche Nervensäge, die ihn nach toten Leuten ausfragte und ihn bat, Geburtsurkunden für sie zu beschaffen.

Sie war überrascht gewesen, wie bereitwillig sich der schroffe Chief erboten hatte, den Ast zu zersägen. Und dann tauchte er in diesem schwarzen T-Shirt mit einer großen Kettensäge in den Händen auf …

Also …

Margie hatte immer schon eine Schwäche für Männer in Uniform gehabt und fand, dass er in seinem khakifarbenen Hemd mit dem Polizeiabzeichen und der dunkelgrünen Hose richtig süß aussah. Aber in diesem T-Shirt wirkte er wie ein echter Holzfäller, unglaublich männlich. Sie hatte sich dabei ertappt, dass sie immer wieder einen Blick aus dem Fenster warf, um ihm bei der Arbeit zuzusehen.

Er war eindrucksvoll, wie geschickt er mit der Kettensäge hantierte. Doch erst als sie sah, wie er die großen Holzstücke zur Seite warf, wurde ihr klar, wie stark er war. Die kurzen Ärmel des schwarzen T-Shirts spannten sich über seinen Muskeln, und sie konnte kaum den Blick von ihm wenden.

Insgeheim musste sie grinsen, denn Hank war genau der Typ, der bei Jeff ein Gefühl der Unsicherheit auslöste. Ihr Ex war sicherlich ein gut aussehender Mann, aber er war recht schmächtig. Mit Ende zwanzig wurde sein Haar merklich dünner und von da an widmete er seinem Äußeren immer mehr Aufmerksamkeit.

Er gab viel Geld für teure Anzüge aus, ging in schicke Frisörsalons und probierte sogar alle möglichen Mittel und Tinkturen aus, die den fortschreitenden Haarverlust aufhalten sollten. Nichts davon funktionierte, also konzentrierte er sich auf modische Kleidung und schnelle Autos. Sobald ein anderer Mann auch nur ansatzweise mit Margie flirtete, wurde er eifersüchtig, vor allem, wenn dieser Mann kräftiger war als er und dichteres Haar hatte.

Flirten war überhaupt nicht Margies Art, aber sie war einfach ein freundlicher Mensch. Wenn ein Mann diese Freundlichkeit erwiderte, regte sich Jeff darüber auf. Also hatte Margie stets darauf geachtet, dass sie mit niemandem sprach, der Jeffs latente Unsicherheit verstärken könnte.

Sie lächelte. Ja, Hank war ganz sicher die Art von Mann, über die sich ihr Ex-Mann geärgert hätte. Aber sie würde jetzt nicht anfangen, sich insgeheim über Jeff lustig zu machen, nachdem sie sich nach der Scheidung solche Mühe gegeben hatte, nicht kleinlich oder verbittert zu wirken. Schließlich wollte sie nicht, dass ihre Kinder ein negatives Bild von ihrem Vater bekamen. Am besten hörte sie auf, an Hanks Muskeln zu denken, und konzentrierte sich stattdessen auf etwas Produktives.

An diesem Abend erwähnte Morgan Hank nicht mehr. Am daurauffolgenden Tag hatte Margie allerlei Besorgungen zu machen. Für das Wochenende hatte sich Jade angekündigt. Sie hatte angeboten, eine Website für Saltwater Bay einzurichten, für die Morgan die Fotos beisteuern wollte. Offenbar hatte sie eine gute Kamera und fotografierte leidenschaftlich gern. Es schien sich alles auf wundervolle Weise zu fügen.

Die Woche verging wie im Flug.

„Wie schön, dass du so flexible Arbeitszeiten hast", sagte Margie, als sie Jade am Freitagmorgen an der Fährstation abholte. „Das ist toll."

„Ich weiß. Es macht mich nervös, dass sie mich so sehr mögen."

„Ach Jade, wann begreifst du endlich, dass du wirklich so wunderbar bist, wie wir alle denken?"

Jade lächelte, sagte aber nichts.

Margie beschloss, nicht weiter auf dem Thema herumzureiten. Sie war froh, dass sie Jade jetzt öfter sah und Brandons ständiges Genörgel und seine kleinlichen Mäkeleien vielleicht ein wenig ausgleichen konnte.

Kaum waren sie in Saltwater Bay angekommen, setzte sich Jade an den Computer, um mit der Website anzufangen, und Margie und Morgan richteten die Scheune für die Fotos wie für eine Hochzeit her.

„Ich denke, Hochzeiten werden dein Hauptgeschäft sein", sagte Morgan. „Aber bestimmt kannst du auch andere Feste ausrichten: Abschlussfeiern, Geburtstagsfeiern, Ruhestandsfeiern …"

„Eine Party jagt die nächste", sagte Margie mit einem Lachen.

„Bei Hochzeitsfesten könntest du allerdings für alles den doppelten Preis nehmen. Das würde keiner merken."

„Das werde ich niemals tun! Ich möchte nur meinen Lebensunterhalt verdienen, kein Vermögen anhäufen.“

„Wie du meinst.“

Sie rückten die Stühle zurecht, breiteten Tischdecken über die Tische und stellten sogar ein paar schlichte Tafelaufsätze auf. Die Scheune sollte sich auf den Fotos von ihrer besten Seite zeigen. Dabei mussten sie jedoch den ganzen Bereich um die Toiletten ausblenden, denn die beauftragte Firma hatte sich eine ganze Woche lang nicht blicken lassen, obwohl sie es fest zugesagt hatte. Margie hatte den Handwerker ein paar Mal angerufen, doch er meldete sich nicht zurück. Sie wollte sich keine unnötigen Sorgen machen, doch es sah nicht gerade vielversprechend aus.

Morgan hatte die Idee, ein paar Lichterketten aufzuhängen, um die Scheune in ein weiches, romantisches Licht zu tauchen. Über eine Stunde lang kletterten sie Leitern rauf und runter und versuchten, die Lichter in Position zu bringen.

„Das war viel schwieriger, als ich erwartet hatte“, sagte Morgan und wischte sich den Schweiß von der Stirn.

Margie nickte. “Ja, ich hatte es mir auch leichter vorgestellt. Aber es sieht fantastisch aus.“

„Hast du dir schon Gedanken über das Catering gemacht?“

„Nun, noch habe ich nichts endgültig entschieden, aber ich habe mit den Eigentümern von drei verschiedenen Restaurants auf der Insel gesprochen, und alle wollten mir ein Angebot machen."

„Klingt super!“

Margie stöpselte die Lichterkette ein. Zum Glück waren alle kleinen Glühbirnen intakt. „Ja, finde ich auch. Das Beste war, dass ich einige ihrer Gerichte probieren durfte, und alles war köstlich. Sieht das nicht einfach wunderschön aus?“

„Ich habe mich selbst übertroffen“, sagte Morgan lachend.

„Wie wär‘s, wenn wir hineingehen und etwas trinken, bevor wir den Rest erledigen?“, fragte Margie.

„Gute Idee.“

Sie gingen zurück ins Haus und Margie war gespannt, wie weit Jade mit der Website gekommen war. Zu ihrer Überraschung saß Jade in der Küche und unterhielt sich mit Chief Hank.

„Hank! Schön, Sie zu sehen.“

„Hallo, Margie. Ich freue mich auch, Sie zu sehen. Hallo, Morgan.“

„Was gibt’s?“

Er hatte wieder ein T-Shirt an. Diesmal hatte er zwar keine Kettensäge dabei, trotzdem sah er groß und stark aus.

„Eigentlich nichts, ich wollte sehen, wie es läuft. Ich habe das Wochenende frei und ... nun, ich habe ein Boot.“

Margie nickte langsam. „Das ist schön.“

Er lachte und fuhr fort: „Ja, also, ich wollte morgen mit dem Boot rausfahren. Normalerweise würde mich Mike begleiten, aber da Sie ihn aus der Stadt gejagt und sich sein Haus unter den Nagel gerissen haben, dachte ich, dass Sie vielleicht mitkommen möchten?“

Kapitel 11

Jade machte unwillkürlich große Augen und musste sich zusammennehmen, um sich nichts anmerken zu lassen. Lud Chief Hank ihre Mutter etwa zu einem Date ein?

„Ich? Ich soll mitkommen?“, fragte ihre Mutter.

„Ja, im Boot. Waren Sie überhaupt schon auf dem Wasser, seit Sie auf der Insel wohnen? Außer auf der Fähre, meine ich natürlich.“

„Nein, bisher noch nicht.“

Morgan mischte sich ein. „Denken Sie, dass Sie Killerwale sehen werden? Oder nennt man sie Orcas?“

„Man kann sie nennen, wie man will“, sagte Hank. „Für die ortstreuen Orcas ist es noch ein bisschen früh in der Saison. Aber die wandernden Orcas können jederzeit auftauchen.“

„Was ist denn der Unterschied?“ Morgan lehnte sich an den Küchentresen und stützte das Kinn auf die Hand.

„Die ortstreuen Orcas ernähren sich ausschließlich von Lachs. Meist folgen sie ihm und sind nur im Sommer hier. Sie sind vom Aussterben bedroht.“

„Liegt das an all den Booten, die auf dem Wasser unterwegs sind?“, fragte Jade.

Hank schüttelte den Kopf. „Es gibt natürlich viele Theorien. Aber sicher ist, dass einige der Wale verhungern. In einem der wichtigsten Flüsse für den Lachs gibt es eine Reihe von Dämmen, sodass die Fische Probleme beim Laichen haben. Und der Lachs ist überfischt, in der Folge finden die Wale nicht mehr genug Nahrung. Also verhungern sie."

Ihre Mutter sog entsetzt die Luft ein. „Das ist ja schrecklich! Ich hatte keine Ahnung, dass es so schlimm ist."

„Wir bemühen uns, die Wale zu schützen, und können immer wieder kleine Erfolge verbuchen. Wenn wir Glück haben, kommen die Ortstreuen im Juli oder so zurück."

„Und was ist mit den anderen?", fragte Morgan.

„Die wandernden Orcas fressen nur Säugetiere. Schweinswale, Robben, Seelöwen. Sie finden reichlich Nahrung. Aber bei ihnen kann man kaum vorhersagen, wann sie kommen und gehen. Man weiß nie, wann sie auftauchen."

„Sie haben sie also schon mal gesehen? Von Ihrem Boot aus?", fragte ihre Mutter.

„Oh ja, schon oft. Es ist wirklich wunderbar."

Morgan lächelte breit. „Das klingt, als könnte es eine schöne Bootstour werden."

Jades Blick huschte zwischen den dreien hin und her. Hatte sie etwas verpasst? Kam Hank so oft vorbei, weil er ein Auge auf ihre Mutter geworfen hatte? Das war aber alles andere als professionell.

„Tja, ich weiß nicht, hier gibt es so viel zu tun", sagte Margie zögernd.

Morgan wischte ihren Einwand mit einer entschlossenen Handbewegung beiseite. „Ich bin den ganzen Tag hier und kann mich um alles kümmern. Die Gelegenheit solltest du dir nicht entgehen lassen! Und Chief Hank, Sie müssen versprechen, mich irgendwann auch aufs Wasser mitzunehmen. Vielleicht, wenn die Wale hier sind.“

„Klar, mach ich.“

Jade warf ihrer Mutter einen raschen Blick zu. Ihre Wangen waren gerötet - was die anderen beiden vielleicht nicht bemerkten, aber sie kannte diese Reaktion ziemlich gut. Mochte ihre Mutter diesen Typen? Passen würde es. Sie waren ungefähr im gleichen Alter, außerdem schien er ja ganz nett zu ihr zu sein. Es kam ihr nur so seltsam vor. Nach der Scheidung hatte ihre Mutter nicht ein einziges Date gehabt, sie hatte es nicht einmal in Erwägung gezogen. Jedenfalls hatte sie nie darüber gesprochen. Jade hatte angenommen, dass sie einfach keine Lust hatte, jemanden kennenzulernen.

Vielleicht hatte sie sich geirrt. Ihr Vater hatte seit der Scheidung bereits mehrere Freundinnen gehabt. Jade hoffte insgeheim immer noch, dass die beiden wieder zusammenkamen, aber das war ziemlich unwahrscheinlich. Vielleicht sehnte sich ihre Mutter nach einem Freund. Vielleicht war sie einsam.

Der Gedanke machte sie traurig. Warum sollte ihre Mutter nicht einen Ausflug mit dem Boot machen?

„Ja, Mom“, sagte Jade. „Du solltest unbedingt mitfahren.“

Ihre Blicke trafen sich und Jade lächelte.

„Es klingt wirklich schön“, sagte ihre Mutter langsam. „Ich könnte ein Picknick einpacken!“

„Das wäre großartig.“

Jade beobachtete Hank genau. Es schien, als hätte er tatsächlich die Luft angehalten, bis ihre Mutter zugesagt hatte. Das war irgendwie süß.

Er sollte es bloß nicht wagen, nicht nett zu ihr zu sein, sonst ... Jade hatte keine Ahnung, was sie sonst machen würde, aber ihre Mutter hatte auf jeden Fall das Beste verdient.

„Wie wär‘s, Morgan“, sagte Jade, „soll ich dir zeigen, wie weit ich mit der Website bin?“

„Was? Oh, gute Idee.“

Beinahe hätte Jade laut gelacht. Morgan war ein bisschen schwer von Begriff und warf ihr ständig seltsame Blicke zu. Zum Glück schafften sie es aus der Küche, ohne loszuprusten.

Kapitel 12

Margies letztes Rendezvous war gefühlte hundert Jahre her. Jeff war kein romantischer Typ, aber wann immer er Kollegen oder Geschäftspartner zu einer Party oder einen Kunden zu sich nach Hause einlud, führte er sie hinterher in ein schickes Restaurant aus und manchmal sogar ins Theater. Margie überlegte, wann sie das letzte Mal ausgegangen waren, aber sie konnte sich beim besten Willen nicht erinnern.

Und überhaupt war der geplante Ausflug ja gar kein Rendezvous. Hank wollte ihr nur die Gegend zeigen – und offensichtlich auch sein Boot. Sie fand es allerdings seltsam, dass er weder Jade noch Morgan eingeladen hatte, mitzukommen.

Vielleicht hatten sie ja auch Lust, die Wale zu sehen? Als Hank gegangen war, fragte sie sie danach, doch die beiden beteuerten, ihnen sei ganz und gar nicht nach einem Tag auf dem Wasser zumute.

„Ich habe zu viel zu tun, bevor ich morgen zurückfahre", sagte Jade.

„Und ich muss all die Fotos für die Website bearbeiten", sagte Morgan. „Also, wir können morgen auf gar keinen Fall einen Bootsausflug machen. Aber du solltest dir einen freien

Tag gönnen. Hin und wieder muss man ein bisschen Spaß haben.“

„Ja, Mom. Und das Wetter soll toll werden. Du wirst es genießen“, fügte Jade hinzu.

Margie war erleichtert, dass Jade die Idee gut fand. Sie wollte nicht, dass ihre Tochter sich unbehaglich fühlte, wenn sie Zeit mit einem Mann verbrachte, der nicht ihr Vater war. Ja, sie waren geschieden, aber sie wusste, wie unangenehm ihre Kinder es fanden, wenn Jeff eine seiner Freundinnen mitbrachte. Vor allem die Mädchen hatten ein Problem damit.

Das wollte Margie ihnen nicht antun. Sie war vollkommen zufrieden mit ihrem Leben, so wie es war. Ihre Kinder standen für sie im Mittelpunkt, und gerade jetzt bot sich ihr die Gelegenheit, sie alle wieder zusammenzubringen. Diese Chance würde sie nicht wegen eines romantischen Techtelmechtels mit einem Mann aufs Spiel setzen, egal wie gut er in seiner Polizeiuniform aussah.

Oder beim Holzhacken.

Okay, dieses Bild sollte sie wahrscheinlich schleunigst aus ihrem Gedächtnis streichen!

Außerdem war überhaupt nicht die Rede von einem Date, also hatte Margie keine Bedenken. Im Moment war Hank ihr einziger Freund auf der Insel. Morgan musste bald nach Hause zurückkehren und dann hatte Margie niemanden, mit dem sie sich ab und zu treffen konnte.

Nun, natürlich hatte sie Jade und freute sich, dass sie viel Zeit mit ihr verbringen konnte, aber das würde nicht ewig so weitergehen. Brandon gefiel es sicher nicht, dass Jade fast jedes

Wochenende auf die Insel fuhr. Margie hoffte, dass sie irgendwann noch andere Leute kennenlernte. Bestimmt gab es einen Lesezirkel oder einen Quiltclub, dem sie beitreten konnte. Sobald ihr Unternehmen in Gang gekommen war, würde sie sich darum kümmern. Im Moment war sie froh, Hank als Freund zu haben.

Wie versprochen bereitete sie ein leckeres Picknick für die Bootstour vor. Sie hatte keinen Picknickkorb, doch die Kühltasche, die sie normalerweise beim Einkaufen verwendete, würde reichen. Sie sah nicht gerade hübsch aus, erfüllte aber ihren Zweck. Sie packte Sandwiches, frisch geschnittenes Obst, ein paar ausgefallenere Käsesorten und Kirschtomaten hinein und legte Kühlpacks dazwischen. Außerdem beschloss sie, ein paar Flaschen Limonade mitzunehmen, obwohl sie keine Ahnung hatte, was Hank gerne trank. Zu guter Letzt backte sie auch noch ein Blech Brownies.

Er hatte ihr gesagt, dass er sie am Sonntagmorgen um elf Uhr abholen würde, und tatsächlich stand er um Punkt elf mit seinem Truck vor der Tür. Margie warf einen letzten Blick in den Spiegel, bevor sie öffnete. Sie hatte sich für eine olivfarbene Chino und die knallgelbe Regenjacke entschieden und außerdem ein Paar Leinenschuhe gefunden, die sie seit Ewigkeiten nicht mehr getragen hatte. Genau das Richtige für diesen Anlass.

„Guten Morgen!“, sagte Hank, als sie aus dem Haus trat.

„Hallo! Ich hoffe, Sie sind bereit für ein gigantisches Picknick“, sagte Margie.

„Worauf Sie sich verlassen können", antwortete er und hielt ihr die Beifahrertür auf.

Margie stieg ein und hoffte inständig, dass weder Jade noch Morgan sie vom Haus aus beobachteten. Sie beschloss, sich nicht umzudrehen.

Sie legte den Sicherheitsgurt an und Hank fuhr die Auffahrt hinunter.

„Das ist ein schöner Truck", sagte sie.

„Vielen Dank."

Schweigend fuhren sie weiter. Margie wusste nicht, was sie sagen sollte, fühlte sich aber ein wenig unbehaglich.

„Müssen wir das Boot irgendwo abholen?"

Hank schüttelte den Kopf. „Nein, ich lasse es das ganze Jahr über im Wasser. Der Liegeplatz ist gar nicht weit von hier."

„Oh. Das ist schön."

Wieder breitete sich Schweigen aus. Warum war er so wortkarg? Warum war sie so wortkarg? Vielleicht war es doch ein Rendezvous. Vielleicht hätte sie sich für ein anderes Outfit entscheiden sollen ... zum Schutz vor der Sonne hatte sie sogar einen albernen Hut eingepackt. Praktisch, aber nicht gerade romantisch.

Schließlich kamen sie am Hafenbecken an, wo mehrere Boote friedlich im Wasser schaukelten und in der Sonne glitzerten.

„Welches ist Ihres?"

„Das rote", sagte er und zeigte darauf.

Margie kniff die Augen zusammen, um den Namen zu entziffern. „Der Cori-Express?"

„Ja“, sagte Hank und rieb sich den Hinterkopf. „Es war eine Art Witz. Für meine Frau Corinne. Als ich das Boot gekauft habe, sagte ich ihr, dass ich sie damit von einer Insel zur anderen fahren würde, wann immer sie wollte.“

Ach. Er hatte eine Frau. Dies war also mit Sicherheit kein Rendezvous. Überrascht stellte Margie fest, dass ihr das etwas ausmachte. „Das war nett von Ihnen.“

Er lachte. „Sie fand es nicht besonders lustig. Aber als sie krank wurde, war das Boot eine große Hilfe. Für viele Arzttermine und Behandlungen mussten wir aufs Festland, und die Fahrzeiten der Fähre passten manchmal einfach nicht.“

„Oh“, antwortete Margie mit leiser Stimme. „Darf ich fragen, was sie hatte?“

„Krebs. Es war Nierenkrebs. Er hat sich ausgebreitet, bevor wir überhaupt wussten, dass er da war. Sie ist vor fast zwei Jahren gestorben.“

„Das tut mir leid. Haben Sie Familie auf der Insel?“

Hank sprang ins Boot und reichte ihr die Hand, um ihr an Bord zu helfen.

„Nein, leider nicht“, sagte er grinsend. „Meine Kinder haben sich ans andere Ende der Welt geflüchtet, nachdem meine Frau gestorben war.“

„Wie meinen Sie das?“

„Nun, mein Ältester, Jacob, lebt inzwischen in Australien.“

„Wie aufregend.“

„Ja, er fühlt sich sehr wohl. Ich war schon zweimal dort, es ist ein wunderbares Land. Und meine Tochter Amanda ist nach London gezogen. Sie arbeitet im Marketing, und als ihre Firma ihr den Job in England anbot, hat sie die Gelegenheit ergriffen."

Ohne nachzudenken, sagte Margie: „Es muss sehr einsam sein." Erschrocken hielt sie inne und stotterte: „Ich meine –"

Hank lachte. „Nein, ist schon okay. Es ist tatsächlich ziemlich einsam. Ich weiß, dass es für die Kinder schwierig ist, hierher zurückzukehren, und ich vermisse sie. Aber irgendwie bringe ich es einfach nicht übers Herz, selbst woanders hinzuziehen."

„Also, ich finde es wunderbar, dass sie bei Ihnen ein Zuhause haben - auch wenn sie noch nicht so weit sind, wiederzukommen."

„So habe ich das noch nie gesehen", sagte Hank, während er die Leinen löste. „Sie können allem etwas Gutes abgewinnen, oder?"

Margie lachte. „Zumindest versuche ich es. Ich möchte für meine Kinder auch einen solchen Ort schaffen, an dem wir alle zusammen glücklich sein können."

„Ich glaube, das haben Sie geschafft. Kommen sie zu Weihnachten auf die Insel?"

„Vielleicht sogar schon früher. Die Freundin meines Ex-Mannes hatte die Idee, in ein paar Wochen eine Überraschungsparty für ihn zu veranstalten. In der Scheune. Deshalb habe ich es so eilig, alles herzurichten. Und im Moment sieht es aus, als könnten alle Kinder dabei sein."

„Das ist ja toll. Meine Tochter kommt nächste Woche auch zu Besuch. Es ist der - nun, dann ist es zwei Jahre her, dass meine Frau gestorben ist. Aber wir versuchen, uns nicht auf ihren Todestag zu konzentrieren. Stattdessen feiern wir den Geburtstag meiner Frau."

„Schön, dass Ihre Tochter kommen kann."

„Ja, ich freue mich auf sie. Mein Sohn hat keine Zeit, aber wir werden eine Videokonferenz organisieren. Und bald besuche ich ihn. Tut mir leid, eigentlich wollte ich gar nicht so viel über mein deprimierendes Leben sprechen", sagte er und rieb sich das Gesicht. „Ich bin es einfach nicht gewohnt, mit jemandem zu reden."

Margie lächelte. „Sie müssen sich nicht bei mir entschuldigen. Und Ihr Leben ist nicht deprimierend. Eigentlich ist es ... ganz normal."

Er lächelte und startete das Boot. Margie fand es schade, dass er so dachte. Ihr machte es wirklich nichts aus, von seiner Vergangenheit zu hören, auch wenn es eine traurige Geschichte war. Im Gegenteil, sie freute sich, ihn besser kennenzulernen. Bisher war eher sie diejenige gewesen, die etwas von sich preisgab, und vieles von dem, was sie erzählte, rückte sie sicher in ein seltsames Licht. Es war gut zu wissen, dass er ein ganz normaler Mensch war. Und je mehr sie über ihn erfuhr, desto entspannter fühlte sie sich und desto mehr mochte sie ihn.

Sie fuhren an der Westseite der Insel entlang nach Süden. Kurz hinter dem Leuchtturm von Lime Kiln stoppte er das Boot.

„Später im Sommer schwimmen die ortstreuen Killerwale auf dieser Seite der Insel auf und ab und suchen nach Lachsen.

Wenn man am Leuchtturm steht, kann man sie beobachten. Es ist einfach unglaublich."

„Meinen Sie, dass wir heute welche sehen werden?"

Hank runzelte die Stirn. „Ich weiß es nicht. Bisher habe ich nicht gehört, dass welche gesichtet worden sind."

„Dann müssen wir einfach noch mal rausfahren", sagte Margie.

Er lächelte breit. „Prima, dann scheine ich Sie ja nicht allzu sehr gelangweilt zu haben, wenn Sie sich vorstellen können, noch mal herzukommen."

„Natürlich nicht! Ich finde es toll."

Sie umrundeten die Südspitze der Insel bis nach Cattle Point auf der Ostseite. Zu vielen Orten wusste er interessante Geschichten zu erzählen. Mit den Walen hatten sie zwar kein Glück, aber es gab andere Wildtiere zu sehen. Hinter Cattle Point stießen sie auf eine große Schar Weißkopfseeadler. Mindestens zehn oder zwölf Tiere schwebten mit ausgebreiteten Schwingen über den Klippen und ließen sich von der Meeresbrise über das Wasser tragen. Margie versuchte, mit ihrem Handy ein Foto zu machen, aber sie waren zu weit weg.

„Jetzt müsste Morgan mit ihrer schicken Kamera hier sein", sagte sie.

„Stimmt. Ich werde ein andermal mit ihr rausfahren." Er räusperte sich. „Aber ich bin froh, dass du heute mitgekommen bist. Ich ... bin sehr gerne mit dir zusammen."

Margie sah ihn an - seine Wangen waren leicht gerötet. War es die Sonne? Nein, das konnte nicht sein. Er war es sicher nicht gewohnt, seine Gefühle zu offenbaren, aber es schien, als würde er es versuchen. Margie dagegen hatte meist kein Problem damit, zu zeigen, was sie empfand.

Sie streckte die Hand aus und berührte seinen Arm. „Das ist gut, Hank, weil ich auch gerne Zeit mit dir verbringe."

Sie fuhren weiter um die Insel herum und entdeckten Schlankdelfine, Seehunde und unzählige Seelöwen, die sich auf den Felsen sonnten. Margie genoss jede Minute, doch irgendwann bekam sie Hunger und schlug vor, dass sie sich ein schattiges Fleckchen für ein Picknick suchten. Dagegen hatte Hank nichts einzuwenden. Er lenkte das Boot so nah wie möglich an die Küste, um den Schatten der Bäume zu nutzen.

„Es ist nicht viel und ich weiß nicht, was du gerne isst, aber ich habe ein paar Sachen eingepackt ..."

„Das ist ja unglaublich!" sagte er, als er die Sandwiches und den Käse sah. „Alles, was du machst, ist unglaublich. Ich hätte eine Flasche Wein an Bord schmuggeln sollen."

Jetzt spürte Margie, wie sie selbst rot wurde. Sie war es nicht gewohnt, dass man sie lobte. Versuchte er, ihr zu schmeicheln? Nein – dazu war er nicht der Typ.

„Wirst du wohl still sein! Wein wäre sowieso nichts, schließlich kannst du nicht trinken und ein Boot steuern."

„Ein Glas könnte ich vertragen, ich bin ja ein ziemlich großer Kerl. Wenn ich gewusst hätte, dass du etwas so Besonderes mitbringst - "

„Ach was, das ist doch nur ein einfaches Picknick. Hier, nimm." Sie drückte ihm ein Sandwich in die Hand. „Wie lange ist es her, dass du frische Tomaten gegessen hast?"

Er zuckte mit den Schultern. „Zählt Pizza auch?"

„Nein, Pizza zählt nicht."

Sie lachten und spürten beide eine schwindelerregende Leichtigkeit. Margie war sich nicht sicher, ob die Begeisterung über all die Tiere daran Schuld war, das schöne Wetter oder eher die Tatsache, dass der Tag für eine erste Verabredung ganz hervorragend verlief.

Nachdem Hank die Hälfte der Brownies vertilgt und sie überschwänglich gelobt hatte, packten sie die Reste in die Kühltasche und machten sich auf den Rückweg zum Liegeplatz des Bootes. Margie hatte den Ausflug genossen, doch nun wollte sie zurück, um zu Hause noch ein paar Dinge zu erledigen. Als sie wieder im Truck saßen, redeten sie – anders als auf der Hinfahrt - die ganze Zeit.

Sie befürchtete, dass Jade und Morgan am Fenster lauern würden, und hatte Angst, dass Hank versuchen könnte, sie in den Arm zu nehmen oder sogar zu küssen. Daher öffnete Margie die Tür, kaum dass der Truck anhielt, und sprang hinaus.

„Danke für den schönen Tag! Das müssen wir bald wiederholen", sagte sie.

„Nein, ich habe zu danken. So viel Spaß wie heute hatte ich schon seit Ewigkeiten nicht mehr."

Sie lächelte. „Pass gut auf dich auf!"

Margie ging zur Haustür, ohne auf die zwei Augenpaare zu achten, die aus dem vorderen Fenster spähten.

Kapitel 13

Als Margie die Tür aufstieß, huschten Jade und Morgan gerade vom Fenster in eines der anderen Zimmer.

„Hallo, ihr zwei“, rief sie. „Habt ihr vom Fenster aus Vögel beobachtet?“

Die zwei erschienen im Flur.

„Nein, wir haben ein Auto vorfahren hören und …“ Jade verstummte.

„Wir wollten sehen, ob der Chief dich küsst“, fügte Morgan hinzu.

Jade schlug sich die Hand vor den Mund. Margie wollte etwas Strenges erwidern, aber ihr viel einfach nichts ein. Überrascht stellte sie fest, dass sie es gar nicht schlimm fand, dass sich ein Mann für sie interessierte. Und schon gar nicht ein so netter Mann wie Hank.

Morgan verschränkte die Arme. „Aber leider wurden wir enttäuscht.“

„Morgan!“ Jade stöhnte.

Margie musste lachen. „Nun, es tut mir leid, dass ich euch enttäuscht habe, aber wir sind hier nicht beim Bachelor!“

„Dann hat er dir keine Rose gegeben?“, fragte Morgan.

Margie schüttelte den Kopf. „Nein, hat er nicht.“

„Also“, sagte Jade und räusperte sich. „Wie hat dir das Boot gefallen? Habt ihr Orcas gesehen?“

„Nein, Orcas nicht, aber viele andere Tiere. Weißkopfseeadler, Seelöwen, Seehunde ... es war wirklich schön. Und Hank sagte, dass er euch beide auch irgendwann gerne auf eine Bootstour mitnehmen würde.“

Morgan runzelte die Stirn. „Ist er nicht ein bisschen alt für uns?“

Jade prustete los. „Du bist albern.“

„Ich weiß“, sagte Morgan grinsend.

Zum Glück war das alles, was Margie für ihr Rendezvous - oder was immer es auch gewesen sein mochte - über sich ergehen lassen musste. Morgan zeigte ihr begeistert einige der Bilder, die sie aufgenommen und bearbeitet hatte, und Jade hatte die Anfänge der Website fertig, die Margie gebührend bewunderte. Die Arbeit war schwieriger gewesen, als Jade gedacht hatte, daher war sie noch nicht ganz fertig. Da sie die Website aber unbedingt so schnell wie möglich veröffentlichen wollte, hatte sie ihre Vorgesetzte gefragt, ob sie am nächsten Tag im Home Office arbeiten könne. So musste sie erst am Montagabend die Fähre zurück nach Anacortes nehmen.

Margie liebte es, die beiden jungen Frauen um sich zu haben, obwohl sie sich Sorgen machte, dass sich Brandon beklagen würde, wenn Jade so viel Zeit auf der Insel verbrachte. Allerdings sie behielt ihre Befürchtungen für sich – fürs Erste. Sie wusste, dass die Beziehungen ihrer Kinder sie nichts angingen, aber manchmal war es schwierig, den Mund zu halten.

Am Dienstag unternahm Margie eine weitere Reise aufs Festland, um Möbel für die anderen Schlafzimmer zu kaufen. Sie wollte, dass sich die Kinder entspannten und sich wie zu Hause fühlten, wenn sie sie auf der Insel besuchten. Auch wenn die Scheune bis zur Überraschungsparty nicht fertig sein sollte, konnte sie zumindest das Haus für ihre Familie herrichten.

In jedem Zimmer sollten mindestens ein Bett und ein Nachttisch stehen. Hank war so freundlich, ihr seinen Truck zu leihen, und hatte sogar angeboten, sie zu begleiten. Doch Margie und Morgan waren inzwischen ein eingespieltes Team und waren sich sicher, es allein zu schaffen. Sie fuhren zu Ikea in Seattle und schlugen richtig zu. Margie bekam nicht nur Betten und Nachttischchen, sondern auch passende Kommoden für die Schlafzimmer. Die Preise waren unschlagbar und die Möbel schlicht, aber hübsch.

Am Mittwoch kam Hank vorbei und bestand darauf, ihr beim Zusammenbau der Möbel zu helfen. Es gab viel zu tun, aber Margie wollte ihn nicht schon wieder um einen Gefallen bitten.

„Du hast doch sicher Wichtigeres zu tun“, sagte sie.

Er spähte in das erste Schlafzimmer, dessen gesamter Boden mit Pappkartons und Einzelteilen von Betten, Nachttischen und Kommoden übersät war. „Nein, ich habe nichts Wichtiges zu tun, und außerdem habe ich das Gefühl, dass du Hilfe gebrauchen könntest. Steht in den Anleitungen nicht, dass man diese Sachen zu zweit aufbauen soll?“

Margie biss sich auf die Lippe und warf einen Blick auf die Anleitungen, die auf dem Boden verstreut lagen. „Auf dem ersten Bild sieht man zwei Leute. Na ja, eigentlich sind es keine Leute. Jedenfalls haben sie kein Gesicht."

Er lachte. „Aber sie haben insgesamt vier Hände, stimmt's?"

Sie nickte. „Eindeutig."

„Dann würde ich sagen, dass du zwei Hände zu wenig hast."

„Da hast du recht", lachte Margie. Wenn der Mann darauf bestand, mit ihr Möbel zusammenzubauen, was sollte sie dann tun? Ihn wegschicken?

Sie machten sich an die Arbeit und brauchten zwei Stunden, um ein Bett, eine Kommode und einen Nachttisch aufzubauen. Margie konnte nicht glauben, wie lange es dauerte, obwohl Hank sehr geschickt war. Er erwähnte zwar mehrmals, dass er zu Hause einen Akkuschrauber habe, mit dem sie viel schneller wären, doch sie machten einfach weiter, nahmen sich ein Stück nach dem anderen vor und ließen sich Zeit. Hank war überzeugt, dass sie am Ende echte Möbelbauexperten sein würden.

Margie machte es nichts aus, dass sie kein zeitsparendes Werkzeug hatten. Sie genoss die Stunden mit ihm sehr. Er hatte großartige Geschichten über das Leben auf der Insel und den Alltag als Deputy parat. Das einzige Problem war, dass ihr ganzer Körper schmerzte, als sie mit dem ersten Raum fertig waren. Der Gedanke, sich gleich das nächste Schlafzimmer vorzunehmen, war trotz ihrer neuen Sachkenntnisse qualvoll.

„Puh!“, sagte sie laut, als sie sich mit schmerzenden Gelenken aufrichtete.

„Was ist los?“, fragte Hank.

„Ich hatte vergessen, dass Morgan mir gesagt hat, ich könne beim Zusammenbauen ihre Yogamatte benutzen.“

„Verstehe. Wo ist Morgan überhaupt?“

„Sie wollte eine Wanderung machen und nach Fotomotiven Ausschau halten“, antwortete Margie und streckte sich. Ihr tat alles weh. Vielleicht war es wirklich keine gute Idee, ohne Unterbrechung weiterzuarbeiten. Andererseits machte es wirklich Spaß ...

Hank schnaubte. „Eine Wanderung. Alles klar. Das hat sie mir auch erzählt, als sie auf Brocks Grundstück eingedrungen ist.“

„Nun, das macht sie hoffentlich nicht wieder. Man muss Kinder ihre eigenen Fehler machen lassen!“, setzte Margie mit einem Lachen hinzu. „Ich hole mir die Yogamatte. Ich glaube, sie bewahrt sie unter dem Bett auf.“

Margie ging in Morgans Zimmer und ging auf die Knie, um unter das Bett zu schauen. Durch die lichtundurchlässigen Vorhänge, die Morgan aufgehängt hatte, war es im Raum sehr dunkel.

Margie spähte unter das Bett. Sie konnte die Umrisse der Matte bestenfalls erahnen, streckte die Hand aus und zerrte sie mit einem energischen Ruck hervor. Leider zog sie dabei auch einen kleinen Schuhkarton heraus. Der lose Deckel fiel herunter und der Inhalt verteilte sich auf dem Boden.

„Oh je“, murmelte Margie. Sie stand auf und schaltete das Licht an, damit sie sehen konnte, was sie tat. Als sie sich wieder hinkniete, um das Chaos zu beseitigen, betrachtete sie den Inhalt des Schuhkartons: lauter Andenken und Bilder.

Es war süß - Morgan sammelte Postkarten, Steine vom Strand und sogar einen trockenen Lavendelzweig. Es waren Erinnerungsstücke von der Insel, neben einem Packen mit Fotos von Landschaften und Wildtieren. Margie wusste, dass sie eigentlich die Finger davon lassen sollte, aber zuoberst lag eine wunderschöne Aufnahme von der Scheune bei Sonnenuntergang. Margie setzte sich auf den Boden und sah die Fotos eines nach dem anderen durch.

Gerade betrachtete sie eine Aufnahme von der Küste und überlegte, wo es wohl aufgenommen worden war, als ein kleines Foto mit dem Bild nach unten zu Boden fiel. Sie hob es auf und drehte es um.

Margie war wie vom Donner gerührt. Es war ein Streifen mit zwei Bildern, offenbar aus einem Fotoautomaten, und sie zeigten Jeff und Kelly. Auf dem oberen Bild lächelten sie - Kelly sah genau so aus, wie Margie sie in Erinnerung hatte. Wache Augen, langes dunkles Haar. Auf dem zweiten Bild küssten sie sich leidenschaftlich.

Die restlichen Fotos entglitten ihren zitternden Fingern. Wie war das möglich? Wie hatte ihr Mann es geschafft, das vor ihr geheim zu halten? Wie konnte er so etwas tun? Was hatte er nicht nur ihr oder Kelly angetan, sondern auch den Kindern? War ihr ganzes Leben mit ihm eine Lüge?

Und Morgan. Süße Morgan. Was sollte sie ihr sagen?

Was um alles in der Welt sollte sie tun?

Kapitel 14

Margie war schon seit einer Weile verschwunden und bis jetzt noch nicht mit der Yogamatte zurückgekehrt. Vielleicht konnte sie sie nicht finden? Hank war gern mit ihr zusammen, aber er musste ihr Recht geben: So lange auf dem Boden zu knien war nicht gut für die Gelenke.

„Margie?“ Langsam ging er zu Morgans Zimmer hinüber. „Ich habe eine Idee. Vielleicht könnten wir wenigstens die Kommode und den Nachttisch auf dem Küchentisch zusammenbauen und – “

„Ach, ich weiß nicht“, sagte sie schnell. „Ich bin ... die Arbeit hat mir mehr zugesetzt, als ich dachte. Als ich mich aufgerichtet habe, war alles ... irgendwie ...“

„Ist alles in Ordnung?“

„Ja, mir geht es gut, ich ... ich denke, ich sollte für heute Schluss machen.“

Verflixt, er wollte noch nicht nach Hause fahren. “Okay. Möchtest du in der Stadt etwas zu Abend essen oder so?“

„Das ist sehr lieb von dir, aber ich fühle mich nicht so gut. Es kam ganz plötzlich.“

Sie sah ein wenig blass aus. „Ich könnte dir Hühnersuppe holen, wenn du möchtest. Ich bin leider kein guter Koch, aber ich kenne einen Laden, wo man großartige Suppen kaufen kann."

Sie schüttelte lächelnd den Kopf. „Nein, danke, du bist wirklich lieb, aber es ist schon okay. Ich denke ... sei mir nicht böse, aber am besten lege ich mich einfach nur hin."

„Okay, kein Problem. Es tut mir leid, dass du dich nicht gut fühlst. Ich kann dir in den nächsten Tagen mit den restlichen Möbeln helfen. Meine Tochter kommt am Freitag und ich werde sicher etwas mit ihr unternehmen, aber bestimmt wird sie nicht die ganze Zeit mit mir verbringen wollen. Und ich würde mich freuen, wenn du sie kennenlernst."

Margie antwortete nicht, sondern starrte gedankenverloren vor sich hin.

Hank beugte sich vor, sodass er ihr in die Augen sehen konnte. „Bist du sicher, dass es dir gut geht?"

Erschrocken blickte sie auf. „Ja, ich bin okay. Wahrscheinlich habe ich mir irgendwas eingefangen."

„Okay, dann lasse ich dich in Ruhe. Sag Bescheid, wenn du Hilfe brauchst. Ich komme gerne wieder. Und dann bringe ich diesen Akkuschrauber mit."

„Danke Hank. Ich weiß das sehr zu schätzen."

Er fand es schrecklich, sie allein zu lassen, wenn sie sich nicht gut fühlte, aber offenbar wollte sie es so. Er sammelte seine Sachen ein, verabschiedete sich und ging. Den Rest des Abends saß er vor dem Fernseher und sah sich Wiederholungen von Seinfeld an.

Am Donnerstag musste Hank arbeiten, und als seine Schicht zu Ende war, fuhr er bei Margie vorbei, um zu sehen, wie es ihr ging. Leider war sie nicht zu Hause und er überlegte, ob er wirklich unangemeldet bei ihr aufkreuzen sollte. Er beschloss, sie in Zukunft vorzuwarnen. Jetzt war es wohl das Beste, wenn er ihr einfach eine SMS schickte, um sich nach ihrem Befinden zu erkundigen.

Hank hatte an diesem Abend einige Besorgungen zu machen, die ihn ablenkten, und zu seiner Überraschung antwortete Margie ihm schnell. Vielleicht war sie es wegen ihrer Töchter gewohnt, auf diese Weise zu kommunizieren.

„Mir geht es recht gut, danke der Nachfrage, aber ich bin immer noch nicht ganz wiederhergestellt. Und außerdem kann ich diesen Maurer nicht dazu bewegen, herzukommen und die Toiletten fertigzubauen. Er macht mich wahnsinnig!"

Hank runzelte die Stirn. "Wen hattest du noch für die Arbeiten angeheuert?", schrieb er zurück.

„Eddie Mills. Allmählich frage ich mich, ob er überhaupt vorhat, zu kommen."

„Ich rede mit ihm", antwortete Hank.

Er hatte Eddie nicht empfohlen, aber er erinnerte sich, was Margie ihm erzählt hatte: Alle Handwerker, die er ihr genannt hatte, waren beschäftigt. Eddie hatte nicht den besten Ruf auf der Insel. Er konnte zwar gute Arbeit abliefern, aber er war dafür bekannt, dass er Leute übers Ohr haute, wenn es ihm passte. Er hielt sich für einen harten Burschen und prahlte gern damit, wenn er jemanden ausgetrickst hatte.

Der bloße Gedanke, dass er Margie an der Nase herumführte, ließ Hanks Blutdruck in die Höhe schnellen. Es war nicht etwa so, dass Margie einen Beschützer brauchte - sie war durchaus in der Lage, auf sich selbst aufzupassen. Aber Eddie musste unbedingt auf Macho machen und fand es lustig, Leute zu foppen, die nicht wussten, wie schnell sich ein Auftrag erledigen ließ.

„Frauen“, hatte er einmal gesagt und die Augen verdreht, „sind meine besten Kunden. Ich kann ihnen erzählen, dass ich Wochen brauche, um einen speziellen Schraubenschlüssel zu beschaffen – sie glauben mir alles. Sie haben keine Ahnung.“

Hank hatte ihm geantwortet, dass seine Kundinnen wahrscheinlich nur höflich seien und sich insgeheim fragten, was für ein Problem er habe. Das hatte Eddie nicht gefallen. Er war nicht Hanks Typ und Hank verspürte den unwiderstehlichen Drang, Margie vor Eddie und seinen miesen Tricks zu schützen.

Am Freitagmorgen sah er sich zufrieden in seinem Haus um. Es blitzte vor Sauberkeit. Er hatte zwar ein paar Tage gebraucht, um es in einen vorzeigbaren Zustand zu versetzen, aber jetzt hatte er das Gefühl, dass er diesen Zustand auch in Zukunft beibehalten könnte.

Lange Zeit hatte er keinen Sinn darin gesehen, das Haus in Ordnung zu halten. Wenn er ehrlich war, fragte er sich jetzt: „Was ist, wenn Margie mich irgendwann hier besuchen will?“ Möglicherweise hielt sie ihn für einen Schmutzfink.

Außerdem mochte es seine Tochter, wenn das Haus sauber war.

Amanda kam am frühen Nachmittag mit der Fähre auf der Insel an. Am Abend zuvor war sie nach Seattle geflogen und hatte dort bei einer Freundin übernachtet. Auf diese Weise war die Reise weniger beschwerlich und der Jetlag machte ihr nicht so viel aus.

Mit einem Mietwagen war sie nach Anacortes gefahren, wo sie die Fähre nach San Juan Island nahm. Hank malte sich einen Moment lang aus, wie er sie mit einem Blumenstrauß in der Hand am Fährterminal in Empfang nahm, und musste bei dem Gedanken lachen. Da Amanda aber selbst ein Auto hatte, holte er sie nicht ab, sondern wartete zu Hause auf sie. Der Blumenstrauß stand auf dem Tisch.

Als er hörte, wie die Tür aufging, sprang er aufgeregt auf, wie ein Hund, der sein Frauchen seit Jahren nicht mehr gesehen hatte. „Amanda!"

„Dad!"

Er umarmte sie und hob sie hoch. „Ich habe dich vermisst. Wie war deine Reise?"

„Ich habe dich auch vermisst, Dad. Lass mich runter!"

Er lachte und setzte sie wieder auf den Boden. Sie war klein und zierlich wie ihre Mutter, aber die Augen hatte sie von ihm.

Er reichte ihr den Rosenstrauß. „Die sind für dich."

Sie lachte. „Danke, Dad. Ich stelle sie wieder auf den Tisch. Sehr schön."

„Weißt du“, sagte er und verschränkte die Arme, „Blumen kriegt hier nicht jeder.“

Sie nickte. „Ich weiß. Oh! Ich habe auch etwas für dich.“

„Ach ja? Ich habe dir doch gesagt, du sollst dein Geld nicht für Geschenke für deinen alten Vater verschwenden.“

Sie holte ein Glas aus ihrer Reisetasche und reichte es ihm. „Das ist Tee mit Speckgeschmack.“

Er schraubte den Deckel ab und schnupperte. „Beeindruckend. Das riecht wirklich nach Speck.“

Amanda klatschte in die Hände. „Ich wusste doch, dass du darauf abfährst.“

„Hast du ihn schon probiert?“

„Nein, aber er schmeckt bestimmt ekelhaft.“

Sie lachten. Hank setzte Wasser auf und sie ließen sich zu einem gemütlichen Plausch auf dem Sofa nieder. Amanda hatte viel zu erzählen und er hörte gern, was es Neues in ihrem Leben gab.

Normalerweise rief sie ihn mindestens einmal in der Woche an, aber wenn sie so zusammensaßen, konnte er sich eher ein Bild davon machen, wie es ihr ging. Sie wirkte gut gelaunt, lächelte viel und erzählte lustige Geschichten über ihren Job und ihre Freunde. Mit wenigen Abstrichen liebte sie das Leben in London.

„Hört sich an, als hätte dich San Juan endgültig verloren“, sagte Hank.

Amanda seufzte. „Ach, komm schon, Dad. Vielleicht ziehe ich irgendwann doch wieder her. Ich wohne nur gerade ... auf einer größeren Insel.“

Er lachte. „Ich bin nur froh, dass du glücklich bist."

„Was gibt es Neues bei dir? Und auf der Insel?"

Margies Gesicht blitzte in seinen Gedanken auf, aber aus irgendeinem Grund sagte er nur: „Nichts. Gar nichts."

„Typisch. Hier passiert nie etwas."

„Nun ja ..." Er trank einen Schluck Specktee. Er schmeckte zwar nicht gerade umwerfend, aber ekelhaft fand er ihn zu seiner eigenen Überraschung auch nicht. „Ich habe mich etwas intensiver mit diesem Fall beschäftigt, von dem ich dir erzählt habe. Du weißt schon, die Frau, die von einem Auto angefahren wurde."

„Und die an ihren Verletzungen gestorben ist?"

„Ja. Ihre Tochter ist auf der Insel aufgetaucht, um nach Hinweisen zu suchen. Ich bin alles noch einmal ganz genau durchgegangen."

Amanda nickte. „Und? Hast du etwas herausgefunden?"

„Nicht wirklich. Aber ich werde weitersuchen."

„Okay. Sind schon Orcas gesichtet worden?"

„Leider nicht. Wir können im Laufe der Woche mit dem Boot rausfahren und nach ihnen Ausschau halten."

„Klingt gut."

„Hast du Hunger? Ich dachte, wir könnten später in der Stadt zu Abend essen. Was immer du magst."

„Ein paar Tacos wären toll." Amanda stand auf und zog ihre Bluse glatt. „In London gibt es kein brauchbares mexikanisches Restaurant, ehrlich."

Hank lachte. „Perfekt. Ach, macht es dir etwas aus, wenn wir unterwegs kurz Zwischenstation machen?"

„Kein Problem."

Sie stiegen in den Truck und fuhren in Richtung Friday Harbor. Eddie lebte am Stadtrand, daher bot es sich an, ihm einen kleinen Besuch abzustatten. Als sie am Haus ankamen, bat er Amanda, im Auto zu bleiben. Dann ging er zur Haustür und klopfte. Eddie öffnete sofort.

„Hey Hank, schön dich zu sehen, Mann. Willst du auf ein Bier reinkommen?" "

Er schüttelte den Kopf. „Nein, Eddie. Ich bin hier, weil ich einer Bekannten einen Gefallen tun will."

„Ach ja? Bin ich in Schwierigkeiten?", sagte Eddie mit einem Lachen.

„Kommt darauf an. Hast du vor, die Arbeiten zu Ende zu bringen, für die Margie Clifton dich bezahlt hat?"

Eddie trat einen Schritt zurück und hob abwehrend die Hände. „Na, na, ich weiß nicht, was sie dir erzählt hat, aber – "

„Sie hat mir gar nichts erzählt. Ich helfe ihr ab und zu in der Scheune und jedes Mal, wenn ich vorbeischaue, sehe ich, dass du keinen Finger krumm gemacht hast. Was ist los? Zu viel zu tun?"

„Nein, ich wollte eigentlich am Mittwoch rausfahren."

Hank sah ihn eindringlich an. „Am Mittwoch?"

„Ich meinte Montag! Ja, am Montagmorgen, gleich als Erstes."

Hank lächelte und legte ihm die Hand auf die Schulter. „Freut mich, Eddie. Nun, ich muss weiter. Schönen Abend noch."

Eddie nickte eifrig. „Ebenso, Chief."

Hank wandte sich um und ging zurück zu seinem Truck. Er versuchte, tief durchzuatmen. Dieser Bursche war ihm wirklich unsympathisch, aber zumindest schien er zu ihm durchgedrungen zu sein.

„Was war das denn?", fragte Amanda, als er wieder in den Truck stieg.

Er zuckte mit den Schultern. „Nur eine Kleinigkeit. Eddie hat eine Bekannte von mir an der Nase herumgeführt."

„Margie, hast du gesagt? Ich habe noch nie von ihr gehört", sagte Amanda langsam. „Ist sie neu auf der Insel?"

Er wendete und fuhr die Einfahrt hinunter. „Ja, eigentlich ist sie neu hier. Erinnerst du dich noch an Mike? Sie ist seine Schwester. Er hat ihr sein Haus verkauft."

„Ah."

Er überlegte, Amanda mehr über Margie zu erzählen, aber sie stellte keine weiteren Fragen. Und es kam ihm seltsam vor, von Margie zu sprechen. Er schaltete das Radio ein und bald darauf waren sie am Restaurant.

Erst nachdem sie Tacos bestellt hatten, fing Amanda wieder an. „Also warst du neulich dort? Als ich dich angerufen habe?"

„Bei Eddie?", fragte Hank lachend.

„Nein, bei dieser Dame. Wie heißt sie noch gleich?"

Er versuchte, seine Stimme so gleichmütig wie möglich klingen zu lassen. „Margie."

„Genau. Bei Margie."

Hank spürte, wie sich ihre Stimmung veränderte. Bei der Aussicht auf Tacos bekam sie normalerweise gute Laune, aber diesmal war es anders. Sie würde nicht lockerlassen. Hank beschloss, einige Details besser unter den Tisch fallen zu lassen.

„Ja, also – "

„Chief Hank? Sind Sie das?", sagte eine vertraute Stimme hinter ihm.

Hank drehte sich um. Morgan und Margie standen im Eingangsbereich des Restaurants.

Oh je. Das schlechteste Timing, das er sich vorstellen konnte.

„Hallo, Hank!", sagte Margie und kam näher.

Hank kam sich vor wie ein Tier, das in der Falle saß. Sein Blick flog zwischen seiner Tochter und Margie hin und her. „Hallo, Margie, wie geht es dir?"

Ganz cool bleiben. Tu so, als sei Margie nur eine gute Freundin. Nun - sie waren tatsächlich nichts weiter als gute Freunde. Das dürfte also nicht so schwierig sein, oder?

„Hm, offenbar ist Chief Hank mit einer jüngeren Frau zusammen", sagte Morgan in weithin hörbarem Flüsterton.

Kein guter Witz, Morgan. Hank stand auf. „Das ist meine Tochter Amanda. Amanda, das sind Margie und Morgan."

Amanda stand auf und reichte ihnen die Hand. „Nett, Sie kennenzulernen."

„Ganz meinerseits."

Hank stand einen Moment lang unschlüssig da. Sich cool und locker zu geben, war nicht so einfach wie gedacht. Er hatte keine Ahnung, was er sagen sollte, und platzte schließlich heraus: „Tacos, wie? Schmecken prima."

Margie nickte. „Ja, Morgan hat mich überredet, dass Tacos genau das Richtige fürs Abendessen sind."

„Wann kommen Sie vorbei, um die restlichen Möbel aufzubauen?", fragte Morgan.

Amanda sah ihn an, doch Hank wich ihrem Blick aus.

„Wann immer ihr mich braucht", sagte er. „Ich habe einen Akkuschrauber, damit ginge es schneller."

„Ich würde die Zimmer gerne fertig einrichten", sagte Morgan.

„Nun, dann kannst du alles allein zusammenbauen", sagte Margie knapp. „Lass Hank in Ruhe, er hat zu tun. Wir lassen euch weiteressen. Wir haben etwas zum Mitnehmen bestellt und ich glaube, unsere Sachen stehen da auf der Theke."

„Okay, es war schön, euch zu sehen. Guten Appetit."

„Euch auch."

Sie nahmen ihre Bestellung in Empfang und kaum zwei Minuten später waren sie verschwunden. In der Zwischenzeit war das Essen für Hank und Amanda serviert worden.

Amanda beugte sich vor. „Was war das denn, Dad?"

„Ich weiß nicht, was du meinst", antwortete er wie aus der Pistole geschossen.

Zu schnell, zu unüberlegt. Keine gute Idee.

Amanda lehnte sich zurück und verschränkte die Arme. „Diese Frau. Seid ihr … zusammen oder so?"

„Nein! Ach, was. Wir sind Freunde, mehr nicht. Sie ist neu auf der Insel, ich helfe ihr ein bisschen, sich hier einzuleben. Und ich gehe ihr ab und zu bei ihren Renovierungsarbeiten zur

Hand. Sie ist Mikes Schwester, also habe ich das Gefühl, dass ich ihr helfen sollte."

„Und die junge Frau? Ist das ihre Tochter?"

„Morgan? Nein, sie ist die Tochter dieser Frau, die auf der Insel ums Leben gekommen ist."

„Oh." Amanda biss ein Stück von ihrem Taco ab und kaute langsam.

Hank stopfte sich den größten Teil eines Taco in den Mund. Amanda hatte ihn durchschaut. Sie war lebenserfahrener als andere Frauen in ihrem Alter – wenn sie bei Brock hätte herumschnüffeln wollen, wäre sie nicht erwischt worden. In ihrem Beruf war sie äußerst erfolgreich und darauf war er natürlich stolz. Aber sie erkannte sofort, wenn jemand log. Vor allem, wenn er log.

„Denn weißt du was?", sagte sie schließlich. „Ich fände es ganz schön daneben, wenn du so bald nach Moms Tod mit einer anderen Frau zusammen wärst."

Da war es. Er schloss die Augen und rieb sich das Gesicht. „Wir sind nicht zusammen, Amanda. Das würde ich nicht tun."

„Gut. Weil es nämlich albern wäre."

Er nahm ihre Hand. „Du brauchst dir keine zu Sorgen machen", sagte er und bemühte sich, seine Stimme sanft klingen zu lassen. „Okay?"

Sie verschränkte die Arme. „Okay."

Er räusperte sich und trank einen Schluck Wasser. Es war Zeit, das Thema zu wechseln. "Was meinst du, sollen wir morgen mit dem Boot rausfahren?"

Amanda klaubte sich ein Stück Salat aus den Zähnen. „Ja. Prima."

Er lächelte. „Wunderbar."

Sie schafften es, für den Rest des Essens einen Bogen um ähnlich heikle Themen zu machen. Aber Hank wusste, dass Amanda Recht hatte - er hatte dasselbe empfunden, hatte das Gefühl aber ignoriert. Es war zu früh, sich mit einer neuen Frau zu treffen, auch wenn diese Frau so nett war wie Margie. Allerdings musste er nun überlegen, wie er ihr künftig aus dem Weg ging.

Von nun an gab es keine Margie mehr in seinem Leben.

Kapitel 15

Kaum waren sie außer Hörweite des Restaurants, fragte Morgan: „Warum war der Chief so komisch? Habt ihr euch gestritten oder so?"

„Nein, natürlich nicht", sagte Margie und versuchte, möglichst gleichmütig zu klingen. „Wahrscheinlich war er nur überrascht, uns zu sehen. Du weißt schon, schließlich war er mit seiner Tochter dort."

„Oh", sagte Morgan. „Meinst du, er wollte sie dir noch nicht vorstellen?"

Margie lachte. „Nein, ich glaube nicht – warum reden wir eigentlich darüber? Und was noch wichtiger ist: Du kannst nicht einfach die Leute bitten, deine Möbel zusammenzubauen."

Morgan zuckte die Achseln. „Es geht mir doch gar nicht darum, dass er die Möbel zusammenbaut. Ich dachte nur, dass ihr zwei eine schöne Zeit miteinander habt und ..."

„Schönen Dank auch, aber das macht man nun mal nicht."

Schweigend fuhren sie weiter. Nach ein paar Minuten begann Morgan wieder. „Tut mir leid. Manchmal bin ich verlegen und dann ... übertreibe ich und reiße dumme Witze."

„Ist schon okay“, sagte Margie mit einem Lächeln. „Ich – weißt du, das ist alles sehr neu für mich. Zeit mit einem Mann zu verbringen.“

„Mit einem netten Mann?“

Margies Herz machte einen Satz. Warum hatte sie das Wort „nett“ so betont? Wusste Morgan von Jeff? Und wusste sie, dass Jeff kein netter Mann war? Hatte sie die ganze Zeit Bescheid gewusst?

„Ich weiß nicht, was du damit meinst“, erwiderte Margie. „Aber, ja, er ist ein sehr netter Mann.“

„Ich meine nur, dass dein ... ach, egal.“

Im Radio kam ein Song von Bonnie Tyler und bot Margie die perfekte Gelegenheit, das Thema zu wechseln. „Oh! Hörst du das? Rate mal, wer das ist!“

Morgan stöhnte, beschwerte sich aber nicht. Margie drehte die Musik auf, um einen Augenblick mit ihren Gedanken allein sein zu können.

Morgan hatte sich nicht geirrt - Hank hatte sich tatsächlich seltsam verhalten. Wusste er von Jeff? Vielleicht hatte er Morgans Geburtsurkunde doch besorgt und festgestellt, dass ihr Ex-Mann als Vater eingetragen war? Wusste er denn überhaupt, wie ihr Ex-Mann hieß? Das ergab alles keinen Sinn. Aber wenn dort „Jeff Clifton“ stand, musste er nur zwei und zwei zusammenzählen.

Ein Teil von ihr hoffte, dass Hank es wusste. Zumindest wäre sie dann nicht die Einzige, die dieses Geheimnis kannte. Ihre Entdeckung war erst ein paar Tage her, aber sie hielt es kaum noch aus. Wie hatte Jeff das so viele Jahre lang geheim halten können? Hatte er kein Herz?

Nein - Margie ermahnte sich, nicht so zu denken. Es wäre so einfach, in die Rolle der verbitterten Ex-Frau zu schlüpfen. Und das wollte sie nicht für ihre Familie. Bis zu Jeffs Überraschungsparty waren es nur noch drei Wochen, fast sechzig Leute hatten sich angesagt. Alle drei Kinder würden auf die Insel kommen und nach der Feier noch eine ganze Woche bleiben. Es würde eine schöne Zeit werden.

Sollte sie all das verderben, indem sie Jeff vorwarf ... sie konnte die Worte nicht einmal denken. Ein uneheliches Kind zu haben? Sie betrogen zu haben? All die Jahre gelogen zu haben?

Nein, etwas stimmte nicht. Es war schwer, darüber nachzudenken, schwer, sich darauf zu konzentrieren. Sie kehrten ins Haus zurück und genossen ihr Abendessen. Es war Morgans Idee gewesen; sie hatte in dem Restaurant einmal zu Mittag gegessen und meinte, dass es Margie bestimmt schmecken würde. Sie hatte recht - die Tacos waren köstlich.

Als sie die Teller wegräumten, beschloss Margie, ein unangenehmes Thema anzusprechen. „Hast du deinem Vater schon gesagt, dass du die ganze Zeit hier warst?"

„Nein, noch nicht. Ich rufe ihn regelmäßig an, aber wenn ich ihm die Wahrheit sage, wird er wissen wollen, bei wem ich gewohnt habe, und dann glaubt er mir vielleicht nicht." Sie schwieg einen Moment. „Weißt du was? Rede du doch mit ihm."

Margie wurde es flau in der Magengegend. Wie groß war die Wahrscheinlichkeit, dass ihr Stiefvater ihren Namen kannte? Oder dass er sich an einen Jeff Clifton erinnerte, den seine Frau früher gekannt hatte?

„Also, ich glaube nicht, dass das eine gute Idee ist."

„Ach, komm schon. Bitte, bitte?"

„Du bist eine erwachsene junge Dame, und das ist dein Problem."

Zum Glück ließ Morgan das Thema fallen und bald darauf gingen beide zu Bett. Wie in der Nacht zuvor konnte Margie nicht schlafen. Sie wälzte sich von einer Seite zur anderen und die Anspannung wuchs von Stunde zu Stunde. Erst war ihr zu warm und sie schob die Bettdecke weg, dann war ihr kalt und das Ganze begann von vorne. Sie wusste nicht, was sie tun sollte. Es fühlte sich an, als würde dieses Geheimnis sie bei lebendigem Leib auffressen.

Es gab jemanden, mit dem sie darüber sprechen konnte, auch wenn sie sich nicht sicher war, ob er vielleicht bereits Bescheid wusste. Hank würde es verstehen. Noch wichtiger war, dass sie Hank vertraute. Er würde wissen, was zu tun war - oder zumindest würde er ihr eine Vorstellung davon geben können, wie es weitergehen sollte. Mit einem Schlag war Hank nicht mehr nur ihr einziger Freund auf der Insel, sondern auch noch etwas anderes. Margie verspürte ein Flattern im Bauch. Natürlich konnte sie mit ihm sprechen.

Was war so besonders an ihm? Irgendwie hatte er sich in ihr Leben geschlichen. Der Gedanke, dass er an ihr interessiert sein könnte, war ihr erst in den Sinn gekommen, als er sie auf sein Boot eingeladen hatte. Und es war so ein schöner Tag gewesen.

Margie lächelte. Außerdem sah er gar nicht schlecht aus. Sicher, um die Mitte herum war er vielleicht etwas füllig, aber das war bei ihr nicht anders. Und wenn sie die Augen schloss, sah sie das Bild vor sich, wie er Holz hackte. Er war so stark. So ehrlich und aufrichtig.

So ganz anders als Jeff.

Am nächsten Morgen ging sie zum Büro des Sheriffs, um zu sehen, ob Hank da war. Man sagte ihr, er habe sich die ganze Woche freigenommen, um Zeit mit seiner Tochter zu verbringen. Das konnte Margie gut verstehen, doch sie wollte nicht einfach unangemeldet bei ihm zu Hause auftauchen. Seine Tochter schien nicht gerade begeistert gewesen zu sein, als sie sie beim Abendessen überrascht hatten.

Als sie in ihrem Auto auf dem Parkplatz saß, schickte sie ihm eine Nachricht. „Hallo, Hank, ich hoffe, du hast eine schöne Zeit mit Amanda. Ich störe dich nur sehr ungern, aber ich möchte etwas Wichtiges mit dir besprechen. Können wir uns irgendwann diese Woche zum Mittagessen treffen?"

Die Zeit verging, ohne dass er antwortete, was Margie überraschte. Sonst meldete er sich immer sofort, wenn sie ihm schrieb. Vermutlich war er mit Amanda unterwegs.

Einige Stunden später las sie seine Antwort. „Hi, Margie, es tut mir leid, aber das geht diese Woche nicht. Bestimmt kann dir einer der Deputies helfen, wenn du ein Problem hast. Alles Gute."

Einer der Deputies? Alles Gute? Was sollte das heißen? Es hörte sich an, als würde er sich für immer verabschieden.

Margie spürte, wie sich Schweißperlen auf ihrer Stirn bildeten. Hatte sie Hitzewallungen? Oder wusste Hank schon über Morgan und Jeff Bescheid und wollte nichts mehr mit ihr zu tun haben, weil sie ihn angelogen hatte?

Nein, das konnte sie nicht so stehen lassen. Er hatte es verdient, die ganze Geschichte zu hören, bevor er sie dafür verurteilte. Das Foto von Kelly und Jeff zum ersten Mal zu sehen, war ein Schock gewesen, noch schlimmer als der Moment, als Morgan bei ihr aufgetaucht war. Als sie sich wieder etwas gesammelt hatte, war ihr erster Gedanke gewesen, Morgan alles zu sagen, ihr reinen Wein einzuschenken und ihr zu erklären, dass sie sich vorher nicht sicher gewesen sei.

Aber das ließ viele Fragen offen. Warum hatte Jeff getan, was er getan hatte? Sie musste mit ihm reden. Zu akzeptieren, dass er von Morgans Existenz gewusst und sie wissentlich im Stich gelassen hatte, war zu furchtbar.

Wenn er es die ganze Zeit gewusst hatte, dann war der Mann, den sie zum Vater ihrer Kinder gewählt hatte, ein schrecklicher Mensch. Es bedeutete, dass sie seine endlosen Reisen und seine Launen für nichts und wieder nichts ertragen hatte. Und es bedeutete, dass sie der größte Dummkopf der Welt war.

Sie musste unbedingt herausfinden, ob Kelly Jeff jemals erzählt hatte, dass sie schwanger war. Möglicherweise war ihr Auftauchen an jenem schicksalhaften Abend ihr erster und letzter Versuch gewesen, es ihm zu sagen.

Vielleicht hatte sie gar nicht damit gerechnet, Margie dort zu sehen? Möglicherweise hatte sie gerade erst erfahren, dass Jeff verheiratet war, und war todunglücklich zu seinem Haus aufgebrochen?

Wenn Margie ehrlich war, erschien es ihr nicht unwahrscheinlich, dass Jeff in den frühen Jahren ihrer Ehe eine Affäre gehabt hatte. Es fiel ihr schwer, sich das einzugestehen und der Wahrheit ins Gesicht zu sehen – aber es war offenkundig, dass etwas in dieser Richtung passiert war. Dass er Kelly und Morgan hatte sitzen lassen, schien jedoch unmöglich. Es konnte einfach nicht sein.

Sie musste zuerst mit Jeff sprechen und ihm das Foto zeigen. Wenn sie Morgan erzählte, dass Jeff ihr Vater war, bevor sie genau wusste, was passiert war, würde sie Morgan vielleicht unnötig verletzen. Sie sollte abwarten, bis sie die ganze Geschichte kannte.

Eigentlich hatte sie gehofft, persönlich mit Jeff sprechen zu können, aber jetzt war ihr klar, wie dumm das war. Margie holte tief Luft, zog ihr Handy hervor und wählte Jeffs Nummer.

Keine Antwort.

Sie beschloss, eine Nachricht auf seinem Anrufbeantworter zu hinterlassen, nichts Dramatisches, das aber trotzdem deutlich machte, dass sie ihn sprechen musste. Mit etwas Glück rief er bald zurück, sodass sie dieses sehr schwierige Gespräch hinter sich bringen konnte.

Und bis zu seinem Rückruf, so entschied Margie, würde sie sich darauf konzentrieren, das Haus und die Scheune für die

Party herzurichten. Mehr konnte sie im Moment nicht tun, um nicht verrückt zu werden durch dieses Geheimnis, das drohend über ihr schwebte.

Kapitel 16

„Ich verstehe nicht, warum wir dort übernachten müssen." Brandon hatte die Arme fest vor der Brust verschränkt.

Er war müde und höfliche Konversation mit seiner Schwiegermutter und ihrem nervigen Hausgast war das Letzte, was er jetzt brauchte.

„Ich dachte, es wäre einfacher, wenn wir uns nicht abhetzen müssen, um die letzte Fähre zu erwischen. Meine Mutter kocht etwas zum Abendessen und außerdem habe ich Morgan versprochen, eine Wanderung mit ihr zu machen und ..." Jade verstummte.

Brandon seufzte. Über Nacht auf der Insel zu bleiben war seiner Meinung nach völlig überflüssig. Eigentlich hatte er den Abend ganz entspannt mit irgendeinem Film auf dem Sofa verbringen wollen.

Er genoss es, dass Jade neuerdings so oft bei ihrer Mutter auf der Insel war. So hatte er mehr Zeit für sich. Dass er selbst für nichts und wieder nichts nach San Juan fahren sollte, erschien ihm allerdings sinnlos.

Jade fuhr fort: „Ich meine, wir müssen nicht unbedingt über Nacht bleiben, wenn du nicht willst. Ich dachte nur, dass es schöner wäre."

„Nein, es ist ja eh schon beschlossene Sache, also können wir es genauso gut durchziehen. Ich weiß nicht, warum du dir immer wieder so etwas ausdenkst und mir nichts davon sagst. Das ist wirklich nicht fair."

„Ich habe es dir gesagt und dachte, du findest es auch eine gute Idee."

Brandon setzte sich auf. Sein Rücken tat weh und die Sitze auf der Fähre waren unbequem. „Ja, ich war einverstanden, bevor mir klar wurde, dass ich bei der Party für deinen Vater auflegen soll. Und das ganz umsonst! Und heute verliere ich wertvolle Zeit, in der ich arbeiten könnte."

Jade lachte. „Ach, komm schon, du hattest für heute Abend doch gar keinen Auftritt vereinbart."

„Hätte ich aber haben können."

„Hör zu, ich habe nie gesagt, dass du es umsonst machen sollst, aber ich dachte ... nun, es wäre ein schönes Geschenk für meinen Vater, wenn du es machst."

Na klar. Und was schenkte sie ihrem Vater? Das wäre so, als würde sie eine ganze Website einrichten, ohne einen Cent dafür zu verlangen. „Jade, ich bin Künstler. Ich kann meine Fähigkeiten nicht einfach verschenken."

Sie seufzte. „Okay, dann bezahle ich deine normale Gage."

Er legte den Kopf schief. „Was ist das denn für eine Einstellung? Warum benimmst du dich in letzter Zeit so?"

„Was meinst du? Ich denke nur, dass – "

„Du drängst mich zu Sachen, die ich gar nicht machen will, wie die Party für deinen Vater."

„Ich dachte, du hättest gesagt, dass du einen Fuß in die Tür kriegen wolltest, weil du dann bei allen Events in der Scheune als DJ auftreten könntest."

Er zuckte mit den Schultern. Konnte sein, dass er mal so etwas gesagt hatte, aber darum ging es ihm nicht. „Ich kann jetzt nicht darüber sprechen."

Brandon ging die Treppe hinauf, um sich eine Limonade zu holen. Ständig legte ihm Jade Steine in den Weg. Keiner der anderen DJs, die er kannte, würde bei der öden Geburtstagsfeier eines alten Mannes auftreten. Das war einfach lächerlich. Und natürlich würde ihre Mutter ihn für alle ihre Veranstaltungen verpflichten – was blieb ihr auch anderes übrig? Wer sonst kam schon freiwillig auf diese blöde Insel? Wollte sie nicht, dass er Erfolg hatte? Oder war sie genauso gegen ihn wie Jade?

Für den Rest der Reise hörte er Musik auf seinem Handy. Als es Zeit war auszusteigen, trat Jade zu ihm und streckte ihm die Hand entgegen.

„Brandon, es tut mir wirklich leid, Schatz. Können wir bitte versuchen, den Tag zu genießen?"

Er seufzte. „Ja, schon gut. Aber ich gehe nicht mit euch wandern. Ich habe Rückenschmerzen."

„Bist du sicher? Ich möchte dich nicht alleinlassen."

Ach nein? Sie ließ ihn doch ständig allein. Er riss sich den Arsch auf, um sich einen Namen zu machen, und sie, was tat sie? Arbeitete bei einer Bank, hing bei ihrer Mutter herum und aß Bonbons. Typisch Jade - sie würde nie verstehen, wie hart er arbeitete.

„Ist okay."

Kaum waren sie bei Margie angekommen, ging ihm Morgan auf die Nerven. Wegen der Wanderung war sie ganz aus dem Häuschen und hatte bereits eine Tasche voller Snacks gepackt.

„Bist du sicher, dass du nicht mitkommen willst?", fragte sie ihn immer wieder. „Ich habe genug Snacks für drei. Und eine Flasche Wein! Das hat doch Stil, oder?"

Brandon nickte. „Ja, ich bleibe hier und entspanne mich. Viel Spaß bei der Wanderung."

„Ach, schade", sagte Jade und versuchte vorsichtig, seine Hand zu nehmen. „Ich hatte gehofft, ich könnte mehr Zeit mit dir verbringen."

„Nun, darüber hättest du vielleicht nachdenken sollen, bevor du dich entschieden hast, diese Wanderung ohne mich zu machen", erwiderte er leise. „Ist schon okay. Ich werde in einem der Gästezimmer abhängen, bis deine Mutter nach Hause kommt."

„Nein, ehrlich, ich kann hier bei dir bleiben ..."

Er seufzte. Jade war wieder einmal anhänglich wie eine Klette. Er hasste es, wenn sie so war - sie würde hinter ihm herlaufen und jammern, und er musste dafür sorgen, dass sie sich besser fühlte.

„Nein, es ist wirklich okay. Ich muss mich ein bisschen erholen. Geht nur. Bis später."

Zu seiner Erleichterung tat sie, was er ihr sagte, und machte sich mit Morgan auf den Weg. Zum Glück, denn da waren ein paar Podcasts, für die er bisher noch keine Zeit gehabt hatte.

Den ersten konnte er in Ruhe genießen, aber vom zweiten hatte er erst ungefähr zwanzig Minuten gehört, als die Haustür aufging. Er hatte keine Lust, mit Margie zu reden, also stand er schnell auf und schloss die Tür. Er konnte ja so tun, als würde er schlafen, dann brauchte er seine Zeit nicht damit zu verschwenden, sich mit seiner Schwiegermutter zu unterhalten.

Er legte sich wieder aufs Bett. Diese neue Matratze war ziemlich bequem, zumindest würde er nachts gut schlafen können. Er setzte die Kopfhörer wieder auf, doch es hatte keinen Sinn. Aus der Küche drang Margies Stimme. Mit wem redete sie da eigentlich?

Er stand auf und wollte ihr gerade sagen, dass sie etwas leiser sein solle, als ihn ihre Worte aufhorchen ließen.

„Sie können jeden Moment nach Hause kommen und ich möchte nicht, dass sie hören, was ich dir erzählen will."

Brandon ließ sich an der offenen Zimmertür leise zu Boden gleiten. Das versprach, interessant zu werden.

Margie fuhr fort. „Nein, nein, ich habe definitiv Zeit zum Reden. Ich will nur sagen, dass ich mich wahrscheinlich kurzfassen muss. Aber ich bin so froh, dass du zurückrufst, Sandy, ich habe dich wirklich vermisst."

Einen Moment lang herrschte Stille, Margie schien zuzuhören, was ihre Schwester sagte. Brandon beugte sich noch näher zur Tür, um nur ja nichts zu verpassen.

„Oh ja, ich bin sicher, dass es Mike gutgeht. Du weiß doch, wie er ist." Wieder entstand eine Pause. „Ich weiß, ich konnte es auch nicht fassen, dass er es mir verkauft hat. Es war eine

Riesenüberraschung. Du musst mich unbedingt besuchen. Was ich dir erzählen wollte? Tja, das ist eine lange Geschichte …"

Brandon verharrte reglos an der Tür und lauschte angestrengt. Margie holte tief Luft, bevor sie fortfuhr. „Alles hat vor über zwanzig Jahren begonnen …"

Zehn Minuten lang redete sie ununterbrochen. Brandon verdrehte die Augen. Margie war so nervig, wenn sie etwas erzählte. Es dauerte ewig, bis sie zur Sache kam. Wenn sich Margie und Jade unterhielten, flogen die Worte nur so hin und her.

Aber so schnell hatte er sie noch nie reden hören. Zuerst war er sich nicht ganz sicher, wovon sie sprach. Die Tote hatte vor langer Zeit plötzlich vor ihrer Tür gestanden?

Wen interessierte das? Aber dann wurde es richtig gut. Brandon konnte gar nicht glauben, was er da hörte. Anscheinend hatte Margie die nervtötende Morgan nicht nur bei sich aufgenommen, weil sie ein netter Mensch war. Morgan war Jeffs Kind! Und Margie hatte es niemandem erzählt. Nicht einmal Morgan wusste es.

Margie überlegte hin und her, was sie tun sollte, doch dann sagte sie plötzlich: „Mist, ich muss Schluss machen, Sandy. Jade ruft mich an!"

Brandon huschte leise zurück aufs Bett, um sich schlafend zu stellen. Er streckte sich aus und dachte über das nach, was er gerade gehört hatte.

Es war wirklich unglaublich. Das Ganze war lächerlich. Jeff war stinkreich und würde sein Geld hoffentlich seinen

Kindern vermachen. Aber wenn Morgan dachte, sie könnte einfach hier hereinschneien und einen Teil von Jeffs Erbe für sich beanspruchen, dann hatte sie sich gründlich getäuscht.

Klar, Jeff hatte ein paar Freundinnen, aber er machte nicht den Fehler, noch einmal zu heiraten. Er hatte seine Lektion gelernt, als er Margie nach der Scheidung Unterhalt zahlen musste.

Wenn er starb, ging sein Vermögen bestimmt an seine Kinder. Brandon glaubte nicht, dass Tiffany das Geld überhaupt brauchte - sie hatte irgendeinen tollen Job in Chicago. Und was sollte Connor mit all dem Geld? Der würde doch am liebsten in einem Zelt im Wald leben.

Wenn man es genau betrachtete, hatten Jade und Brandon das Geld am dringendsten nötig. Schließlich brauchten sie ein eigenes Haus, und wenn Margie alt und gebrechlich wurde, würden sie sich um sie kümmern müssen. Wie sollte es anders sein? Immerhin wohnte Margie nun ganz in ihrer Nähe.

Brandon lag auf dem Bett und starrte an die Decke. Er spürte, wie ihm die Hitze in die Wangen stieg. Die ganze Situation machte ihn so wütend. Was war, wenn diese Morgan einen Riesenwirbel um die Tatsache machte, dass Jeff ihr Vater war? Vielleicht schaffte sie es, ihm einen Haufen Geld abzuluchsen.

Und warum überlegte Margie, wie sie mit Jeff darüber sprechen sollte? Sie hatte am Telefon gesagt, dass er sie nicht zurückgerufen habe, obwohl sie dreimal versucht hatte, ihn anzurufen. Kapierte sie nicht, dass er nicht mit ihr reden wollte?

Wollte sie ihn bloßstellen und ihn dazu bringen, dieses Mädchen als seine Tochter anzuerkennen? War sie wirklich so naiv? Als wüsste Jeff nicht, dass das ein großer Fehler wäre. Es war doch klar, dass Jeff Bescheid wusste. Offenbar hatte er Kelly damals gesagt, dass er ihr keinen Cent zahlen würde. Jedenfalls hätte Brandon das an seiner Stelle getan. Fehler passierten eben, aber das hieß nicht, dass man sich deswegen das ganze Leben kaputtmachen lassen sollte.

Die Haustür ging auf und Brandon hörte die Stimmen von Morgan und Jade. Mist, bald war es mit seiner Ruhe vorbei. Er musste sich vollkommen normal und locker geben, auf keinen Fall durfte jemand erfahren, was los war oder was er wusste. Erst musste er sich einen Plan zurechtlegen, was er mit diesen Informationen anfangen sollte.

Es dauerte nur ein paar Minuten, bis Jade nach ihm sah.

„Da bist du ja! Geht es dir gut?"

Er setzte sich auf und rieb sich die Augen. „Oh, ich muss eingeschlafen sein. Ja, mir geht es viel besser."

Margie erschien in der Tür. „Ach du meine Güte! Ich habe gar nicht mitbekommen, dass du hier bist, Brandon."

Wieder rieb er sich die Augen. Er musste eine überzeugende Vorstellung abliefern. „Ja, tut mir leid. Ich habe noch nicht einmal gehört, dass einer von euch nach Hause gekommen ist. Hab geschlafen wie ein Stein. Kein Wunder, ich hab in letzter Zeit so viel gearbeitet."

„Das stimmt", sagte Jade und massierte ihm die Schulter.

Er legte seine Hand auf ihre. „Aber jetzt geht es mir besser, danke, Schatz."

„Nun, ich bin in der Küche und mache Abendessen. Ihr Kinder entspannt euch einfach. Ich hoffe, ich habe dich nicht geweckt, Brandon", sagte Margie.

Sie wirkte nervös. Gut. Sie hatte allen Grund dazu.

„Nein, überhaupt nicht, ich war so müde, dass ich nichts mehr mitbekommen hab."

Margie nickte. „Dann ist ja gut. Also, bald gibt es Abendessen."

Brandon wandte sich an seine Frau. „Wie war die Wanderung? Ich hoffe, Morgan hat dich nicht in den Wahnsinn getrieben."

„Psst!", zischte Jade. „Nein, es war wirklich schön. Du solltest ihr eine Chance geben, sie ist sehr nett."

Verflixt. Offenbar würde es nicht so leicht sein, Jade auf seine Seite zu ziehen. Sie hatte eine Schwäche für das Mädel. Jade war wie ihre Mutter: Sie war zu nett. Die Leute konnten mit ihr machen, was sie wollten.

„Ich weiß nicht", sagte er leise, „ich habe ein komisches Gefühl. Ich kann nicht genau sagen, wieso."

Jade runzelte die Stirn. „Gib ihr eine Chance, ja? Für mich?"

Er lächelte. „Für dich tue ich doch alles, Schatz.

Kapitel 17

Die restlichen Tage von Amandas Besuch verliefen friedlich. Sie erwähnten Margies Namen nicht mehr und konnten auf diese Weise einen weiteren unangenehmen Wortwechsel umgehen. Wie geplant fuhren Hank und Amanda an Corinnes Geburtstag mit dem Boot hinaus und besuchten alle ihre Lieblingsorte. Sie verabredeten sich mit Jacob zu einem Videoanruf, sodass sie einen Teil des Tages zusammen verbringen konnten.

Als es für Amanda Zeit war, nach England zurückzukehren, fiel es Hank schwer, sich von ihr zu verabschieden. Sie versprach, ihn bald wieder zu besuchen und lud ihn noch einmal ein, zu ihr nach London zu kommen.

„Ist es dir nicht peinlich, dich mit deinem alten Vater blicken zu lassen?", fragte er.

Sie verdrehte die Augen. „Ach, Dad, du hast ja keine Ahnung, mit was für Typen ich sonst herumlaufe."

Hank lachte. Er war sich nicht sicher, woher Amanda ihr freches Mundwerk hatte. Sicherlich nicht von ihm, und Corinne war die Liebenswürdigkeit in Person gewesen. Vermutlich hatte sich hier seine eigene Mutter durchgesetzt, die noch vor Amandas Geburt gestorben war. Deren Schlagfertigkeit war legendär gewesen.

Als Teenager hatte Amanda mit ihrer kecken Art für manche Auseinandersetzung gesorgt, aber er liebte sie für ihre flinke Zunge und ihren Widerspruchsgeist, weil sie ihn so sehr an seine Mutter erinnerten. Sie würde sich nicht unterkriegen lassen.

Hank hingegen war immer schon ein Softie gewesen und es schien, als hätte sich dieser Charakterzug im Laufe der Jahre noch verstärkt. Er spürte, wie ihm die Tränen in die Augen stiegen, als sie sich für die Fahrt zum Fährhafen fertig machte. „Bist du sicher, dass ich nicht mitkommen soll? Vielleicht hat die Fähre Verspätung und wir können noch einen Kaffee trinken."

Amanda schüttelte den Kopf. „Nein, ist schon okay, ich möchte nicht, dass du dir die Mühe machst. Wenn die Fähre Verspätung hat, rufe ich dich an, ja?"

Er nickte. „In Ordnung, Süße. Gute Reise."

Sie schlang ihm die Arme um den Hals. „Nicht weinen, Dad. Wir sehen uns bald wieder, okay?"

„Okay, pass auf dich auf."

Er sah ihr nach, als sie davonfuhr. Der Anruf, sich in Friday Harbor mit ihr zu treffen, kam nicht. Nachdem er eine halbe Stunde gewartet hatte, holte er tief Luft und beschloss, sich nützlich zu machen.

Ein paar Stunden lang räumte er das Haus auf, doch dann war er wieder seinen eigenen Gedanken und der allgegenwärtigen Stille überlassen. Er zog sein Handy hervor, um zu sehen, ob Margie ihm vielleicht geantwortet hatte, doch da war nichts.

Hank war nicht wohl bei dem Gedanken, dass er ihr eine so unterkühlte Nachricht geschickt hatte, aber was sollte er tun? Amanda hatte recht. Es war nicht richtig, eine neue Beziehung zu beginnen. Vielleicht konnten er und Margie eines Tages Freunde sein, aber solange seine Gefühle für sie so intensiv waren wie jetzt, musste er sich von ihr fernhalten.

Am nächsten Tag ging er wieder ins Büro und versuchte, sich ganz auf die Arbeit zu konzentrieren. Es gab eine Beschwerde über illegale Feuerwerke, doch seine Untersuchung blieb ergebnislos. Von der Ostseite der Insel rief jemand wegen eines Hirsches an, der krank zu sein schien. Hank konnte keinen Hirsch finden. Er verteilte rekordverdächtige sechzehn Strafzettel an Leute, die sich im Auto nicht angeschnallt hatten. Alles in allem – nichts Aufsehenerregendes.

Eine gute Nachricht gab es jedoch. Wie es schien, war Frankie, Brocks Mechaniker, der Polizei ins Netz gegangen, als er Autoteile aus gestohlenen Autos verkaufte. Hank beschloss, ihn noch einmal zu besuchen und zu sehen, ob ihn ein wenig Druck dazu bewegen konnte, den Mund aufzumachen.

Als er jedoch bei Frankies Werkstatt in Anacortes ankam, war dort alles dunkel. Er spähte durch die Fenster, konnte aber niemanden entdecken. Er musste herausfinden, wo sich Frankie versteckte. Vielleicht konnte ihn die Aussicht auf etwas Milde dazu ermuntern, sich im Fall Kelly Allen kooperativer zu zeigen.

Der kommende Samstag war der Tag, den Hank am meisten fürchtete - er überlegte sogar, eine Schicht zu übernehmen, nur damit er etwas zu tun hatte, entschied sich aber dagegen. Es war der Jahrestag von Corinnes Tod. Bevor sie starb, hatte sie ihm das Versprechen abgenommen, dass sie nur ihren Geburtstag und nicht ihren Todestag begehen würden. Sie war nur zehn Tage nach ihrem Geburtstag gestorben.

„Ich hab dir doch gesagt, dass ich fünfundvierzig werden würde“, hatte sie gesagt.

Am Samstagmorgen saß er in der Küche und erinnerte sich daran, wie zerbrechlich sie an dem Tag ausgesehen hatte, als sie starb. An ihrem Geburtstag hatte sie kaum noch etwas essen können, aber Hank hatte trotzdem eine Torte gekauft und sie hatte versucht, ein paar Bissen herunterzuschlucken. Und danach sie so schnell dahinzuschwinden, dass man fast zusehen konnte, wie sie weniger wurde. Es war, als hätte sie nur so lange am Leben festgehalten, um noch einmal ihren Geburtstag zu feiern. Und obwohl Hank wusste, dass sie krank war und ihre Zeit dem Ende entgegenging, hatte er sie nicht loslassen wollen.

Er starrte in den schwarzen Kaffee vor sich auf dem Tisch. Es war schade, dass Amanda schon wieder abreisen musste, er hätte diesen Tag gerne mit ihr zusammen verbracht. Er hatte keinen Appetit und wollte nicht zu Hause sitzen und Trübsal blasen, also beschloss er, mit dem Boot hinauszufahren und noch einmal alle Lieblingsorte von Corinne zu besuchen - die Orte, an denen er ihre Asche verstreut hatte.

Er war früh aufgestanden, weil er nicht hatte schlafen können, und war schon um kurz nach sieben in der Frühe unterwegs. Er beschloss, Richtung Norden zu fahren, Stuart Island zu umrunden und dann Lime Kiln im Süden anzusteuern. Vorher hielt er jedoch bei Posey Island und stellte den Motor aus.

Die Insel war winzig, nicht mal einen halben Hektar groß. Zu seiner Überraschung schien sie menschenleer zu sein, obwohl es ein wunderbarer Tag war. Die Insel selbst stand unter Naturschutz und war ein beliebtes Ausflugsziel.

Als die Kinder noch klein waren, hatten sie manchmal alle zusammen auf einem der Campingplätze auf Posey gezeltet. Es war nur einen Katzensprung von zu Hause entfernt, aber für Amanda und Jacob war es ein großartiges Abenteuer. Corinne hatte immer alles sorgfältig vorbereitet, Hot Dogs und Cheeseburger eingepackt, die sie über dem Lagerfeuer zubereiteten, und Zutaten für S'Mores. Sie schmuggelte sogar ein paar Flaschen Bier in die Kühltasche, die sie und Hank sich genehmigten, wenn die Kinder schliefen. Dann saßen sie einfach da und genossen das Knistern des Feuers.

Hank wünschte, er hätte ein Kajak mitgebracht. Einen Bootssteg gab es nicht, sodass er nicht auf der Insel anlegen konnte. Er holte tief Luft, Tränen stiegen ihm in die Augen. Früher hatte er eigentlich nie geweint, doch nach Corinnes Tod war auch das anders geworden. Jetzt fühlte er sich schwach oder vielleicht weicher - wie altes, abgenutztes Leder.

Wenigstens sah es niemand. Hank war ganz allein.

„Weißt du, ich vermisse dich sehr", sagte er laut. „Die Kinder vermissen dich auch. Aber es geht ihnen ganz gut. Eigentlich geht es ihnen sogar richtig gut. Besser als mir, und das ist prima. Ich möchte, dass sie glücklich sind. Amanda hat in London den Job, von dem sie immer geträumt hat. Und

Jacob - tja, Jacob hat sich bei allen Technologieunternehmen in Australien beworben, nur um zu sehen, wer ihn nehmen würde. Er liebt Australien. Dir hätte es dort auch gefallen, vor allem die Strände, die wären ganz nach deinem Geschmack. Und ich könnte mir vorstellen, dass er eine Freundin hat, die er mir verschweigt.“ Hank schüttelte lachend den Kopf.

Einen Augenblick lang saß er da und spürte das sanfte Schaukeln des Bootes auf den Wellen.

„Wenn ich ehrlich bin, weiß ich immer noch nicht, wie ich ohne dich leben soll. Ich gehe zur Arbeit und erledige, was im Haus erledigt werden muss. Ich habe endlich die Tür gestrichen, die dich immer gestört hat.“ Wieder lachte er. „Alles andere sieht so aus wie früher, das Wetter ist das gleiche, die Touristen benehmen sich so, wie sie sich immer benommen haben ... aber irgendwie ist alles so anders ohne dich. Es ist, als würde ich jetzt auf einem anderen Planeten leben, auf dem alles richtig aussieht, aber auf dem sich nichts richtig anfühlt. Ich weiß einfach nicht ..."

Seine Stimme versagte. „Ich weiß nicht, was ich tun soll. Du wusstest immer eine Antwort, du hast immer das Richtige getan. Du hattest immer einen Plan, im Gegensatz zu mir. Ich fühle mich wie ein batteriebetriebenes Spielzeug, das einfach weitermacht und die Dinge tut, die es tun soll, ohne zu wissen, warum.“

Hank sah sich um, um sich zu vergewissern, dass er immer noch allein war. Niemand zu sehen, kein einziger Kajakfahrer, kein Boot mit Walbeobachtern, nicht einmal eine Möwe. Weit und breit keine Seele, die ihn hätte hören können.

Er räusperte sich. „Ich weiß, du hast gesagt, ich sollte versuchen, wieder glücklich zu werden. Jemand anderen finden. Und ich habe tatsächlich eine Frau kennengelernt, so unglaublich das klingen mag. Nun, ich weiß nicht, was sie für mich empfindet, aber als Amanda auch nur die leiseste Andeutung davon mitbekam, war sie – na, du weißt ja, wie Amanda sein kann. Aber sie hat recht. Du bist erst seit zwei Jahren weg. Es fühlt sich an wie eine Ewigkeit, aber es sind nur zwei Jahre vergangen. Und wir waren siebenundzwanzig Jahre zusammen. Ein Leben ohne dich kenne ich überhaupt nicht. Und es war falsch, mir vorzustellen, dass ich ohne dich glücklich sein könnte."

Hank hielt inne – hatte er da etwas gehört? Nein, das konnte nicht sein. Oder doch?

Da war es wieder: das Schnauben eines Killerwals. Er blickte auf und sah eine Schule von Walen, die mit jedem Atemzug einen Wasserschleier in den Sonnenschein bliesen. Sie waren nur ein paar hundert Fuß von seinem Boot entfernt und kamen geradewegs auf ihn zu. Vorsichtshalber sah er nach, dass der Motor wirklich ausgeschaltet war.

Innerhalb weniger Augenblicke war sein Boot von einer ganzen Schule von Orcas umgeben. Zuerst dachte er, sie würden weiterziehen, aber sie blieben, hoben den Kopf senkrecht in die Höhe, sprangen und schlugen mit dem Schwanz aufs Wasser. Sie spielten, sie feierten und machten einen derartigen Lärm, dass Hank über dem Getöse kaum sein Lachen hören konnte.

Natürlich hatte er solche Szenen schon aus der Ferne beobachtet, doch so nah war er den Walen noch nie gekommen.

Als er über den Bootsrand spähte, sah er einen Orca, der so dicht unter ihm schwamm, dass er den weißen Fleck am Kopf und sogar ein Auge sehen konnte – und er spürte, wie sich etwas in seiner Seele regte. Noch nie hatte er einen Wal aus dieser Nähe gesehen. Das kleine Auge des Orcas sah so weise aus. Er hielt unwillkürlich die Luft an. Es war unglaublich: Sie feierten eine laute und ausgelassene Party und er saß mittendrin.

Wo er auch hinsah, waren lärmende Orcas. Sogar ein Babywal war dabei, der immer wieder den Kopf aus dem Wasser hob, um einen Blick auf ihn zu erhaschen. Corinne hätte sie an ihren Zeichnungen erkennen können, aber Hank hatte keine Ahnung, was er da sah. Waren es ortstreue Tiere? Oder wandernde? Aus welcher Familiengruppe stammten sie?

Es tat dem grandiosen Schauspiel keinen Abbruch, doch Corinne hätte gewusst, wer die Matriarchin der Gruppe war, wie alt sie und wie alt das Baby war. Er aber konnte nur mit offenem Mund und voller Ehrfurcht zusehen. Mit jeder Wasserfontäne, jedem Schlag auf die Wasseroberfläche war es, als würde der Druck von seiner Brust weichen. Die Schwere, mit der er losgefahren war, verschwand und stattdessen spürte er etwas, das er seit Ewigkeiten nicht mehr gespürt hatte.

Es fühlte sich an wie Freude.

Dann verschwanden die Wale ebenso schnell, wie sie aufgetaucht waren. Ein paar sah er in größerer Entfernung wieder auftauchen, bevor sie ihre Reise fortsetzten.

Hank musste sich setzen. Er konnte nicht glauben, was da gerade passiert war - in all den Jahren auf San Juan hatte er so etwas noch nicht erlebt. Einen Augenblick lang saß er da, lauschte der Stille und fragte sich, ob er sich das alles nur eingebildet hatte. Aber sie waren tatsächlich dagewesen, so lebendig, so real und so unglaublich schön.

„Du machst wohl Witze!“, rief Hank. Er begann zu lachen, leise zuerst, dann immer lauter, bis ihm der Bauch wehtat und ihm die Tränen übers Gesicht liefen.

Hank gehörte nicht zu den Männern, die nach Zeichen suchten. Er war pragmatisch und logisch. Corinne hatte ihn damit immer aufgezogen und er hatte ihr erklärt, dass er als Deputy eben so denken müsse. Aber dieser Moment hatte zweifellos etwas Magisches an sich. Er hatte seine Frau buchstäblich angefleht, und es schien, als hätte sie ihm das Tier geschickt, das sie am meisten geliebt hatte, um ihn zu retten.

Hank startete den Motor. Nein, das konnte er niemandem erzählen. Nicht einmal seinen Kindern. Die würden ihn für verrückt erklären. Aber in seinem Herzen wusste er, was es bedeutete. Er hatte keinen Zweifel daran, dass Corinne diese Wale geschickt hatte. Im Geiste hörte er ihre Stimme: „Genug herumgejammert. Es ist Zeit, nach vorn zu blicken. Zeit für einen Neuanfang.“

Er wendete das Boot. Er musste nach Hause. Und er musste sich entschuldigen.

Kapitel 18

Obwohl ihr nicht wohl bei dem Gedanken war, dass Brandon im Haus gewesen war, als sie ihrer Schwester von Morgan erzählte, hatte Margie nicht viel Zeit, darüber nachzudenken. Bis zu Jeffs Überraschungsparty war es nur noch eine Woche und es gab viel zu tun. Und außerdem hatte Brandon offenbar tief und fest geschlafen. Ob er überhaupt etwas gehört hatte?

Nachdem Brandon und Jade am nächsten Morgen abgereist waren, beschloss Margie, vor dem Partywochenende die Möbel in allen Schlafzimmern zusammenzubauen. Sie wollte ein Zimmer für Connor und eins für Jade und Tiffany herrichten. Jade bestand darauf, sich das Zimmer mit ihrer Schwester zu teilen. Margie war froh, dass die Mädchen jetzt so gut miteinander auskamen. Als sie jünger waren, hatten sie sich ständig gestritten, doch seit einigen Jahren benahmen sie sich endlich wie Schwestern.

Jade sagte, dass Brandon am liebsten auf einer Luftmatratze im Keller schlafen würde, wenn das Haus voll war. So hätte er einen Rückzugsort in all dem Rummel.

„Du weißt ja, wie er ist", sagte Jade mit einem Lachen. „Er braucht Zeit für sich."

Während sie die Luftmatratze zurechtmachte, ging Margie diese Bemerkung nicht aus dem Kopf. Brandon brauchte ständig irgendetwas. Ihrer Ansicht nach sollte er endlich aufhören, sich wie ein verwöhntes Gör aufzuführen und sich wie ein Erwachsener benehmen.

Margie hatte immer gehofft, dass Jade irgendwann ein Machtwort sprechen würde, weil er das Geld mit beiden Händen zum Fenster hinauswarf und ständig herummaulte. Leider war das überhaupt nicht Jades Art. Stattdessen begegnete sie ihm mit unendlicher Geduld und Freundlichkeit.

Margie war mit seinem Nachtlager fertig und versuchte, ihn aus ihren Gedanken zu verbannen. Das war nicht so einfach, vor allem, weil Brandon bei ihrem gerade zurückliegenden Besuch besonders viel an Jade herumgenörgelt hatte. Margie war eigentlich die Gutmütigkeit in Person, aber manchmal wäre sie am liebsten aufgesprungen, um ihm eine saftige Ohrfeige zu verpassen.

Natürlich hielt sie sich zurück, mehr um Jades willen als wegen Brandon. Wenn Margie vor all den Jahren geahnt hätte, was für ein mieser Bursche er war, hätte sie Jade vielleicht überreden können, ihm den Laufpass zu geben ...

Margie schob den Gedanken beiseite und verbrachte den Rest der Woche mit Partyvorbereitungen. Sie verpasste der Scheune den letzten Schliff, putzte das Haus, bis es strahlte, und besprach die Details mit dem Caterer. Zu Margies Erleichterung hatte Tammy, die Freundin ihres Ex-Mannes, angeboten, das gesamte Essen auf der Party zu bezahlen. Margie nagte nicht gerade am Hungertuch, aber sie musste auf jeden Fall bald anfangen, die Scheune zu vermieten, sonst würde es eng werden.

Sie plante, gleich nach der Party Werbung für die Scheune zu machen. Die Website für Saltwater Bay war in Betrieb und eine passende Broschüre gab es auch schon. Morgans Bilder sahen fantastisch aus.

Jade hatte auch eine Website für Jeffs Partygäste eingerichtet. Darauf erhielten sie ein paar Informationen über die Insel, bekamen Tipps für Freizeitbeschäftigungen und die Adresse des Hotels, in dem Jeff und Tammy übernachteten, damit sie ihnen nicht versehentlich über den Weg liefen.

Tammy bestand darauf, dass Jeff vor der eigentlichen Überraschungsparty niemanden sehen durfte. Selbst Margie sollte vorher nicht mit ihm sprechen, womit sie nicht gerechnet hatte.

„Nein!“, sagte Tammy entschieden. „Du wirst ihn mit allen anderen zusammen überraschen.“

Margie konnte Tammy auf keinen Fall sagen, was mit Morgan los war. Und offenkundig war es aussichtslos, Tammy umstimmen zu wollen. Margie beschloss, so schnell wie möglich mit Jeff zu sprechen, wenn sie sich sahen.

Nun, es könnte alles schlimmer sein. Ursprünglich hatte Morgan angeboten, auf der Party zu fotografieren, als Geschenk an Margie. Lange drückte sich Margie davor, das Thema anzusprechen - sie wusste einfach nicht, wie sie Nein sagen sollte. Dann zeigte sich plötzlich ein Ausweg aus diesem Dilemma: Morgans Vater beschloss, just an diesem Wochenende zu Besuch auf die Insel zu kommen.

„Ich habe ein schrecklich schlechtes Gewissen, weil ich bei der Party nicht dabei sein kann. Ich hatte es dir doch versprochen“, sagte Morgan.

Margie beruhigte sie. „Nein, du brauchst kein schlechtes Gewissen zu haben. Wir werden jede Menge Bilder haben. Und du genießt einfach die Zeit mit deinem Vater.“

„Er wird nur für das Wochenende hier sein, also denke ich, dass ich bei ihm übernachte, dann komme ich dir nicht in die Quere. Seiner Ansicht nach habe ich deine Gastfreundschaft schon viel zu lange ausgenutzt.“

„Sag so etwas nicht!“, antwortete Margie. „Du wirst immer ein gern gesehener Teil der Familie sein.“

Morgan lächelte, doch ihr war nicht klar, welche Bedeutung Margie in diese Worte legte.

Am Freitag kamen Tiffany und Connor mit der Fähre an. Margie wartete aufgeregt an der Anlegestelle.

„Hallo! Hier bin ich!“

Connor sah sie und winkte freudestrahlend. Tiffany schob ihre Sonnenbrille herunter und winkte ebenfalls. Sie sah fabelhaft aus: hochhackige Schuhe, ein fein gestreiftes Kleid und ein schwarzer Blazer. Margie grinste insgeheim. Sie fand Tiffany wirklich hinreißend, aber sie wusste, dass Jade sie sofort wegen ihres „geschäftsmäßigen“ Auftretens aufziehen würde.

„Hallo, Mom!“ Connor nahm sie in den Arm.

„Hallo, Schatz.“ Sie drückte ihn fest und umarmte Tiffany.

„Wir waren ewig nicht mehr hier“, sagte, Tiffany. „Wie kann es sein, dass alles genauso aussieht wie immer?“

Margie lachte. „Warte, bis du Onkel Mikes altes Haus siehst. Und die Scheune! Da hat sich viel getan."

„Hast du alles selbst gemacht?", fragte Connor, während er ihr Gepäck in den Kofferraum lud.

„Nein", sagte Margie langsam. „Für einiges habe ich Profis angeheuert – Klempner, Elektriker und so weiter. Mit einem Maurer gab es ein paar Schwierigkeiten, aber ein Freund von mir hat – nun ja, schließlich hat er alles fertig gemacht."

„Und diese junge Frau? Die, die bei dir lebt?", fragte Tiffany.

„Ja, Morgan. Morgan Allen. Sie wohnt bei mir und war wirklich eine große Hilfe."

Connor legte den Kopf schief. „Weiß ich davon?"

„Ich bin sicher, dass ich dir davon erzählt habe, Schatz. Das ist die junge Frau, deren Mutter vor einigen Monaten hier auf der Insel bei einem Unfall mit Fahrerflucht getötet wurde."

„Ach ja, ich erinnere mich", sagte er. „Hat man herausgefunden, wer es war?"

„Leider nein. Man nimmt an, dass es jemand von der Insel war. Aber die Polizei arbeitet noch an dem Fall."

In diesem Moment erinnerte sich Margie, dass Hank ihr zwei Textnachrichten geschickt hatte, und sie ganz vergessen hatte, darauf zu antworten. Als die Nachrichten eintrafen, hatte sie gerade alle Hände voll zu tun gehabt. Sie hatte sie nicht absichtlich ignoriert, aber möglicherweise kam es ihm so vor. Margie biss sich auf die Lippe und nahm sich vor, ihm zu schreiben, sobald sie zu Hause war.

Doch als sie in Saltwater Bay ankamen, war der Gedanke schon wieder verflogen. Sie führte Tiffany und Connor herum und zeigte ihnen alles. Die beiden waren beeindruckt von den Veränderungen in der Scheune und Tiffany war begeistert, weil Margie dem Wohnhaus einen femininen Touch verliehen hatte. Connor bestaunte vor allem die wunderbare Aussicht auf das Meer.

„Onkel Mike muss hier ein paar Bäume gefällt haben", sagte er. „Ich glaube nicht, dass man früher einen solchen Blick auf das Wasser hatte."

Margie nickte. „Das kann gut sein."

Sie machte es sich gerade im Haus gemütlich, als plötzlich unerwarter Besuch erschien: Morgan.

Margie schlug das Herz bis zum Hals, als sie sie durch die Tür kommen sah. Wie würden ihre Kinder auf ihre Halbschwester reagieren?

„Hallo allerseits!", sagte Morgan. „Ich habe so viel von euch beiden gehört, dass ich das Gefühl habe, euch schon zu kennen."

Oh je. Hoffentlich hatte Jade bald Gelegenheit, Tiffany zu sagen, wie sehr sie Morgan mochte. Tiffany tat sich immer schwer damit, Freundschaften zu schließen.

Tiffany streckte ihr lächelnd die Hand entgegen. „Hallo, ich bin Tiffany und du bist Morgan, stimmt's?"

„Ja, genau."

Connor hatte gerade von einem Keks abgebissen und begrüßte sie mit vollem Mund: „Hi, ich bin Connor."

Margie betrachtete die drei, wie sie dort zusammenstanden, und fühlte sich einen Moment lang wie gelähmt. „Morgan, sollte dein Vater nicht bald ankommen?“

„Ach ja, das weißt du ja noch gar nicht. Sein Flug wurde gestrichen, er kommt erst morgen am frühen Abend. Aber er konnte sich für Montag freinehmen, also hat er seinen Besuch auf der Insel einfach um einen Tag verschoben.“

„Woher kommt er?“, fragte Tiffany.

Während sich die drei unterhielten, Margie nutzte die Gelegenheit, sich zurückzuziehen. Das war nicht gut, überhaupt nicht. Wollte Morgan jetzt in der Scheune Fotos machen, wenn die Party begann? Sie durfte Jeff auf keinen Fall begegnen, bevor Margie die Gelegenheit hatte, mit ihm zu sprechen - und anschließend natürlich mit Morgan! Es war eine sehr heikle Situation und Margie wollte nicht, dass etwas schiefging.

Sie blickte auf. Die drei unterhielten sich immer noch und Connor erzählte gerade, wie wunderbar er die Küste von Oregon fand. Margie zog ihr Handy hervor. Es war höchste Zeit, Hank endlich zu antworten.

„Tut mir sehr leid, dass ich mich jetzt erst melde, aber hier ging alles drunter und drüber und da habe ich es völlig vergessen. Hättest du vielleicht ein paar Minuten Zeit zum Reden? Ich möchte dich um einen großen Gefallen bitten.“

Seine Antwort erfolgte umgehend. „Natürlich. Soll ich dich anrufen? Ich kann auch vorbeikommen, wenn das besser ist.“

Sie wollte auf keinen Fall riskieren, dass die Kinder etwas mitbekamen, daher unterbrach sie die Unterhaltung der drei: „Hey, ich muss nur schnell noch ein paar Sachen im Laden besorgen. Ich bin gleich wieder da, okay?“

„Okay“, sagten sie wie aus einem Munde und redeten weiter.

Margie hastete zu ihrem Auto, und als sie die Fahrertür sicher hinter sich geschlossen hatte, rief sie Hank an.

Nach zweimaligem Läuten hörte sie seine Stimme: „Hallo?“

„Hallo, Hank. Was ich dir erzählen möchte, ist … ein bisschen seltsam. Ich dachte, wir könnten uns vielleicht treffen. Ich könnte auch bei dir vorbeischauen, wenn es dir passt?“

„Klar, kein Problem. Wann wolltest du kommen?“

„Ich dachte … jetzt gleich?“

Hank lachte. „Zum Glück ist das Haus immer noch ziemlich sauber von Amandas Besuch. Komm vorbei, ich schicke dir die Adresse.“

Margie legte auf und wartete gespannt auf seine Nachricht. Es stimmte, dass sie im Lebensmittelgeschäft vorbeischauen musste, aber das hätte auch bis morgen warten können. Lügen kamen ihr nicht leicht über die Lippen, aber eigentlich bereitete ihr im Moment alles Unbehagen. Sie brauchten nur die nächsten vierundzwanzig Stunden ohne größere Katastrophen zu überstehen, dann würde es keine Geheimnisse mehr geben.

Als Hanks Nachricht mit der Adresse eintraf, gab Margie sie in ihr Navigationsgerät ein. Zum Glück war sein Haus nur ein paar Minuten entfernt, trotzdem kam ihr die Fahrt endlos lang vor.

Margie sprang aus dem Auto, kaum dass es zum Stehen gekommen war. Hank erwartete sie schon und erschien augenblicklich an der Haustür.

„Hallo, schön, dich zu sehen."

Sie lächelte. „Danke, dass du es so kurzfristig einrichten konntest. Ich verspreche, dass ich deine Zeit nicht lange in Anspruch nehmen werde."

„Nein, keine Sorge", sagte er und bat sie ins Haus. „Ich habe nichts anderes zu tun und würde dir gerne alles zeigen. Und dann war da etwas, was ich …"

„Es tut mir leid, Hank, ich habe nicht viel Zeit. Ich möchte nicht, dass die Kinder misstrauisch werden. Aber ich muss dich um einen seltsamen Gefallen bitten."

„Was immer du brauchst."

Oh wow. Das klang sehr … entschlossen. Was, wenn sie ihn bat, etwas Fürchterliches zu tun, ihn um eine Million Dollar anbettelte oder von ihm verlangte, dass er Jeffs Auto mit Eiern bewarf?

„Nun, ich kann dir noch nicht die ganze Geschichte erzählen. Aber ich verspreche dir, dass du irgendwann alles erfährst. Diese Geheimniskrämerei behagt mir gar nicht, aber ich bin im Grunde nicht diejenige, die das alles offenlegen sollte, und zuerst …" Sie verstummte.

Er hob die Hände. „Du musst mir nichts erklären. Ich vertraue dir."

Margie verspürte ein leises Flattern in der Brust. Das klang nicht danach, als würde er sie verachten. Vielleicht wusste er doch nicht, wer Morgans Vater war? Vielleicht war er nur zu beschäftigt gewesen oder so. Wenn er sauer auf sie war, würde er doch nicht so reden, oder? Aber wenn er schließlich die Wahrheit erfuhr, würde es mit diesem bedingungslosen Vertrauen vorbei sein.

„Du musst Morgan von der Überraschungsparty morgen fernhalten. Ich schwöre, dass ich dir später erklären werde, warum."

„Kein Problem. Ich könnte mit ihr über den Fall ihrer Mutter sprechen oder so."

Margie zuckte zusammen. „Hm, ist das nicht ein zu heikles Thema?"

„Du hast recht", sagte Hank stirnrunzelnd. „Keine gute Idee. Vielleicht kann ich sie auf eine Fahrt im Einsatzwagen mitnehmen?"

„Hast du morgen Dienst?"

„Ja, das könnte ich ihr doch schmackhaft machen. Wie ist es mit morgen Abend?"

Margie schüttelte den Kopf. „Nein, ihr Vater kommt morgen am frühen Abend auf die Insel, also nur bis zu seiner Ankunft. Aber sie darf auf keinen Fall bei der Party auftauchen. Oder die Gäste zu Gesicht bekommen."

Hank musterte sie einen Moment, aber wenn er irgendwelche Zweifel hatte, ließ er sich nichts anmerken. „In Ordnung. Ich kann morgen früh vorbeischauen und sehen, ob ich sie weglocken kann."

„Tja“, Margie blickte verlegen auf ihre Hände, „ich hatte gehofft, dass du jetzt sofort vorbeikommen könntest. Und benimm dich ganz normal - na ja, du weißt schon. So, als wäre es ein ganz spontaner Einfall.“

„Oh.“ Hank zuckte die Achseln. „Sicher, kein Problem. Was immer du brauchst. Ich kann jetzt rüberfahren.“

Margie biss sich auf die Lippen. „Aber sieht das nicht verdächtig aus? Wenn wir beide gleichzeitig dort aufkreuzen.“

Hank lächelte. „Du denkst aber auch an alles, wie?“

„Nein“, sagte Margie mit einem Seufzer. „Leider nicht. Okay, ich fahre jetzt zum Gemischtwarenladen, damit ich etwas in der Hand habe, wenn ich zurückkomme. Ich habe ihnen gesagt, dass ich einkaufen muss.“

„Ein wasserdichtes Alibi“, witzelte Hank.

Sie unterdrückte ein Lächeln. Eigentlich war das alles nicht lustig. Aber es war schön, ihn wiederzusehen.

„Kannst du in ungefähr einer Stunde bei uns sein? Ach, komm doch zum Abendessen vorbei. Mein Sohn und meine Tochter sind gerade da und ich mache einen Schmorbraten.“

„Mehr musst du nicht sagen! Und du hast recht. Eines deiner fantastischen Abendessen ist die perfekte Ausrede für einen spontanen Besuch.“

Margie lachte. „Danke, Hank. Du bist die Rettung! Bis später.“

Sie stieg wieder ins Auto und fuhr zum Laden. Die ganze Situation machte sie nervös, doch mit Hank an ihrer Seite fühlte sich alles schon nicht mehr ganz so bedrohlich an. Er wirkte unerschütterlich loyal. Das war ... nett. Er kehrte zwar oft den harten Burschen heraus, aber im Grunde war er ein äußerst liebenswürdiger Mann.

Margie war froh, dass sie einen Verbündeten hatte, und machte sich nun daran, den Rest ihres Plans umzusetzen.

Kapitel 19

Die Unterhaltung mit Tiffany verlief etwas schleppend, aber Morgan fand, dass Connor locker und unkompliziert war, genau wie sie es erwartet hatte. Schließlich hatte Jade ihr genauestens erzählt, wie sie als Kinder aufgewachsen waren und was aus ihnen geworden war.

„Tiffany ist ziemlich ernst. Manchmal erscheint sie ... ja, fast harsch und unfreundlich", hatte Jade gesagt. „Aber sie ist eine Seele von Mensch. Sie ist einfach nur ... vorsichtig und ein wenig zurückhaltend."

Was Jades Menschenkenntnis anging, so war sich Morgan nicht sicher, ob sie mit ihren Einschätzungen immer richtig lag. Jade selbst war auch dann noch geduldig und nachsichtig, wenn ihr Gegenüber weder Geduld noch Nachsicht verdient hatte. Brandon war das beste Beispiel. Er war nicht gerade ein freundlicher Typ, aber seine Frau schien ihn anzubeten. Vielleicht war es das übliche Schicksal von Leuten, die immer viel zu nett zu allen waren. Sie gerieten an die Sonderlinge, mit denen sonst niemand etwas zu tun haben wollte, und sahen unverdrossen das Gute in ihnen, wo andere schon längst aufgegeben hatten.

So war es bei Morgans Mom gewesen. Sie hatte versucht, Morgan beizubringen, stets das Beste in einem Menschen zu suchen - obwohl diese Theorie oft dazu führte, dass sie ausgenutzt oder angelogen wurde. Doch selbst dann wurde sie nicht richtig wütend.

Stattdessen war Morgan an ihrer Stelle wütend geworden. Tatsächlich war Morgan neuerdings fast ununterbrochen wütend. Sie konnte es nicht fassen, dass die Polizei immer noch nicht bewiesen hatte, dass Brock ihre Mutter umgebracht hatte. Sie wusste, dass Chief Hank es versuchte, aber er war nicht gerade auskunftsfreudig, was neue Entwicklungen anging. Wahrscheinlich war er der Ansicht, dass sie den Fall nie lösen würden und es das Beste wäre, wenn sie es einfach akzeptierte.

Aber wie sollte sie das? In der vergangenen Woche war Morgan in Friday Harbor in jedes Geschäft rund um die Unfallstelle gegangen und hatte die Inhaber gefragt, ob sie von der fraglichen Zeit Aufnahmen ihrer Überwachungskameras hätten. Sie hatten versprochen, nachzusehen, aber bisher hatte sich niemand bei ihr gemeldet.

Eine weitere vielversprechende Möglichkeit gab es noch: Morgan war auch einen ganzen Tag lang durch die umliegenden Straßen gelaufen und hatte mit den Hausbesitzern gesprochen. Dabei fand sie heraus, dass viele von ihnen ebenfalls Kameras installiert hatten, die zum Teil auf die Haustür gerichtet waren, zum Teil aber auch den Bereich außerhalb des Grundstücks erfassten. Alle, mit denen sie gesprochen hatte, wollten nachsehen, ob sie noch Aufnahmen von jenem Abend hatten. Bei so vielen Kameras musste etwas dabei sein.

„Was hast du am College belegt?“

Morgan zuckte zusammen. Sie war so in Gedanken gewesen, dass sie gar nicht mitbekommen hatte, dass Tiffany mit ihr sprach. „Geschichte. Aber ich habe noch ein Semester vor mir. Nach dem Tod meiner Mutter habe ich das Studium erst einmal unterbrochen."

Connor sah sie betroffen an. „Das tut mir leid."

„Ach, das ist okay. Ich kann jederzeit wieder anfangen." Morgan wollte die Stimmung nicht verderben, obwohl sie darin sehr gut war. „Es ist nur ... schwer. Und überhaupt: Was soll ich denn mit einem Abschluss in Geschichte anfangen?"

Tiffany und Connor lachten. Das war gut - sie musste wirklich aufpassen, dass sie den Tod ihrer Mutter nicht bei jeder Gelegenheit erwähnte. Aber das war nicht so einfach, denn für sie fühlte es sich an, als sei ihr gesamtes Leben untrennbar mit dieser Tragödie verwoben. Sie konnte kaum an etwas anderes denken, auch wenn sich die Welt weiterdrehte, als sei nichts geschehen.

Kurz darauf kam Margie zurück und Morgan bestand darauf, bei den Vorbereitungen fürs Abendessen zu helfen, damit Margie etwas Zeit mit ihren Kindern verbringen konnte. Als gerade alles auf dem Tisch stand, tauchte Chief Hank auf. Er schien wahrhaftig einen sechsten Sinn für gutes Essen zu haben.

„Ich hoffe, ich störe nicht!", sagte er, als er sich setzte.

Morgan unterdrückte ein Lächeln. Sie hatte den Eindruck, als wollte er nichts lieber als zu stören. Seine Bewunderung für Margie war so offenkundig, dass sie niemandem verborgen bleiben konnte – außer Margie. Doch auch sie schien allmählich zu begreifen, was Sache war.

Es war richtig süß. Margie war wirklich nett und Hank schien auch ganz passabel zu sein. Immerhin hatte er sie nicht verhaftet. Er hatte also etwas gut bei ihr.

Das Abendessen war köstlich, und bevor Morgan aufspringen und die Teller einsammeln konnte, sagte Chief Hank: „Haben Sie morgen schon etwas vor? Ich könnte Sie auf meiner Dienstrunde mitnehmen."

Morgan biss sich auf die Lippe. „Das ist wirklich nett von Ihnen, aber mein Vater kommt morgen und ich wollte für Margie ein paar Fotos von der Party machen."

„Also, meinetwegen darfst du so ein Angebot nicht ausschlagen", sagte Margie. „Du könntest deinen Vater sogar im Polizeiauto abholen. Das wäre doch lustig, oder?"

Morgan lachte. „Ja, stimmt. Aber ich möchte nicht, dass der arme Mann einen Herzinfarkt bekommt."

Sie trug einen Stapel Teller in die Küche. Vielleicht wäre es gar keine schlechte Idee, mit Chief Hank etwas zu unternehmen. Möglicherweise konnte er die Leute in Friday Harbor überreden, ihre Kameraaufnahmen wie versprochen zu überprüfen. Vielleicht kannte er sie sogar persönlich, er schien jeden auf dieser Insel zu kennen.

Es konnte natürlich auch sein, dass er wütend wurde, weil sie selbst versucht hatte, Spuren zu finden. Vielleicht war es doch besser, ihn außen vor zu lassen. Aber falls sie eine Aufnahme fand, auf der zu sehen war, wie Brock die Straße entlangkam oder sogar ihre Mutter anfuhr, würde Brock sie womöglich beschuldigen, die Beweise manipuliert zu haben.

Als wüsste sie, wie man ein Video frisiert! Ein Foto wäre kein Problem, aber ein Video?

Trotzdem wollte sie dieses Risiko nicht eingehen, falls sie tatsächlich Beweise fand. Daher beschloss sie, Chief Hank am nächsten Tag zu begleiten.

Als sie zurück ins Esszimmer kam, sagte sie: „Okay, Chief, das klingt spannend. Ich bin dabei."

Ein Lächeln breitete sich auf seinem Gesicht aus. „In Ordnung! Es wird bestimmt toll, warten Sie's ab."

Eigentlich hätte Morgan die Nacht in dem Haus verbringen sollen, das ihr Vater für seinen Besuch auf der Insel gemietet hatte. Da sich seine Ankunft nun um einen Tag verschob, würde es sicher ein wenig merkwürdig sein, dort alleine zu schlafen. Zum Glück bestand Margie darauf, dass sie bei ihnen übernachtete, und Morgan war froh, dass sie nicht gleich nach dem Abendessen aufbrechen musste. Auch Chief Hank blieb noch, weil Connor ihn bat, ihnen von den verrückten Dinge zu erzählen, die ihm als Deputy tagtäglich begegneten.

Sie saßen auf den Sofas im Wohnzimmer, während der Chief ihnen einige der Dummheiten schilderte, zu denen sich Menschen hinreißen ließen, wenn sie von der Polizei erwischt wurden. Alle amüsierten sich großartig, außer Tiffany, die ruhig in ihrer Sofaecke saß. Ab und zu lachte sie höflich, aber es kam nicht von Herzen.

Sie war so ganz anders als Jade, und Morgan fühlte sich in ihrer Gegenwart ein wenig unsicher. Da Tiffany kaum etwas sagte, wusste Morgan nicht, was sie dachte, und ging wie selbstverständlich davon aus, dass Tiffany sie nicht mochte.

Morgan war alles andere als ruhig und war es auch nicht gewohnt, mit ruhigen Menschen umzugehen. Sie platzte oft einfach mit Dingen so heraus, wie sie ihr in den Sinn kamen. Sie erwartete nicht, dass alle so waren wie sie, aber sie hätte es schön gefunden, wenn Tiffany nur ein bisschen offener wäre.

Als sich Chief Hank verabschiedet hatte, sagte auch Morgan Gute Nacht. Sie kam sich ein bisschen wie ein Eindringling vor und wollte Margie die Möglichkeit geben, ungestört mit ihrer Familie zusammen zu sein. Morgan ging in ihr Zimmer, schloss die Tür und checkte ihre E-Mails und ihr Handy, ob Nachrichten wegen der Videos eingegangen waren.

Immer noch nichts. Langsam sank sie in den Schlaf.

Früh am nächsten Morgen kamen Jade und Brandon, das Auto bis zum Rand vollgepackt mit dem nötigen Equipment für den DJ-Auftritt. Morgan hatte sich darauf gefreut, Jade wiederzusehen, und ging gleich nach dem Aufstehen in die Küche. Allerdings suchte sie recht schnell nach einer Ausrede, möglichst unauffällig wieder zu verschwinden, denn Jade, Tiffany und Connor feierten laut und überschwänglich ihr Wiedersehen und Morgan fühlte sich unbehaglich.

Sie winkte kurz, nahm sich eine Banane und zog sich wieder in ihr Zimmer zurück. Sie musste sich sowieso für ihren Ausflug mit Chief Hank fertigmachen, der sie gegen halb zehn abholen wollte. Sie zog sich an und vertrödelte dann eine Weile damit, sich Katzenbilder im Internet anzusehen. Um kurz nach neun klopfte es an ihrer Tür.

„Hey, hättest du einen Augenblick Zeit?"

Brandon. Igitt.

„Klar. Ich warte nur darauf, dass mich Chief Hank abholt."

Brandon nickte. „Cool. Ich wollte fragen, ob du mir helfen könntest, mein Equipment in der Scheune aufzubauen. Normalerweise würde Jade mir zur Hand gehen, aber für sie bin ich Moment wie Luft."

„Äh, okay. Ich habe noch ein bisschen Zeit, bis wir aufbrechen."

„Toll! Vielen Dank. Ich weiß das wirklich zu schätzen."

Nanu, er war ja ausgesucht freundlich. Wahrscheinlich war das seine übliche Taktik, wenn er etwas wollte. Jade hatte ihr Anfang der Woche erzählt, dass Brandon Schwierigkeiten hatte, an Auftritte zu kommen. Offenbar war die Konkurrenz groß. Für ihn war es also eine Riesenchance, bei künftigen Events in Saltwater Bay auflegen zu können, daher wollte er seine Sache besonders gut machen.

In der Scheune blieb Morgan einen Moment stehen und bewunderte die Tische, Stühle und Dekorationen. Margie hatte alles so schön hergerichtet. Jetzt fehlten nur noch die Gedecke und ein paar Kerzenleuchter, dann war es perfekt.

Brandon schloss die Tür der Scheune und trat zu ihr. Ein Schauer lief ihr über den Rücken.

„Ich bin wirklich froh, dass ich Gelegenheit habe, mit dir zu sprechen", sagte er.

Na toll. Er sprach immer noch mit seiner „netten“ Stimme und stand viel zu dicht vor ihr.

Sie trat einen Schritt zurück. „Ach, wirklich? Und worüber?“

„Nun“, sagte Brandon mit einem schweren Seufzer, „ich kann es einfach nicht mehr ertragen, was sie mit dir machen.“

„Wer macht was mit mir?“

Er wies in Richtung Haus. „Sie alle. Margie, Tiffany, Connor ... sogar Jade. Obwohl sie meine Frau ist und ich ihre Geheimnisse normalerweise nie ausplaudern würde, kann ich es einfach nicht für mich behalten.“

Morgan verschränkte die Arme. „Ich habe keine Ahnung, wovon du redest.“

Er trat einen Schritt näher. „Ich weiß. Es ist nur ... ich werde dir etwas zeigen.“

Er holte sein Handy hervor und rief ein Foto auf. „Was du gleich siehst, ist wirklich schockierend. Aber ich denke, du hast es verdient, es zu wissen.“

Morgan nahm das Handy und ließ den Blick über das Foto gleiten. Es sah aus wie eine alte Aufnahme von Jade, Tiffany und Connor. Ein Familienbild. Margie war auch dabei, jünger als heute, aber dennoch ganz die Margie, die sie kannte. Hinter ihnen stand ein dunkelhaariger Mann.

Morgan schnappte nach Luft. „Wer ist dieser Typ?“

„Sie haben es dir nicht gesagt.“ Brandon schüttelte den Kopf. „Ich wusste doch, dass sie es vor dir geheim halten würden.“

Morgan holte das Gesicht des Mannes näher heran. „Aber das ist unmöglich. Meine Mutter hat mir erzählt, dass er vor meiner Geburt gestorben ist."

Brandon runzelte die Stirn. „Das war eine Lüge. Deine Mutter hatte keine Wahl - es war nicht ihre Schuld. Sie wusste nicht, dass Jeff verheiratet war, als sie ... sich in ihn verliebte und ..."

Morgan spürte, wie sich ihr der Magen umdrehte. Der Raum fühlte sich viel zu heiß an. „Also das ist Jeff? Margies Ex-Mann?"

Brandon nickte. „Ja. Und er ist äußerst lebendig. Er hat Margie vor all den Jahren betrogen, aber Margie hat ihm verziehen. Und sie vereinbarten, dass sie ... bestimmte Vorsichtsmaßnahmen treffen mussten für den Fall, dass das Baby deiner Mutter – du - jemals auftauchen sollte."

In Morgans Kopf wirbelten die Gedanken wild durcheinander. „Ich verstehe nicht. Willst du sagen, dass ..."

„Ich weiß, es ist alles ein bisschen viel zu verdauen. Aber du machst das ganz prima."

Morgan konnte den Blick nicht von dem Foto wenden. Wie war es möglich, dass dieser Mann ihr ganzes Leben lang gelebt hatte? Und ihre Mutter hatte es ihr nie erzählt? Wie hatten alle sie anlügen können?

„Ich weiß, du denkst, Margie sei lieb und nett, aber in Wirklichkeit ist sie eiskalt. Sie wollte sichergehen, dass du nicht auftauchst und das Bild von der perfekten Familie zerstörst."

Morgan wurde plötzlich bewusst, dass Brandon ihr die Hand auf die Schulter gelegt hatte.

„Warum haben sie ... ich meine, warum ..." Sie konnte keinen klaren Gedanken fassen.

„Es tut mir wirklich leid, dass ich derjenige sein musste, der dir die Wahrheit sagt. Aber sie haben versucht, dich von der Party fernzuhalten. Du solltest Jeff nicht sehen, bevor sie ihren Plan in die Tat umsetzen können. Und ich meine – bei so etwas mache ich einfach nicht mit. Es ist mir egal, wie es aussieht. Es ist nicht richtig, dich so zu behandeln."

Morgan schüttelte den Kopf. „Dabei will ich nicht einmal etwas von ihm. Ich würde mir nur wünschen ..."

„Ich weiß, ich weiß." Brandon nahm sie in den Arm und strich ihr beruhigend über den Rücken. „Aber sie wissen einfach nicht, was für ein netter Mensch du bist. Sie haben dich nicht verdient."

Morgan konnte sich nicht rühren, so fest hatte Brandon seine Arme um sie geschlungen. Sie hielt immer noch das Handy in der Hand. Brandon roch seltsam, nach einer Mischung aus Schweiß und Kaugummi mit Fruchtgeschmack.

Sie löste sich aus seiner Umarmung.

„Es tut mir wirklich leid, dass du es auf diese Weise erfahren musstest, aber ich dachte, du solltest Bescheid wissen. Das hast du verdient."

Sie gab ihm das Handy zurück, als sie ein Auto vorfahren hörte und ein zweimaliges kurzes Hupen ertönte.

„Das ist wohl Chief Hank. Er kommt, um mich abzuholen", sagte sie tonlos.

„Hör zu - sag ihnen nichts. Wahrscheinlich ist es das Beste, wenn du weggehst und nie wieder mit einem von ihnen redest.

Dann machen sie sich Sorgen, dass du ihnen auf die Schliche gekommen bist. Tu so, als seien sie Luft."

„Als seien sie Luft?"

„Ja, verschwinde einfach von der Bildfläche. Andererseits … du könntest dich auch an allen rächen."

Wieder ertönte die Hupe.

„Mich rächen? Ich … ich will nichts von ihm." Morgan hatte das Gefühl, sich ständig zu wiederholen. Sie wusste nicht, was sie sonst sagen sollte.

Brandon sah sie einen Moment eindringlich an. „Ich meine … was ich sagen wollte … die beste Rache besteht doch darin, ein großartiges Leben zu haben, oder?"

Sie zuckte mit den Schultern. „Ja, kann schon sein."

Er öffnete die Tür. „Tja, dann mach's gut, okay?"

Morgan nickte und ging langsam nach draußen.

„Lass dich nicht unterkriegen", rief er ihr nach.

Ohne sich umzudrehen, hob sie die Hand und winkte. Sie wollte nicht mit Chief Hank durch die Gegend fahren, aber die Alternative war, in Margies Haus zurückzukehren. Und das schien ihr gar keine gute Idee zu sein, denn als der Schock nachließ, packte sie die Wut, die ihr inzwischen so vertraut war.

Kapitel 20

Der Morgen vor der Party verging wie im Flug. Es gab noch so viel zu tun, in so kurzer Zeit. Jade bot an, Margie zu helfen, worüber sie sich sehr freute, und sogar Tiffany und Connor packten mit an. Um vier Uhr nachmittags hatten sie längst noch nicht alles geschafft, aber Margie beschloss, dass es genug war, und schickte alle auf ihre Zimmer, um sich für die Party schick zu machen. Die Gäste sollten um fünf Uhr kommen, und Jeff und Tammy waren für halb sechs angesagt.

Jeff hatten sie erzählt, dass Tammy unbedingt sehen wollte, wo Margie jetzt wohnte. Offenbar hatte sich Jeff mit Händen und Füßen gesträubt mitzukommen, doch Tammy hatte ihn schließlich überreden können. Margie war sich nicht sicher, warum Tammy ihr dieses Detail unbedingt mitteilen musste, und versuchte, sich nicht verletzt zu fühlen. War sie wirklich so schrecklich, dass Jeff nicht wenigstens vorbeischauen und Hallo sagen mochte?

Während sie sich fertig machte, schickte Margie eine Nachricht an Hank, um zu hören, wie der Tag mit Morgan gelaufen war. Leider antwortete er nicht.

Vielleicht war er beschäftigt, jedenfalls hatte sie keine Zeit, sich darüber Gedanken zu machen. Margie schlüpfte in das hellblaue Kleid, das sie sich bei einer Shoppingtour mit Jade auf dem Festland extra für die Party gekauft hatte. Sie hatten einen wunderbaren Tag zusammen verbracht und Margie liebte ihr neues Kleid. Sie schminkte sich und holte sogar den Lockenstab hervor, um ihre Frisur ein wenig aufzupeppen – alles ganz dezent, nur eben ein bisschen mehr als sonst. Immerhin war sie die Gastgeberin und der heutige Abend war die Premiere für ihre Scheune!

Tammy hatte darauf bestanden, dass die Gäste nicht mit dem eigenen Wagen nach Saltwater Bay fuhren. Wenn vor dem Haus lauter Autos parkten, würde Jeff sofort ahnen, was ihn erwartete. Margie hatte Platz genug, aber sie verstand Tammys Einwand und hatte stattdessen einen Pendelverkehr organisiert, der die Gäste an verschiedenen Punkten in der Stadt einsammelte und nach Saltwater Bay brachte. Die letzten Gäste sollten um zwanzig nach fünf eintreffen. Margie warf einen bangen Blick in die Scheune. Sie war voller Lachen und aufgeregter Stimmen, funkelnder Lichter und Leben.

Margie ging das Herz auf. Es war ein gutes Stück Arbeit gewesen, aber nun war die Scheune fertig. Und sie war wunderschön. Sie wünschte, sie könnte Mike ein Bild schicken, aber sie wusste, dass sie keinen Kontakt zu ihm aufnehmen konnte. Trotzdem machte sie ein Foto. Vielleicht sah er sich die Website an und würde es schließlich doch sehen.

Sie eilte zum Haus zurück und wartete am Fenster. Jeff und Tammy verspäteten sich, aber das war in Ordnung, weil in letzter Minute noch ein paar Nachzügler eintrafen, die die Anweisung ignorierten, nicht mit dem eigenen Wagen zu kommen. Connor war zur Stelle und zeigte ihnen, wo sie ihre Autos verstecken konnten.

Um 17.48 Uhr klingelte es schließlich an der Tür. Margie warf einen letzten Blick in den Spiegel im Flur und lächelte ihrem Spiegelbild zu, um ihre Nerven zu beruhigen.

„Hallo!“, sagte sie, als sie die Tür öffnete.

„Hallo, schön dich zu sehen!“, antwortete Tammy und umarmte sie ohne Umschweife.

Jeff nickte nur knapp und hob die Hand zum Gruß. „Hallo, schön dich zu sehen.“

„Hallo, Jeff, ich bin so froh, dass du mitkommen konntest!“ Margie ließ sich von seiner förmlichen Art nicht abschrecken und umarmte ihn. Es war schließlich nicht so, als müsste sich Tammy Sorgen machen. Sie hatte nicht die geringste Absicht, ihn zurückzugewinnen.

„Klar. Warum bist du so schick angezogen? Hast du heute Abend noch was vor?“ Er lachte leise.

Margie und Tammy tauschten einen raschen Blick, sagten aber nichts.

„Ich bin später noch mit Freunden zum Essen verabredet. Aber kommt doch rein, ich zeige euch das Haus und dann gehen wir noch kurz zur Scheune hinüber.“

Margie ließ sie vorgehen, damit sie rasch ihr Handy vom Tisch nehmen und die eingegebene Nummer wählen konnte. Es war das Signal an Brandon, dass er alle Gäste in der Scheune anwies, mucksmäuschenstill zu sein.

Sie zeigte Tammy und Jeff schnell das Haus und führte sie dann nach draußen. Je näher sie der Scheune kamen, desto heftiger klopfte Margies Herz. Es war albern, aber sie kam nicht dagegen an. Sie hatte keine Ahnung, wie Jeff reagieren würde. Er schien nicht besonders gut gelaunt zu sein.

Bei der Scheune angekommen, stellte Margie erfreut fest, dass tatsächlich kein Laut nach außen drang.

„Na, komm schon Jeff, hilf ihr mit der Tür!", sagte Tammy.

Jeff zuckte die Achseln. „Margie ist groß und stark, sie schafft das."

Margie ging gar nicht darauf ein. Solche Sprüche war sie von Jeff gewohnt, ständig hatte er angemerkt, dass sie zu viel aß oder dass ihr Kleid hier kniff und dort zu eng war. Ein Gutes hatte die Scheidung ja: Wenigstens musste sie sich nun keine Kommentare über ihr Aussehen mehr anhören.

Mit einer schnellen Bewegung zog Margie die Tür auf und die versammelten Gäste riefen wie aus einem Mund: „Überraschung!"

Jeff machte große Augen und sein Blick ging zwischen Tammy und der Gästeschar hin und her. Die Musik setzte ein und dann tauchte Jeff in der Menge unter und begrüßte seine Freunde.

Gut, zumindest dieser Teil des Abends hatte geklappt. Margie schaute auf ihr Handy. Es war kurz nach sechs. Mittlerweile musste Morgans Vater auf der Insel angekommen sein, sodass Morgan mit ihm zusammen war. Trotzdem war Magie nervös. Sie wollte unbedingt mit Jeff allein sprechen, aber das würde in der nächsten Zeit nicht möglich sein. Im Moment war er ständig von Leuten umgeben. Um sieben Uhr wurde das Abendessen serviert und Margie hoffte, dass sich dann eine Möglichkeit ergab.

Sie versuchte, sich zu entspannen und sich nicht den Kopf wegen all der Details zu zerbrechen, die sie nicht mehr geschafft hatte. Die Scheune sah wunderschön aus und die Gäste schienen sich zu amüsieren. Die Hälfte von ihnen kannte Margie, doch die anderen waren Fremde.

Tammy hatte es für ratsam gehalten, möglichst viele Geschäftspartner von Jeff einzuladen, weil sie wusste, wie wichtig ihm diese Kontakte waren. Tammy tat Margie ein bisschen leid. Sie war recht jung, viel jünger als Jeff, und Margie war sich sicher, dass Jeff sie das nicht vergessen ließ.

Margies Freunde waren verwundert, dass sie Tammy gegenüber keinen Groll hegte. Aber wie konnte sie ihr böse sein? Sie war eine liebe Frau, die sich alle Mühe gab, Jeff glücklich zu machen. Niemand wusste besser als Margie, wie schwierig das war.

Tammy hatte darauf bestanden, dass das Abendessen am Tisch serviert wurde, und bis auf die Tatsache, dass es scheinbar nicht genügend vegetarische Gerichte gab, verlief alles reibungslos. Zum Glück hatte Margie im hinteren Teil der Scheune eine große Küche einbauen lassen, wo schnell Ersatz angerichtet wurde.

Vor dem Dessert sah Margie ihre Chance gekommen, allein mit Jeff zu sprechen. Als sie sah, wie er aufstand und Richtung Toilette ging, folgte sie ihm, und obwohl sie sich dabei etwas albern vorkam, wartete sie an der Tür, bis er wieder auftauchte.

„Lieber Himmel, hast du mich erschreckt“, stieß er aus, als er herauskam.

„Tut mir leid, Jeff, aber ich muss dringend mit dir reden. Es ist wichtig."

Er seufzte und sah einer Kellnerin nach, die mit Kuchentellern beladen vorüberging. „Nun ja, eigentlich bin ich sowieso auf Diät, also sollte ich wohl besser aufs Dessert verzichten.“

Margie führte ihn durch die rückwärtige Tür der Scheune nach draußen zu einer Stelle, von der aus man einen wunderbaren Blick aufs Meer hatte.

„Ich möchte nicht, dass uns jemand belauscht.“

„Oh?“, antwortete er, die Hände lässig die Taschen geschoben. „Das klingt ernst. Es tut mir leid, dass ich dich nicht zurückgerufen hab. In letzter Zeit war es ziemlich hektisch.“

„Schon okay.“ Sie holte ihr Handy hervor und rief ein Foto von Morgan auf. Ihre Hände zitterten. „Also, ich weiß nicht, wie ich es dir sagen soll, aber bei mir wohnt eine junge Frau.“

Er beugte sich vor und betrachtete das Bild. „Hübsches Mädchen.“

„Sie heißt Morgan Allen. Ihre Mutter war Kelly Allen, die vor einigen Monaten auf tragische Weise auf der Insel ums Leben gekommen ist.“

Nervös suchte Margie auf ihrem Handy nach einem Foto von Kelly Allen. Trotz des angenehm warmen Abends waren ihre Hände eiskalt.

Schließlich fand sie es und zeigte ihm das Handy. „Als ich Mike auf der Insel besuchte, sah ich Kellys Bild in der Zeitung.“

Jeff nahm ihr das Handy ab, um das Foto genauer betrachten zu können. Margie ließ ihn nicht aus den Augen, doch seine Miene blieb ausdruckslos.

„Erkennst du sie?“, fragte Margie leise.

„Nein, kann ich nicht sagen“, sagte Jeff und gab ihr das Handy zurück. „Ich denke, ich gehe jetzt wieder rein.“

„Jeff - Morgan ist deine Tochter. Vor Jahren ist Kelly - sie ist bei uns zu Hause aufgetaucht, im strömenden Regen, und - “

„Margaret, ich hätte wissen müssen, dass diese Party nichts weiter als eine ausgeklügelte Falle ist.“

Unwillkürlich wich sie einen Schritt zurück. „Das ist keine Falle! Als Tammy den Vorschlag machte, wusste ich nicht einmal, dass Morgan deine Tochter ist.“

Er lachte. „Das ist lächerlich, ich habe drei Kinder. Mit dir. Warum tust du das?“

Margie räusperte sich. Dieser Ton war ihr nur allzu vertraut, aber sie fiel nicht mehr darauf herein. Sie war sich ihrer Sache sicher und diese Gewissheit würde er nicht erschüttern.

„Jeff, bitte nicht. Ich kenne die Wahrheit. Morgan hat ein Foto von dir und Kelly, mehrere Fotos, um genau zu sein.“

Er verschränkte die Arme und starrte sie einen Moment an.

Nach einer gefühlten Ewigkeit sagte er: „Ja, und? Soll ich dieses Mädchen etwa unter meine Fittiche nehmen, jetzt wo ihre Mutter tot ist?“

Margie seufzte. „Jeff, das ist kein Scherz, das ist real. Morgan ist real. Sie ist ein liebes Mädchen und – “

„Nein“, sagte er und zeigte mit einem Finger auf sie. „Nein, daraus wird nichts. Wir sind nicht einmal mehr verheiratet. Warum sollte ich dir Rede und Antwort stehen?“

„Das ist es nicht, es geht nicht darum, mir Rede und Antwort zu stehen. Diese junge Frau ist dein Fleisch und Blut. Sie ist eine Halbschwester von Connor, Jade und Tiffany. Ich dachte, es wäre ...“

Jeff schnaubte. „Was hast du gedacht? Dass ich mich darüber freuen würde? Dass ich glücklich bin, weil du einen Geist aus dem Hut zauberst, der mehr als zwanzig Jahre im Verborgenen geschlummert hat?“

„Sie ist kein Geist, sie ist eine reale Person. Und sie ist deine Tochter."

Er starrte sie an, sagte aber nichts.

„Sag mir nicht, dass du davon wusstest.“ Margies Stimme wurde lauter, sie konnte es nicht verhindern. „Die ganze Zeit dachte ich, dass du es nicht gewusst haben kannst, dass Kelly es dir nicht gesagt hat. Dass sie sich zu sehr geschämt hat, nachdem sie zu uns nach Hause gekommen ist und gesehen hat, dass du verheiratet bist.“

„Ich muss jetzt wieder zu meinen Gästen.“

Er drehte sich um und ging den Hügel hinauf zur Scheune. Margies Versuch, tief durchzuatmen, endete in einem Schluchzer.

Nein, nicht weinen, sonst verläuft dein Make-up und alle sehen, dass du geweint hast. Sie schaute auf den Ozean hinaus und versuchte, sich auf die dunkle Wasseroberfläche zu konzentrieren, die im Mondlicht glitzerte.

Wie war das möglich? Wie konnte er so gefühllos sein? Er war überhaupt nicht überrascht, es war ... als habe er es gewusst. Er wusste es und es war ihm egal.

Es war ihm egal!

Margie machte sich keine Illusionen über Jeff oder zumindest glaubte sie, dass sie sich keine machte. Sie dachte immer, dass sich hinter den Launen und den kritischen Kommentaren ein guter Mann verbarg. Ein guter Mensch. Vielleicht nicht gerade einfühlsam, aber ...

Ein Schluchzen drang aus ihrer Kehle, in dem sie kaum ihre eigene Stimme erkannte. Sie fuhr sich mit der Hand über das Gesicht. Wie konnte sie sich in dem Mann, den sie geheiratet hatte, so geirrt haben? Wie hatte sie nur so dumm sein können?

Sie holte tief Luft und versuchte, ihre Gefühle in den Griff zu bekommen, bevor sie sich auf den Weg zurück zur Scheune machte. Sobald diese Party vorbei war, musste sie sich überlegen, was sie Morgan sagen würde. Auch die Kinder mussten die Wahrheit erfahren - die ganze Wahrheit. Dass Kelly die richtige Entscheidung getroffen hatte, als sie Morgan nichts von Jeff erzählte. Dass Jeff kein Mann war, den es sich zu kennen lohnte.

Margie schlüpfte in die Damentoilette im hinteren Teil der Scheune. Ihre Frisur war in Ordnung, aber ihr Make-up war ein bisschen verschmiert. Sie konnte es mit den Fingerspitzen einigermaßen herrichten und wollte gerade auf den Flur hinausgehen, als sie Jeffs Stimme über die Lautsprecher dröhnen hörte.

„Vielen Dank, dass ihr hier herausgekommen seid. Ihr könnt euch nicht vorstellen, was es mir bedeutet. Dies ist die beste Geburtstagsfeier, die ich je hatte.“

Die Menge applaudierte. Margie stand hinter der Tür und biss die Zähne zusammen. Sie konnte es nicht ertragen, hinauszugehen und sein Gesicht zu sehen.

„Ich möchte meiner wundervollen Freundin Tammy und natürlich meiner wunderbaren Ex-Frau Margie und unseren drei wunderbaren Kindern danken, die dieses Fest organisiert haben. Wie wär's mit einer Runde Applaus?“

Die Gäste klatschten pflichtbewusst. Margie zog die Tür auf. Wie konnte er es wagen, ihre Kinder vor seinen Geschäftsfreunden als eine Art Trophäe hinzustellen? War das alles, was sie für ihn waren? Eine Fassade, die ihn wie einen anständigen Kerl aussehen ließ?

Margie ging zum Rand der großen Tanzfläche. Es war ihr egal, dass alle mitbekamen, wie sie ihn anstarrte. Es war ihr egal, was diese Leute dachten. Alles was zählte, war, dass ihre Kinder die Wahrheit erfuhren und Margie ihnen alles erzählte.

Als er seine Rede beendet hatte, wollte Jeff das Mikrofon an Brandon weiterreichen, aber jemand kam ihm zuvor und nahm es ihm ab. Margie konnte nicht genau erkennen, wer es war, bis sich die Menge zerstreute. Sie schnappte nach Luft.

Es war Morgan.

Kapitel 21

Er sah ihr nicht einmal ins Gesicht, als er ihr das Mikrofon reichte. Sofort war er von Leuten umringt, die ihm die Hand schüttelten oder ihm auf den Rücken klopften.

Morgan zwang sich zu einem Lächeln. Sie wusste, dass ihre Miene ziemlich finster wirken konnte, wenn sie wütend war. Im Moment hatte sie jedoch das Gefühl, genau die passende Zielscheibe für ihre Wut gefunden zu haben.

Sie räusperte sich. „Das war eine schöne Rede. Die hat doch noch einen Applaus verdient, oder?"

Die Partygäste klatschten artig und Jeff verbeugte sich mit gespielter Höflichkeit. Er drehte sich zu Morgan um und wollte sich gerade mit vorgetäuschter Bescheidenheit bedanken, als sich ihre Blicke trafen. Sie zwinkerte ihm zu und sah, wie das Lächeln auf seinem Gesicht erstarb.

Er hatte sie erkannt. Gut.

„Ich bin so dankbar, dass Sie heute alle kommen konnten. Ich bin jedenfalls froh, hier zu sein." Im hinteren Teil der Scheune entdeckte sie Margie, die sie mit weit aufgerissenen Augen anstarrte.

Sie fuhr fort: „Viele von Ihnen kennen mich vielleicht nicht, deshalb sollte ich mich vorstellen. Ich heiße Morgan. Ich bin zweiundzwanzig Jahre alt. Vor dreiundzwanzig Jahren hatte Jeff eine Affäre mit meiner Mutter Kelly Allen – und ich bin das Ergebnis."

Hier und da war ein nervöses Lachen zu hören, aber niemand rührte sich von der Stelle. Nur Jeff stürzte geradewegs auf sie zu.

Mit einer schnellen Bewegung sprang Morgan auf einen Tisch und fegte dabei ein paar Teller zu Boden.

„Nun, die Cliftons wollen sicher nicht, dass Sie von mir erfahren, denn dann wäre es um Jeffs Ruf geschehen. Jeff, dieser großartige Bursche mit seiner wunderbaren Familie, mit drei wunderbaren Kindern - nicht mit dreieinhalb."

„Gib mir das Mikrofon", sagte Jeff mit leiser Stimme. Er stand jetzt mit einem starren Lächeln im Gesicht am Tisch und streckte die Hand aus.

„Wie war das, Jeff? Sollten all diese Leute nicht wissen, dass du deine Frau betrogen und dein Kind hast sitzenlassen?" Sie hob den Kopf und sah Margie an. „Was ist mit dir, Margie? Hast du mich in dein Haus eingeladen und so getan, als wären meine tote Mutter und ich dir wichtig, nur damit du die Situation unter Kontrolle halten kannst? Sollen die Leute auch das nicht erfahren?"

Margie schüttelte stumm den Kopf. Sie war wie erstarrt.

„Und du, Jade, wo bist du?" Morgan sah sich mit schmalen Augen im Raum um. Jade stand mit offenem Mund am DJ-Pult.

„Ich dachte, wir wären uns tatsächlich nahe. Ich hatte fast das Gefühl, als seiest du meine Schwester - bevor ich wusste, dass du es tatsächlich bist! Aber selbst du wolltest mich nicht hier haben. Könnte es wirklich schlimmer sein, mich in der Familie zu haben als deinen Mann, diesen ewig nörgelnden Loser, der sich für einen DJ hält?“

Jeff umklammerte ihren Knöchel mit beiden Händen und zog langsam, aber beharrlich an ihrem Bein. Sie versuchte, ihn wegzutreten, doch er war ziemlich stark.

„Was ist? Willst du, dass ich runterkomme, Jeff?“

„Sei still oder ich rufe die Polizei“, presste er zwischen zusammengebissenen Zähnen hervor.

„Du willst mir die Polizei auf den Hals hetzen, Dad? Bitte sehr. Chief Hank hat mich schon einmal fast verhaftet, deswegen mach ich mir wirklich keinen Kopf.“

Unter den Gästen wurde jetzt Gemurmel laut, dann tauchte Brandon neben dem Tisch auf, auf dem sie stand, und packte sie. Anscheinend war es in Ordnung, seine Schwiegereltern zu beleidigen, aber ihn zu beleidigen? Das ging entschieden zu weit.

Er war nicht so vorsichtig wie Jeff und machte einen Satz, um ihr das Mikrofon zu entreißen. Morgan hob es außer Reichweite über ihren Kopf, aber ihr war klar, dass sie nicht mehr viel Zeit hatte.

„Ist das dein Mikrofon, DJ Brand?“

„Ja", grummelte er. „Her damit.“

Morgan beugte sich vor, als würde sie es ihm geben, warf es jedoch in letzter Sekunde quer durch die Scheune. Die Menge schnappte nach Luft. Das Mikrofon landete mit einem Krachen an der Wand, und als sich die Gäste erschrocken danach umwandten, nutzte Morgan die Gelegenheit, vom Tisch zu springen und zu ihrem Auto zu sprinten.

Dort angekommen suchte sie in ihrer Hosentasche verzweifelt nach den Schlüsseln. Warum hatte sie das Auto überhaupt abgeschlossen? Schließlich hatte sie nicht vorgehabt, lange zu bleiben. Gerade wollte sie die Tür öffnen, als sie jemand an der Schulter packte und herumwirbelte.

„Was fällt dir ein?", zischte Jeff, und ein bisschen Spucke segelte von seinem Mund auf ihre Stirn.

Sie wich zurück. „Was hast du? Sollen deine Freunde nicht wissen, dass du eines deiner Kinder verleugnet hast?"

„Dafür wirst du büßen", sagte er. „Wenn ich meine – "

„Hör auf!" Hinter ihnen ertönte Margies Stimme.

Ohne Morgan loszulassen, fuhr Jeff zu ihr herum. Zum ersten Mal bekam Morgan Angst - Jeff war nicht groß, aber er war aggressiv. Ihre Schulter schmerzte unter seinem Griff.

Margie ging zu ihm und drückte seinen Arm weg. „Lass die Finger von ihr."

„Hast du diese ganze Party geplant, nur um mich damit zu überfallen?" Sein Gesicht war dicht an ihrem, seine Stimme war leise. „Du wolltest immer schon meine beruflichen Erfolge sabotieren, aber ich hätte nie gedacht, dass du so weit gehen würdest." Er stieß mit dem Finger gegen Morgans Brust.

„Au!"

Margie packte seine Hand und riss sie weg. „Wenn du sie noch einmal anrührst - ich schwöre beim Grab meiner Mutter, dass du dafür büßen wirst."

Er lachte. „Ach ja? Und wie stellst du dir das vor? Denkst du, ich mache Witze? Du hast meinen Ruf ein für alle Mal ruiniert und – “

„Ja, Jeffrey. Ich glaube tatsächlich, dass du Witze machst. Der Einzige, der deinen Ruf beschädigt hat, bist du. Ich habe nichts weiter getan, als dich dein ganzes Leben lang zu unterstützen. Und jetzt erst geht mir auf, wie dumm ich war. Du bist ein bitterer, gieriger und grausamer kleiner Mann, und das warst du schon immer. Es tut mir leid, dass ich jemals jemandem ein anderes Bild von dir vermittelt habe.“

„Du bist ein durchtriebenes Miststück“, sagte er. „Ich hätte nie gedacht, dass dich deine Bosheit so weit treiben würde. Was steckt dahinter? Eifersucht auf Tammy?“

Sie starrten sich an und Morgan nutzte die Gelegenheit, um in ihr Auto zu springen, die Tür zuzuschlagen und den Motor zu starten. In ihre seltsamen nachehelichen Auseinandersetzungen wollte sie nun wirklich nicht verwickelt werden.

Sie hatte ihre eigenen Probleme, schließlich hatte sie ihrem Vater gesagt, dass sie bei Margie nur schnell etwas holen wollte. Wenn sie zu lange wegblieb, würde er misstrauisch werden.

Morgan fuhr die Auffahrt hinunter. Wenigstens musste sie keinen von ihnen je wiedersehen.

Kapitel 22

Morgan fuhr davon und Margie wollte zu ihrem Auto laufen, um sie nicht aus den Augen zu verlieren. Sie musste ihr alles erklären. Doch plötzlich legte sich eine Hand um ihr Handgelenk und riss sie zurück.

„Lass mich gehen, Jeff", sagte sie. Warum konnte er auf einmal seine Hände nicht bei sich behalten?

„Oh nein. Du gehst jetzt da hinein und erklärst allen – "

Mit ihrer freien Hand packte Margie ihre Faust und befreite sich aus Jeffs Umklammerung. Diesen Griff hatte sie in einem Selbstverteidigungskurs gelernt und verspürte nun für den Bruchteil einer Sekunde eine tiefe Befriedigung, dass er tatsächlich funktionierte.

„Nein, Jeff. Da gibt es nichts zu erklären. Alles, was Morgan über dich gesagt hat, stimmt. Ich werde dich nicht mehr schützen. Ich erfinde keine Ausreden mehr für dich. Du bist kein netter Mensch. Ich weiß nicht, warum es mir so schwergefallen ist, das zuzugeben. Und weißt du was?"

Er verdrehte die Augen. „Was?"

„Das darfst du deinen Gästen erklären."

Sein Gesicht verzog sich zu einer wutverzerrten Fratze. Margie lächelte in sich hinein, drehte sich um und stieg in ihr Auto. Sie wusste nicht, wo Morgan war, aber sie musste sie finden - so durften sie die Dinge nicht stehen lassen. Morgan war verständlicherweise wütend, doch sie hatte es verdient, die Wahrheit zu erfahren. Die ganze Wahrheit.

Margie raste die Auffahrt hinunter, aber Morgan war nirgendwo zu sehen. Sie wusste, dass sie und ihr Vater in Friday Harbor übernachteten, also bog Margie nach links ab, weil sie vermutete, dass Morgan diesen Weg genommen hatte.

Normalerweise hielt sich Margie an die Geschwindigkeitsbeschränkungen, aber dies war ein Notfall. Sie hatte Glück. Bald hatte sie Morgans strahlend weißen Mietwagen eingeholt.

Sie folgte ihr bis in die Stadt und beobachtete, wie sie in einem kleinen Haus auf einem Hügel verschwand. Ein Parkplatz in der Nähe war schnell gefunden, dann lief Margie zur Haustür und pochte mit aller Macht daran.

Niemand öffnete, aber von drinnen waren Stimmen zu hören. Seufzend klopfte sie erneut.

Sicher versuchte Morgan gerade, ihren Vater davon zu überzeugen, nicht nachzusehen, wer da wie eine Irre gegen die Tür hämmerte. Es funktionierte jedoch nicht, einen Moment später öffnete er.

„Kann ich Ihnen helfen?"

„Hallo, sind Sie Mr. Allen?"

„Ja. Kennen wir – "

Margie streckte ihm die Hand hin. „Ich freue mich, Sie kennenzulernen. Ich bin Margie. Morgan wohnt seit einigen Wochen bei mir."

„Wie schön, Sie kennenzulernen. Ich bin Ronnie Allen."

„Lass sie nicht rein, Dad!“, rief Morgan aus dem Innern des Hauses.

Er sah Margie verwirrt an. „Ist etwas passiert?“

„Ja, es gab ein großes Missverständnis. Besser gesagt – ein teilweises Missverständnis. Ich bin Margie Clifton - Jeff Cliftons Ex-Frau.“

Es dauerte einen Moment, bis Ronnie begriff. „Oh. Oh!“

Er warf einen Blick über die Schulter ins Haus und sagte dann zu Margie: „Ich weiß nicht, ob ich ... "

„Bitte, lassen Sie mich einfach reinkommen und es Ihnen erklären. Ihnen beiden. Und ich verspreche, dass ich Sie nie wieder belästigen werde.“

Er zuckte mit den Schultern. „Okay, kommen Sie rein."

Margie holte tief Luft und trat ins Haus. Morgan war nirgends zu sehen.

„Bitte nehmen Sie Platz“, sagte Ronnie und deutete auf die Couch.

„Danke.“ Margie setzte sich und sah sich um. „Es wäre wirklich besser, wenn Morgan auch hier wäre. Glauben Sie, Sie könnten sie überzeugen, mich anzuhören?“

Ronnie lächelte. „Ich kann es versuchen.“

Nach wenigen Minuten kehrte er zurück, Morgan folgte ihm schweigend. Ronnie nahm Margie gegenüber Platz, aber Morgan blieb mit verschränkten Armen stehen.

„Zunächst danke ich Ihnen beiden, dass Sie mir die Möglichkeit geben, es Ihnen zu erklären“, sagte Margie. „Ich fasse mich kurz, versprochen.“

Ronnies Blick ging zwischen Morgan und Margie hin und her. „In Ordnung. Ich bin ganz Ohr."

Margie lächelte und begann. „Vor ein paar Monaten hat mich mein Bruder nach San Juan Island eingeladen und mir seinen gesamten Besitz verkauft - das Haus und die Scheune und alles. Für einen Dollar. Der Grund war, kurz zusammengefasst, dass ich einen Ort suchte, an dem ich meine Familie wiedervereinigen konnte. Ich glaube, ich wollte einen Ort schaffen, den sie als ihr Zuhause betrachten können."

Morgan schnaubte.

„Ich weiß", sagte Margie. „Ich weiß, wie sich das anhört. Aber du musst mir glauben, Morgan, ich wusste nichts von dir. Jedenfalls nicht wirklich."

Margie suchte nach ihrer Handtasche, musste aber feststellen, dass sie sie in der Eile nicht mitgebracht hatte.

„Ich wollte dir etwas zeigen, aber ich habe alle meine Sachen vergessen. In meiner Tasche habe ich immer einen Zeitungsausschnitt deiner Mutter bei mir. Als ich nach dem Besuch bei meinem Bruder mit der Fähre zurückfuhr, sah ich in der Zeitung den Bericht über den Tod deiner Mutter. Und plötzlich erinnerte ich mich. Vor dreiundzwanzig Jahren ist deine Mutter bei mir zu Hause aufgetaucht."

„Also wusstest du es", fauchte Morgan.

Margie seufzte. „Zum Teil. Sie war ganz - durcheinander. Und ich war es auch. Connor war gerade geboren und Jeff war wie immer geschäftlich unterwegs. Ich bat sie ins Haus und sie sagte mir, dass sie von Jeff schwanger sei. Und dann ist sie einfach weggelaufen!"

„Ach, wirklich?“, sagte Morgan verächtlich. „So etwas hätte meine Mutter nie getan.“

Ronnie räusperte sich. „Es stimmt, Morgan. Deine Mutter - sie wusste natürlich nicht, dass Jeff verheiratet war. Als sie Margie kennenlernte - als sie an jenem Abend am Haus der Cliftons auftauchte – hatte sie es gerade erst herausgefunden.“

Margie schlug sich erschrocken die Hand vor den Mund. Arme Kelly - sie war damals noch so jung. Es musste ein schrecklicher Schock gewesen sein. Kein Wunder, dass sie damals so verwirrt war.

„Ich habe sie nie wieder gesehen und nie wieder von ihr gehört“, sagte Margie. „Ich hatte keine Ahnung, wie es ihr ergangen war. Ich wusste nicht einmal ihren vollständigen Namen.“

Margie schwieg einen Moment, dann sah sie Ronnie an. „Hat Kelly Ihnen jemals gesagt, ob sie versucht hat, Kontakt zu Jeff aufzunehmen?“

Ronnie nickte. „Ja, sie hat es versucht. Er reagierte überhaupt nicht, weder auf Anrufe noch auf Besuche oder Briefe. Er tat, als hätte sie nie existiert.“

Margie wurde das Herz schwer. Sie glaubte ihm - vielleicht war es zwanzig Jahre zu spät, aber sie wusste, dass er die Wahrheit sagte.

„Also hat Mama ihn damit davonkommen lassen? Sie hat einfach aufgegeben?“, fragte Morgan.

„Nein, so war es nicht“, sagte Ronnie. „Du musst das verstehen - deine Mutter hatte ihren Stolz. Sie wollte nichts von Jeff. Sie kehrte zu ihren Eltern zurück, und sie versprachen, ihr zu helfen, sodass sie ihre Ausbildung abschließen konnte. Und dann haben wir uns kennengelernt. Ich habe dich kennengelernt und mich in euch beide verliebt. Ich wollte nie, dass du einen anderen Vater in deinem Leben haben musst, vor allem nicht einen wie ihn."

Mit Tränen in den Augen starrte Morgan ihn an. „Aber er wollte mich nicht."

„Er wusste nicht, was er verpasst", sagte Ronnie und ergriff Morgans Hände. „Du bist die beste Tochter, die ich mir vorstellen kann. Und du weißt, dass ich keine Kinder haben kann – "

Morgan nickte. „Ich weiß, Dad."

„Aber du warst immer meine Tochter. Ich liebe dich. Du wirst immer meine Tochter sein."

„Ich weiß", wiederholte Morgan mit leiser Stimme.

Margie stiegen Tränen in die Augen. „Es tut mir so leid, Morgan. Ich wusste bis vor Kurzem nicht einmal, dass du tatsächlich Jeffs Tochter bist - ich schwöre, dass ich fest vorhatte, dir alles zu erzählen. Ich wollte zuerst mit Jeff sprechen, weil ich überzeugt war, dass Jeff unmöglich von deiner Existenz gewusst haben konnte. Ich dachte, wenn ich es ihm sage, wäre er erschrocken und könnte ..."

Morgan starrte sie an. „Er könnte was?"

Margie seufzte. „Er könnte sich wie ein anständiger Mensch benehmen. Aber er ist kein anständiger Mensch."

„Tu nicht so, als hättest du immer geplant, es mir zu erzählen. Ich weiß, was du getan hast."

Margie legte den Kopf schief. „Nein, Liebes, ich hatte keinen Plan - das war das Problem. Ich wusste nicht, was ich tun sollte. Erst als ich versehentlich ein Bild von Jeff unter deinen Sachen fand, war mir alles klar. Und dann habe ich versucht, Jeff anzurufen, aber er hat nicht zurückgerufen und – “

Morgan schnaubte verächtlich. „Brandon hat mir alles erzählt!“

„Brandon?“ Margie schüttelte langsam den Kopf. „Ah, ich verstehe. Natürlich. Er hat mich am Telefon belauscht. Ich habe es meiner Schwester erzählt, als ich mir sicher war, dass Jeff dein Vater ist. Ich habe sie angerufen, weil ich nicht wusste, was ich tun sollte. Und Brandon hat in einem der Zimmer geschlafen, aber das wusste ich nicht – “

„Ja, und er hat deinen ganzen Plan mitbekommen.“

„Welchen Plan? Mein Plan war, mit Jeff zu sprechen und zu sehen - nein, ihm von dir zu erzählen. Weil ich überzeugt war, dass er völlig ahnungslos gewesen sein musste. Aber Morgan, ich verspreche dir, niemand sonst wusste davon. Jade wusste es nicht, Tiffany auch nicht, Connor wusste es definitiv nicht. Ich habe versucht, herauszufinden, was ich tun sollte. Ich wollte ein Treffen der ganzen Familie organisieren, um dich willkommen zu heißen. Ich dachte, dass Saltwater Bay auch für dich ein zweites Zuhause sein könnte. “

„Du lügst“, sagte Morgan. „Brandon hat gesagt – “

„Brandon ist ein gehässiger Idiot“, sagte Margie.

Morgan riss die Augen auf. „Wow, so etwas habe ich dich noch nie sagen hören.“

„Nun, es ist wahr“, sagte Margie verärgert. „Er ist ein wütender, verbitterter kleiner Mann, genau wie Jeff. Ich weiß nicht, was er dir gesagt hat, aber ich kann dir versichern, dass er dabei seinen eigenen Vorteil fest im Blick hatte.“

Morgan biss sich auf die Lippe. „Er hat mir gesagt, dass ... nun, er hat gesagt, du willst verhindern, dass ich das Bild von deiner perfekten Familie zerstöre, und dass du mich vertreiben willst. Und alle anderen sind mit von der Partie.“

Margie starrte sie mit offenem Mund an. „Das hat er gesagt? Morgan, du musst mir glauben. Nichts davon ist wahr.“

Ronnie mischte sich ein. „Weißt du, Schatz, das ergibt eigentlich keinen Sinn. Warum sollte Margie dich in ihrem Haus willkommen heißen, dich wochenlang mietfrei dort wohnen lassen, für dich kochen und dich herzlich aufnehmen?“

„Ich weiß es nicht“, antwortete Morgan.

„Es tut mir so furchtbar leid.“ Margie holte tief Luft. „Aber ich schwöre dir, ich wollte dich nicht aus der Familie vertreiben. Ich wollte dich darin willkommen heißen.“

Morgan sah von einen zum anderen. Dann brach sie in Tränen aus und Ronnie und Margie standen beide auf und nahmen sie in den Arm.

„Ich fühle mich so schrecklich, dass ich die Party ruiniert habe“, sagte Morgan. „Was Brandon gesagt hat, klang so überzeugend und ich Dummkopf hab den Köder geschluckt und -“

„Es ist okay, es ist wirklich okay", sagte Margie und klopfte ihr auf den Rücken. „Das Einzige, was ruiniert ist, ist Jeffs Abend. Und Jeff hat es mehr als verdient."

Ronnie sah Morgan eindringlich an. „Was genau hast du getan, Morgan?"

„Äh - alles ging so schnell, als ich das Mikrofon in die Finger bekam und ..."

Margie lachte. „Es war eine beeindruckende Rede."

„Tut mir leid wegen der Teller", sagte Morgan.

„Morgan! Da lasse ich dich für eine halbe Stunde aus dem Haus!", rief Ronnie. „Ich weiß ja, dass du ein Hitzkopf bist, aber das geht zu weit!"

Margie winkte ab. „Es ist völlig in Ordnung. Ein paar Teller sind zu Bruch gegangen, aber es war ein unvergesslicher Abend."

„Ja, wirklich unglaublich."

Ronnie holte tief Luft, beschloss dann aber, dass er lieber nicht mehr wissen wollte.

„Ach, du meine Güte!", sagte Margie mit einem Blick auf die Uhr. „Ich muss zurück zur Scheune und sehen, was da los ist. Und ich möchte, dass du dir überlegst, wann du dich mit deinen neuen Geschwistern zusammensetzen willst. Dann können wir alles aufklären."

Morgan rieb sich den Nacken. „Ich weiß nicht, wie ich Jade jemals wieder in die Augen sehen soll."

„Da fällt mir bestimmt etwas ein. Ich muss jetzt los, aber wir reden bald, okay?"

Morgan umarmte sie noch einmal. „In Ordnung. Und es tut mir sehr leid, wirklich."

„Mir tut das alles auch leid. Aber mach dir keine Sorgen", sagte Margie und klopfte ihr auf den Rücken. „In keiner Familie herrscht immer nur eitel Sonnenschein. Bis bald!"

Kapitel 23

Es war ein hektischer und anstrengender Tag gewesen und Hank war erschöpft. Als er Morgan vormittags abgeholt hatte, war sie nicht gerade in bester Stimmung. Sie war ungewöhnlich still, was bedeutete, dass Hank mehr reden musste, als ihm lieb war, aber sie schien nichts von dem zu hören, was er sagte.

Zwischen zwei Einsätzen machte sie endlich den Mund auf.

„Ich will Ihnen etwas sagen und Sie werden sicher sauer auf mich sein."

„Oh je, das hört sich gar nicht gut an. Worum geht's?"

„Ich habe eine Reihe von Häusern und Geschäften nahe der Unfallstelle abgeklappert. Und viele Leute haben mir gesagt, dass sie Kameras installiert haben. Möglicherweise haben sie Aufnahmen von dem Abend, als der Unfall passiert ist."

„Okay ... und haben Sie etwas gefunden?"

Morgan seufzte. „Nein, es hat sich niemand bei mir gemeldet. Aber ich dachte, dass Sie vielleicht etwas nachhelfen könnten."

Hank lachte. „Ich kann sicher höflich fragen. Wenn sie etwas Brauchbares haben, kann ich es als Beweis verwenden."

„Prima.“ Morgan verschränkte die Arme. „Hört sich gut an.“

Zwischen verschiedenen Einsätzen verbrachten sie etwa zwei Stunden damit, in diesen Häusern und Geschäften nachzufragen. Hank kannte viele der Leute und sprach freundlich mit ihnen, Morgan bat er jedoch, im Auto zu bleiben, damit ihr mürrisches Gesicht ihre Gesprächspartner nicht abschreckte.

Es ging Hank immer noch nahe, dass sie in diesem Fall keine großen Fortschritte gemacht hatten. Daher war er auch nicht wütend auf sie, weil sie versucht hatte, die Dinge selbst in die Hand zu nehmen. Aber er war froh, dass sie es ihm gesagt hatte, damit er eingreifen und mögliche Beweise sachgerecht sichern konnte. Falls tatsächlich etwas auftauchte, könnte Morgan dieser Spur nicht alleine nachgehen. Sie würde nur wieder in Schwierigkeiten geraten, wie bei Brock.

Nach und nach taute Morgan ein wenig auf und die Atmosphäre im Wagen war nicht mehr ganz so frostig. Schließlich setzte er sie am Fährterminal ab, wo sie auf ihren Vater warten wollte, und versprach, sie über die Ermittlungen auf dem Laufenden zu halten.

Es war schon fast neun Uhr, als Hank es sich endlich vor dem Fernseher gemütlich machen konnte. Er hatte sich gerade den Anfang einer Folge von Parks and Recreation angesehen, als sein Telefon klingelte.

Margies Handynummer!

„Hallo?“

„Hallo, spreche ich mit Chief Hank?“

Das war eindeutig nicht Margies Stimme. „Ja. Wer ist denn da?"

„Hi, Chief, hier ist Jade. Es tut mir leid, dass ich so spät anrufe, aber ich wollte fragen, ob Sie wissen, wo meine Mutter ist?"

Hank setzte sich auf. „Nein, keine Ahnung. Ist alles in Ordnung?"

„Ja, es ist nichts - nun, eigentlich weiß ich es nicht. Ich glaube nicht, dass sie verletzt ist oder so. Ich dachte nur, sie könnte bei Ihnen sein. Sie hat ihr Handy hiergelassen und Tiffany, Connor und ich fahren gleich. Das wollte ich ihr nur sagen."

„Ihr fahrt? Wohin? Was ist los?"

„Es ist eine lange Geschichte, aber ... ich muss los. Danke, Chief."

Dann war die Leitung unterbrochen. Was um alles in der Welt war passiert? Wo konnte Margie sein, wenn niemand wusste, wo sie war? Sollte sie denn nicht auf der Party sein?

Oh je. Hank hatte ein flaues Gefühl in der Magengegend. Vielleicht hatte er nicht genug unternommen, um Morgan von der Party fernzuhalten? Er hatte sie wie verabredet zum Fährterminal gebracht. Danach sollte sie bei ihrem Vater in einem Ferienhaus in der Spring Street sein.

Hank sprang auf und griff nach seinen Autoschlüsseln – er musste Margie finden. Zunächst würde er zu dem Ferienhaus fahren und Morgan fragen, ob sie etwas wusste.

Die Fahrt nach Friday Harbor dauerte qualvolle fünfzehn Minuten. Auf den Straßen war nicht viel los, aber Hank hatte trotzdem das Gefühl, überhaupt nicht voranzukommen. Schließlich erreichte er das Haus in der Spring Street und klopfte an die Haustür. Es wurde sofort geöffnet.

„Oh, hallo, Chief. Sie wollen mich nicht schon wieder verhaften, oder?“, fragte Morgan.

„Das kommt darauf an. Was haben Sie denn diesmal angestellt?“

Ein Lächeln huschte über ihr Gesicht. „Gar nichts! Was gibt’s denn? Wollen Sie reinkommen?“

„Eigentlich bin ich auf der Suche nach Margie. Wissen Sie, wo sie sein könnte? Jade hat mich angerufen und mich gefragt, wo sie ist.“

„Oh ja. Sie war hier, ist aber vor nicht allzu langer Zeit nach Hause aufgebrochen. Sie wollte - na ja, sie wollte sehen, was in der Scheune los ist.“

„Ist etwas passiert? Geht es ihr gut?“

„Ja, das kann man wohl sagen, dass etwas passiert ist“, meinte Morgan. „Aber das soll Ihnen Margie selbst erzählen. Es ist niemand verletzt oder so.“

„Ah. Okay. Dann schaue ich wohl mal bei ihr vorbei.“

„Okay, gute Nacht!“

Wenigstens schien sich Morgans Laune gebessert zu haben.

Er musste unbedingt mit Margie sprechen. Er wollte wissen, was los war, und musste ihr sagen, was er empfand. Er konnte es nicht länger für sich behalten.

War es möglich, dass er sie auf der Fahrt nach Friday Harbor überholt hatte, ohne es zu merken? Hank stieg ins Auto und machte sich auf den Weg zurück auf die andere Seite der Insel. Auch wenn es ihm vorkam, als würde er sich im Kreis drehen, war er wild entschlossen, Margie zu finden.

Als er bei ihrem Haus ankam, sah er zuerst in der Scheune nach. Dort standen ein paar Leute in kleinen Gruppen zusammen und unterhielten sich, aber ohne Musik wirkte das Ganze nicht wie eine Party. Seltsam. Margie war nirgends zu sehen, also ging er zum Haus und klopfte an die Tür.

Nach einem Moment öffnete sie. „Hank! Was ist los, ist alles in Ordnung?"

„Bei mir schon, aber ich wollte mich vergewissern, dass bei dir alles okay ist. Jade hat mich von deinem Handy aus angerufen."

Margie seufzte. „Oh."

„Sie wusste nicht, wo du bist, und sagte, dass sie alle abreisen würden. Was ist los?"

„Komm besser rein," sagte sie und hielt ihm die Tür auf.

Als er ihr ins Haus folgte, sah er, dass sie einen Zettel in der Hand hielt.

„Was ist das?"

Sie reichte ihm das Papier. „Eine Nachricht von Jade. Die Kinder sollten den Rest der Woche hierbleiben, das Haus und die Insel genießen und etwas Zeit mit der Familie verbringen, aber ... "

„Aber was? Was ist passiert?"

„Sie fahren alle mit der letzten Fähre zurück." Margies Stimme brach. „Und das ist meine Schuld."

„Was? Was um alles in der Welt solltest du angerichtet haben?"

Margie seufzte. „Das ist eine lange Geschichte. Und ... ich weiß nicht, ob du jemals wieder mit mir redest, wenn du die ganze Wahrheit kennst."

Hank sah auf die Uhr - es war fast zwanzig vor zehn. Die letzte Fähre verließ Friday Harbor um zehn Uhr.

„Wie wär's mit der Kurzversion, dann sehen wir weiter."

„Die Kurzversion. Okay." Sie biss sich auf die Lippe. „Also, vor ungefähr einer Woche habe ich herausgefunden, dass Morgan die Tochter meines Ex-Mannes ist, das Ergebnis einer Affäre, die er vor über zwanzig Jahren mit Kelly Allen hatte. Und ich habe niemandem davon erzählt, weil ich ... erst überlegen musste, wie ich es richtig mache. Und nun habe ich alles kaputt gemacht."

Hank starrte sie mit offenem Mund an. „Moment mal – wie bitte?!"

Margie verbarg das Gesicht in den Händen. „Ich weiß ... ich war mir nicht ganz sicher, aber ich hatte einen Verdacht, nur keinen Beweis und – "

„Ich glaube dir", sagte Hank. „Und ich glaube nicht, dass du jemals zu einer Boshaftigkeit fähig wärest."

Margie lachte. „Du bist so lieb. Aber ich habe sie angelogen – alle: Morgan, Jade, Tiffany, Connor. Ich wollte einen Ort schaffen, an dem wir wieder eine Familie sein können - und stattdessen habe ich alle vertrieben."

Hank spürte, wie sich in seiner Brust etwas zusammenzog. Er wusste genau, was sie empfand, denn auch ihm kam es so vor, als sei seine Familie nach dem Tod seiner Frau auseinandergebrochen. Eigentlich hatte er das Gefühl, seinem Leben nicht wirklich gewachsen zu sein.

Margie versuchte zumindest, ihre Familie wieder zu vereinen. Und diese Sache mit Morgan ... nun sie konnte ihm die ganze Geschichte ein andermal erzählen. Er war sich absolut sicher, dass Margie weder Morgan noch sonst jemanden absichtlich verletzen würde.

„Hör zu, Margie, du hast hier Erstaunliches geleistet. Du hast Mikes spartanisches Haus in ein wohnliches Heim verwandelt. Und ich weiß, dass es ein Zuhause für euch alle werden wird. Aber uns läuft die Zeit davon - die Fähre fährt bald ab. Lass mich dir helfen."

„Ich weiß nicht, was überhaupt noch möglich ist. Ich habe das Vertrauen aller verletzt, ich habe Dinge geheim gehalten, ich habe ... "

Hank schüttelte den Kopf. „Nein, so solltest du nicht denken. Hör zu, hast du ein Foto von deinen Kindern?"

„Ja. Ich habe auf der Party eins von allen dreien gemacht."

Margie rief die Galerie auf ihrem Handy auf und blätterte durch Dutzende von Bildern der Kinder. Hank unterdrückte ein Lächeln – niemand konnte ihr vorwerfen, keine hingebungsvolle Mutter zu sein!

„Wofür brauchst du ein Bild?"

„Kannst du mir eins schicken, auf dem alle zu sehen sind? Ich werde dir helfen, deine Familie wieder zusammenzubringen."

Sie sah ihn überrascht an, tat aber, worum er sie bat. Das Bild tauchte auf seinem Handy auf.

„Den Rest der Geschichte kannst du mir später erzählen. Aber bitte, mach dir keine Vorwürfe. Ich finde, du machst das prima."

In Margies Augen schimmerten Tränen. „Es fühlt sich nicht so an."

„Nicht die Ohren hängen lassen, okay?"

Sie nickte und sah dabei so niedergeschlagen aus, dass er sich einfach nicht zurückhalten konnte. Er nahm sie fest in die Arme, bevor er sich zum Gehen wandte.

„Du siehst übrigens wunderschön aus. Ich rufe dich bald an."

Ein Lächeln huschte über ihr Gesicht. „In Ordnung!"

Hank hastete zum Auto und rief das Büro des Sheriffs an. Zum Glück meldete sich Deputy Howard, ein Freund von ihm.

„Hallo, Howard, kannst du mir einen Gefallen tun? Aber inoffiziell, okay? Ich schicke dir gleich ein Foto von drei Personen. Du musst sie schnappen, bevor sie an Bord der Fähre gehen."

„Okay, Boss, mach ich. Einen Haftbefehl hast du wahrscheinlich nicht, oder?"

Hank startete den Motor. „Nein, genau genommen nicht. Du darfst sie aber auf keinen Fall von der Insel lassen, verstanden?"

„In Ordnung. Sind sie gefährlich?"

Hank lachte. „Nein, überhaupt nicht. Nur ein paar junge Leute, die Ärger machen."

„Soll ich ihnen das sagen, wenn sie fragen, warum ich sie aufhalte?“

„Nein.“ Hank überlegte. „Lass dir was einfallen. Ich bin in zwanzig Minuten da.“

Kapitel 24

„Sie können hier Platz nehmen."

Tiffany verschränkte die Arme. „Ich will meinen Anwalt sprechen."

Der Deputy zuckte die Achseln. „In Ordnung. Könnte eine Weile dauern, bis er auf der Insel ist." Er schloss die Tür hinter sich.

„Das ist doch nicht zu fassen. Für wen hält er sich?", schnaubte Tiffany.

„Hast du wirklich einen Anwalt?", fragte Connor.

Sie seufzte. „Na ja, ich habe einen Freund, der Anwalt ist."

Jade unterdrückte ein Kichern.

„Jade", stöhnte Tiffany, „das ist echt nicht lustig."

„Ich finde es auch gar nicht lustig, ich bin nur völlig erledigt", sagte Jade und hob abwehrend die Hände. „Und außerdem: Wer ist denn derart auf die Fähre gestolpert, dass es aussah, als sei sie sternhagelvoll? Ich jedenfalls nicht!"

„Ich bin nicht betrunken!", beteuerte Tiffany. „Meine Schuhe drücken schon den ganzen Abend und meine Füße bringen mich um. Und dann musste ich auf dem Rückweg in diesem blöden Pendelbus auch noch stehen."

„Aber der Polizist wird uns kaum alle drei festsetzen, nur weil du blau bist wie ein Veilchen", sagte Connor mit einem Lächeln.

Tiffany verdrehte die Augen. „Wie kommt er überhaupt dazu, uns festzunehmen? Müssen sie bei einer Festnahme nicht diese Formel herunterbeten? Ihr wisst schon: Sie haben das Recht zu schweigen, alles, was Sie sagen - bla bla bla."

Connor sah sie neugierig an. „Bist du sicher, dass du kein Anwalt bist?"

Tiffany funkelte ihn an, sagte aber nichts. Jade lehnte sich erschöpft auf ihrem Stuhl zurück. Sie hatte keine Ahnung, was los war, aber sie wollte auf gar keinen Fall mit dem Gesetz in Konflikt geraten. Sie hasste alles, was an diesem Abend passiert war. Es fühlte sich vollkommen unwirklich an.

Gleich nachdem Morgan davongerannt war, hatte Brandon Streit mit ihr angefangen. Morgans Worte hatten ihn empfindlich getroffen, woraufhin er Jade beleidigt angefaucht hatte, dass er nie wieder bei einem Event in der Scheune auflegen würde, wenn ihre Familie eine derart schlechte Meinung von ihm habe.

Jade wusste nicht, wie sie ihn besänftigen sollte. Sie konnte noch so oft beteuern, dass Morgan nicht für ihre gesamte Familie gesprochen hatte - er wurde immer wütender. Schließlich packte er seine gesamte DJ-Ausrüstung zusammen, stieg ins Auto und fuhr davon.

In der Zwischenzeit versuchte ihr Vater, die Wogen unter den Gästen zu glätten. Das sei alles ein großes Missverständnis, sagte er. Die junge Frau sei durch den Tod ihrer Mutter aus dem Gleichgewicht geraten. Er bat Jade, die Pendelbusse anzurufen, die alle in die Stadt zurückbringen würden.

Das tat Jade, fühlte sich jedoch wie betäubt. Sie konnte sich nicht entscheiden, ob sie hinter Brandon herfahren und riskieren sollte, zur Zielscheibe seines Zorns zu werden, ob sie ihre Mutter suchen oder dableiben und versuchen sollte, alles zusammenzuhalten.

Anstatt eine Entscheidung zu treffen, stand Jade unentschlossen in der Scheune herum. Während einige Gäste mit dem ersten Pendelbus abfuhren, nahm ihr Vater Connor, Jade und Tiffany beiseite.

„Wenn einer von euch dieses Mädchen - dieses verrückte Mädchen – auch nur mit einem Wort erwähnt, enterbe ich euch, verstanden?“

„Ach, hör schon auf, Dad“, sagte Tiffany. „Glaubst du wirklich, du kannst uns immer noch mit deinem Geld manipulieren?“

Jade traute ihren Ohren nicht – das war doch sicher alles ein Missverständnis. „Es ist nicht wahr, oder Dad?“

„Natürlich nicht“, sagte er sofort. „Offensichtlich hat sich diese Betrügerin hier eingeschlichen.“

„Ach, wirklich?“, sagte Connor.

„Ja, alles klar“, schnaubte Tiffany verächtlich. „Ich glaube dir kein Wort und alle anderen tun es auch nicht.“

„Tiffany“, sagte Jeff leise, „deine Undankbarkeit nimmt allmählich bedenkliche Ausmaße an. Du solltest etwas mehr Respekt vor deinem Vater haben.“

Sie starrte ihn einen Moment lang kühl an, dann drehte sie sich auf dem Absatz um und ging davon. Er folgte ihr, und obwohl Jade nicht verstehen konnte, was er sagte, war der Zorn in seiner Stimme unüberhörbar.

Den Gästen, die nicht mit dem ersten Bus aufgebrochen waren, schien die ganze Aufregung gleichgültig zu sein. Sie standen zusammen und lachten, probierten die Desserts und bewunderten die Scheune. Jade suchte ihre Mutter, aber sie war offenbar spurlos verschwunden. Ihr Auto war weg, aber ihre Handtasche war noch im Haus.

Bald kam der letzte Pendelbus, um die verbleibenden Gäste abzuholen. Tiffany bestand darauf, dass sie mitfuhren.

„Aber sollten wir nicht auf Mom warten?“, fragte Jade.

Tiffany zuckte die Achseln. „Ich weiß nicht, Jade. Ich werde nicht hier bleiben. Dass sich Dad wie ein Mistkerl verhalten hat, wundert mich nicht, aber wenn das wahr ist, was dieses Mädchen gesagt hat, dann steckt er mit Mom unter einer Decke. Damit kann ich nicht umgehen, ich fahre nach Hause.“

„Das Ganze ist sicher ein Missverständnis“, sagte Jade.

„Nun, ich bleibe nicht hier, um es herauszufinden“, sagte Tiffany und stieg in den Bus.

Connor folgte ihr, wie immer. Jade bat den Fahrer, einen Moment zu warten, weil sie Chief Hank anrufen wollte.

Leider wusste er auch nicht, wo ihre Mutter war. Jade überlegte, dass sie sowieso nach Brandon sehen sollte, also beschloss sie, mit ihren Geschwistern die letzte Fähre zu nehmen.

Und jetzt saßen sie hier im Gefängnis. Vielleicht für den Rest ihres Lebens!

Plötzlich drohten die Gefühle, sie zu überwältigen. Jade spürte, wie sich Tränen in ihren Augen sammelten. Sie biss sich auf die Lippe und versuchte, sie zurückzuhalten, als ihr auffiel, dass der Deputy ihr nicht das Handy weggenommen hatte.

Jade wählte Brandons Nummer.

„Ja?"

Er ging tatsächlich dran!

„Brandon! Gott sei Dank. Hör zu, wir haben ein Problem. Wir sind im Gefängnis von San Juan und ich – "

„Tja, Pech gehabt", sagte er. „Ich fahre nach Hause. Ich wünsche euch noch einen schönen Abend."

Aufgelegt!

Da war es um Jades Fassung geschehen - sie brach in Tränen aus. Nicht nur wegen Brandon – alles, was in den letzten Stunden passiert war, überforderte sie. So viel Wut und so viele böse Worte. Jade wollte nur, dass der Abend vorbeiging.

In diesem Moment öffnete sich die Tür und Chief Hank kam herein.

„Chief Hank! Sie sind es! Sind Sie gekommen, um uns zu helfen?"

„Hallo, Jade", erwiderte er langsam. „Ja. Das könnte man so sagen."

Kapitel 25

Margie wartete fast eine Stunde lang darauf, dass Hank sich meldete. Endlich klingelte das Telefon.

„Mach dir keine Sorgen – es ist alles Ordnung. Tiffany, Connor und Jade sind hier bei mir in Friday Harbor im Gefängnis."

„Geht es ihnen gut?"

„Natürlich. Ich habe einen meiner Deputies geschickt, um sie festzuhalten, damit wir – nun ja, damit wir reden können."

Oh je. „Worüber habt ihr geredet."

„Ach, weißt du ... über dies und das."

„Wollen sie immer noch abreisen?"

„Das können sie nicht. Die letzte Fähre ist weg."

„Oh."

„Außerdem habe ich ihnen gesagt, dass sie nicht abreisen dürfen."

Margie wusste nicht, was sie sagen sollte.

„Bist du noch dran?"

„Ja", antwortete sie, „ich bin noch dran. Aber ich hatte gehofft, dass sie hierbleiben, weil sie mit mir reden wollen."

„Natürlich wollen sie mit dir reden! Aber egal – wen interessiert schon, was sie wollen. Es sind Kinder. Komm einfach her, erzähl ihnen, was passiert ist, und sag ihnen, dass sie eine Woche auf der Insel bleiben und verdammt noch mal ein bisschen Spaß mit der Familie haben sollen."

Margie lachte. „Es ist nicht so einfach."

„Doch, es ist ganz einfach", sagte Hank. „Ich habe schon ein bisschen mit ihnen gesprochen. Sie wissen, dass du alles für sie getan hast: auf die Insel ziehen, das Haus herrichten, die Scheune reparieren."

Margie verspürte ein leises Flattern in der Brust. „Wahrscheinlich werden sie das jetzt nicht mehr glauben."

„Oh doch! Natürlich glauben sie es. Ich bin der Chief Deputy Sheriff und ich bin mir ziemlich sicher, sie wussten, dass ich es ernst meine."

Wieder musste Margie lachen. Irgendwie bekam er es hin, dass sie sich besser fühlte, obwohl alles so schrecklich schiefgelaufen war.

„In Ordnung. Ich fahre gleich los."

Immer noch in ihrem hübschen blauen Kleid ging sie zum Auto und machte sich auf den Weg nach Friday Harbor. Unterwegs überlegte sie, was sie sagen wollte und wie. Von Tiffany rechnete sie mit bohrenden Fragen, außerdem machte sie sich Sorgen, dass sie Jades Vertrauen vielleicht für immer verloren hatte. Margie hatte keine Ahnung, wie Connor reagieren würde - er war immer für Überraschungen gut.

Hank erwartete sie vor dem Gefängnis und führte sie hinein. Sie öffnete die Tür und sobald sie die Gesichter ihrer Kinder sah, brach sie in Tränen aus.

Alle drei sprangen auf, um sie zu umarmen, und da musste sie nur noch mehr weinen.

Als die Tränen endlich versiegten, setzten sie sich alle zusammen an den Tisch. Margie erzählte ihnen die ganze Geschichte, nur unterbrochen von Jade, die einige Einzelheiten ergänzte.

Als Margie fertig war, sagte sie: „Ich kann kaum glauben, dass ihr mich die ganze Geschichte von Anfang bis Ende habt erzählen lassen."

Connor lachte. „Tja, der große, furchterregende Polizist hat gesagt, dass er uns in den Gefängniszellen übernachten lässt, wenn wir nicht nett zu dir sind."

Tiffany verdrehte die Augen. „Er hat doch nur Spaß gemacht. Das solltest du nicht ernst nehmen."

„Ich bin mir gar nicht so sicher, dass es nur ein Witz war", sagte Jade.

„Wie dem auch sei", sagte Margie, „ich wollte nichts vor euch Kindern verbergen. Ihr seid die wichtigsten Menschen in meinem Leben. Ich wollte nur alles richtig machen und ... es tut mir leid."

„Es ist okay, Mom. Ich verstehe das", sagte Jade.

Connor zuckte die Achseln. „Tja, es ist schon komisch, eine Halbschwester zu haben, aber wir werden uns daran gewöhnen. Und ich mag Morgan."

„Ja", pflichtete Tiffany ihm bei. „Ich fand es eigentlich richtig gut, dass sie Dad die Leviten gelesen hat. Aber, Mom, hast du wirklich geglaubt, dass Dad vollkommen unschuldig ist?"

„Hm, du weißt doch, dass ich nichts Negatives über deinen Vater sagen möchte – "

Tiffany unterbrach sie. „Tja, manchmal muss man eben die Wahrheit sagen. Aber lass gut sein, es ist nicht wichtig. Es tut mir leid, dass die Party nicht so verlaufen ist, wie du es dir erhofft hattest. Und es tut mir leid, dass Dad ein solcher Egoist ist. Aber so war er schon immer. Mir macht es inzwischen nichts mehr aus. Was ich eigentlich sagen wollte: Ich weiß es sehr zu schätzen, dass du versuchst, das Haus und alles drum herum für uns schön zu machen. Und ich hab dich lieb."

Margie spürte, dass ihr erneut Tränen in die Augen stiegen. „Danke, Schätzchen. Heißt das, dass wir versuchen können, mit dieser ganzen Familienwoche noch einmal von vorn anzufangen?"

„Klar, Mom", sagte Jade.

Margie sah ihre Kinder eines nach dem anderen an. Sie sahen müde aus, aber sie lächelten. Margie holte tief Luft. Es war ganz anders gelaufen als geplant, aber am Ende war alles gut.

Jetzt musste sie nur noch Hank die Wahrheit sagen. Und abwarten, ob er ihr ebenfalls vergeben konnte.

Kapitel 26

Erst nachdem sie das Gefängnis hinter sich gelassen und sich in Saltwater Bay ausgeschlafen hatten, realisierte Jade, dass sie gar nicht verhaftet worden waren. Sie war so müde und aufgewühlt gewesen, dass sie nicht darüber nachgedacht hatte. Jetzt begriff sie, dass Chief Hank ihre vermeintliche Inhaftierung eingefädelt hatte und sie wahrscheinlich jederzeit hätten aufstehen und gehen können.

Sie war froh, dass sie nicht gegangen waren. Am Morgen frühstückten sie zusammen. Es fühlte sich anders an, wie früher, als sie Kinder waren. Wie in der Zeit vor der Scheidung – und bevor sie die Wahrheit über ihren Vater erfahren hatten.

Tiffany behauptete steif und fest, dass die Neuigkeiten sie überhaupt nicht überrascht hätten, und Jade glaubte ihr. Ihre Schwester war eher zynisch und ihrem Vater gegenüber immer schon sehr kritisch gewesen.

Jade dagegen kam sich ziemlich albern vor. Wie ihre Mutter hatte sie ihm blind vertraut, und jetzt wusste sie nicht, was sie denken sollte. Er hatte sich nicht bei ihnen entschuldigt oder versucht, ihnen etwas zu erklären, sondern nur gedroht, sie zu enterben.

Was für ein Mensch musste man sein, um so zu denken? Sie fand den Gedanken abstoßend, dass sie angeblich nur darauf wartete, dass er starb, damit sie etwas von seinem Geld abbekam. Sein Geld war ihr egal. Alles, was sie sich jemals gewünscht hatte, war, dass ihre Familie wieder glücklich sein konnte.

Es schien, als würde dieser Wunsch endlich in Erfüllung gehen. Sie mussten nur ihren Vater streichen und stattdessen Morgan dazunehmen. Anfangs fühlte es sich ein bisschen seltsam an, aber Morgan kam mit ihrem Vater zu Besuch, nachdem sich die erste Aufregung gelegt hatte. Sie entschuldigte sich bei jedem Einzelnen und Jade akzeptierte ihre Entschuldigung, ohne zu zögern.

„Ich muss mich auch bei Brandon entschuldigen", meinte Morgan. „Es tut mir leid, was ich gesagt habe."

„Nun, mich scheint er zur Zeit völlig zu ignorieren", sagte Jade zu ihr. „Aber ich kann versuchen, ihn anzurufen."

Morgan nickte. „Ja, das wäre gut. Immerhin war er derjenige, der mir die Wahrheit gesagt hat."

„Ach, stimmt", sagte Jade. „Diesen Teil der Geschichte hatte ich völlig vergessen. Was genau hat er dir gesagt?"

„Also", sagte Morgan und knabberte nervös an einem Fingernagel, „er sagte, dass du mit Margie, deinem Vater und deinen Geschwistern versucht hättest, mich aus der Stadt zu vertreiben, damit ich nicht das Bild von der perfekten Familie kaputtmache."

Jade hatte das Gefühl, als hätte ihr jemand einen Schlag in die Magengrube versetzt. „Du machst Witze."

„Nein." Morgan sprach jetzt sehr schnell. „Genau das hat er mir erzählt, das schwöre ich. Und deshalb habe ich all diese schrecklichen Dinge gesagt. Nein, das stimmt nicht. Ich habe all diese schrecklichen Dinge gesagt, weil ich eine Idiotin bin und ihm geglaubt habe. Und ich wollte wirklich gemein sein und mich an euch rächen. Aber wenn ich auch nur eine Sekunde lang nachgedacht hätte, hätte mir klar werden müssen, dass es unmöglich wahr sein konnte, und – "

„Ist schon okay. Ich weiß, dass Brandon sehr ... überzeugend sein kann."

Jade fragte ihre Mutter, die im Hintergrund geschäftig hin und her lief: „Mom, wusstest du davon? Von Brandon?"

Margie unterbrach, was sie gerade tat. „Ich wusste, dass er derjenige war, der Morgan von deinem Vater erzählt hat, aber ich wusste nicht, was er gesagt hat."

„Ich kann es nicht fassen, dass er dir eine solche Geschichte aufgetischt hat. Warum sollte er das tun?", fragte Jade.

Der Blick ihrer Mutter glitt zwischen Morgan und Jade hin und her. Ihr Gesichtsausdruck blieb neutral. „Ich bin nicht sicher, Schatz. Aber ich würde sagen, dass du mit ihm darüber reden solltest."

Jade brauchte die ganze Nacht, um dieses Gespräch zu verdauen. Sie war noch nie sonderlich spontan gewesen, und es dauerte eine Weile, bis sie neue Informationen verarbeitet hatte. Allerdings war sonnenklar, dass sie mit Brandon sprechen musste. Für das, was er Morgan gesagt hatte, gab es keine Entschuldigung.

Vor dem Frühstück am nächsten Morgen ging Jade in ihr Zimmer und schloss die Tür. Sie versuchte, Brandon anzurufen, aber er nahm nicht ab. Offenbar zeigte er ihr immer noch die kalte Schulter, um ihr eine Lektion zu erteilen.

Sie wusste genau, was ihn wurmte. Es war einer seiner Standardvorwürfe, dass sie angeblich immer zu ihrer Familie hielt und er bestenfalls an zweiter Stelle kam. Aber der Besuch bei ihrer Mutter und die Zeit mit ihren Geschwistern war geplant gewesen. Sie hatte extra Urlaub genommen, um mit ihrer Familie zusammen sein zu können. Und natürlich war er ebenfalls eingeladen. Aber er war wütend und hatte erwartet, dass Jade mit ihm abreiste. Normalerweise hätte sie genau das getan. Aber dieses Mal ...

Plötzlich hatte sie eine Idee. Sie schrieb ihm, dass ihre Bank einen DJ für eine Veranstaltung am Freitag brauche. Eine Minute später klingelte ihr Telefon.

Bingo.

„Hallo?"

„Okay, Jade, wo und wann genau soll dieser DJ-Auftritt sein?"

Oh je, er klang nicht gerade gut gelaunt. Wenn ihm klar wurde, dass sie alles nur erfunden hatte, würde er explodieren. „Später, zuerst muss ich mit dir reden."

„Nein, wir werden nicht reden. Nicht, solange du noch da drüben bist. Erst, wenn du nach Hause kommst."

Jade biss sich auf die Lippe. Sie musste dieses Gespräch mit ihm unbedingt führen. „Ich muss wissen, warum du Morgan von meinem Vater erzählt hast."

„Wovon redest du?"

„Ich weiß, dass du derjenige warst, der ihr die Wahrheit über meinen Vater gesagt hat. Warum hast du mir nichts davon erzählt? Ich hatte keine Ahnung."

Er schnaubte verächtlich. „Natürlich hattest du keine Ahnung, deine Familie sagt dir ja nie etwas."

„Ich weiß, was du zu ihr gesagt hast. Das war übel. Du hast Dinge über mich und meine Mutter erfunden und - "

„Das ist doch nicht zu fassen. Du bist wirklich undankbar."

Sie holte tief Luft. „Undankbar? Wieso bin ich undankbar? Warum sollte ich mir wünschen, dass du gemein zu Morgan bist? Sie ist meine Halbschwester."

„Oh Mann, die Nummer schon wieder. Jetzt ist sie also deine Schwester, ja? Noch eine Schwester? Dir geht es immer nur um deine Familie. Du findest eine neue Halbschwester und plötzlich wird sie mehr akzeptiert als ich."

„Das stimmt nicht, Brandon. Wenn du hier wärst und Zeit mit allen verbringen würdest, wärest du auch akzeptiert und – "

„Nein, wäre ich nicht. Du hast gehört, was sie über mich gesagt hat – so denkt doch deine ganze Familie über mich, oder? Ich arbeite unermüdlich daran, etwas Besonderes auf die Beine zu stellen, und du weißt, dass ich Talent habe und einer der besten DJs im ganzen Staat bin!"

Wie schaffte er es nur, immer wieder auf seine angebliche Karriere als DJ zu kommen?

„Brandon, niemand denkt so über dich. Morgan hat nur davon angefangen, weil du ihr gesagt hast, dass wir alle versuchen würden, sie aus der Familie zu vertreiben. Und das ist einfach nicht wahr. Wieso hast du so etwas gesagt?"

„Für dich, du Idiotin! Was hast du gedacht, was passiert, wenn Morgan herausfindet, dass dein Vater auch ihr Vater ist?"

„Nun, ich dachte – "

„Du hast überhaupt nicht nachgedacht, oder? Dir war nicht klar, dass Morgan ihren Teil von Jeffs Erbe beanspruchen würde. Und warum auch nicht? Sie ist genauso sein Kind wie du."

Jade klappte die Kinnlade herunter. „Wie bitte?"

„In deiner Welt, in diesem Wolkenkuckucksheim, in dem alle Menschen lieb und nett zueinander sind – "

Jade unterbrach ihn. „Du hast ihr Lügen über uns erzählt, damit sie sich keine Hoffnungen auf das Geld meines Vaters macht? Was stimmt nicht mit dir?"

„Die Frage ist doch wohl eher, was mit dir nicht stimmt. Du weißt, dass wir das Geld brauchen."

„Wie kann es sein, dass du nur an Geld denkst? Wie kann das überhaupt - du bist nicht einmal – "

„Es hat keinen Sinn, weiter mit dir zu reden. Du bist viel zu emotional. Gibst du mir jetzt die Kontaktinformationen für diesen DJ-Auftritt oder nicht?"

Jade schwieg. In ihrem Kopf wirbelten die Gedanken durcheinander. „Vergiss es", sagte sie und legte auf.

Sie saß da und lauschte dem Lachen, das aus der Küche drang. Offenbar erzählte Connor in seinem besten britischen Akzent irgendeine Geschichte.

Jade kam es seltsam vor, allein in diesem Raum zu sitzen, während sich der Ventilator träge an der Decke drehte. Sie war ihrer Familie so nahe und fühlte sich dennoch so weit weg.

Sie ließ das Gespräch mit Brandon noch einmal Revue passieren und versuchte herauszufinden, was passiert war. Brandon hatte gesagt, sie sei emotional und sie als Idiotin bezeichnet. Normalerweise ging sie einfach über solche Bemerkungen hinweg, sie waren leider typisch für ihn. Aber es gab etwas, das sie nicht abschütteln konnte - etwas, das sie mehr störte als alles andere.

Jade stand auf. In ihrem Kopf ging immer noch alles durcheinander. Sie betrachtete sich im Spiegel. Ihre Wangen waren gerötet, im Ausschnitt zeigten sich rote Flecken. So konnte sie nicht in die Küche zurückkehren, sonst sah ihre Mutter sofort, dass etwas nicht stimmte.

Aber sie war so wütend auf Brandon, dass er Morgan all diese schrecklichen Dinge gesagt hatte, und kam nicht dagegen an. Ihre Haut machte ihre Wut sichtbar.

Sie holte tief Luft. Sie wusste, dass sie sich beruhigen musste. Es war ein herrlicher Tag und sie konnte immer noch nicht glauben, wie schön hier alles war - das Haus, die Scheune und die unglaubliche Aussicht.

„Brandon meinte, Onkel Mike hätte uns das alles überlassen sollen. Das hat ihn auch geärgert“, murmelte sie.

Sie setzte sich wieder aufs Bett. Brandon war nicht immer so schwierig gewesen. Als sie sich kennenlernten, benahm er sich geradezu vorbildlich. Damals konnte Jade gar nicht glauben, wie lieb und rücksichtsvoll er war. Alle ihre Freundinnen waren eifersüchtig. Nicht, dass es Jade wichtig gewesen wäre, aber es gab ihr das Gefühl, mit ihrem wundervollen Partner das große Los gezogen zu haben. Als er um ihre Hand anhielt, hatte sie keinen Moment gezögert.

Erst als sie das College abgeschlossen hatten und er keine Arbeit fand, wurde er so, wie er jetzt war: launisch, geldgierig, besessen von seinem angeblichen Talent, ichbezogen.

Jade hatte ein schlechtes Gewissen, weil sie mühelos Arbeit fand. Als Brandon anfing, an seiner Karriere als DJ zu basteln, wollte sie ihn unterstützen. Wenn er seinen Träumen folgen konnte, so dachte sie, würde er vielleicht wieder zu dem netten Mann werden, der er früher einmal war.

Aber mit den Jahren war er immer schlimmer geworden und mittlerweile schien er an nichts anderes als an Geld denken zu können. Besonders an Geld, das ihm nicht gehörte. Grundeigentum, Erbschaften - er hatte so große Ähnlichkeit mit ...

Jade holte tief Luft. Es war schwer, es sich einzugestehen. Aber Brandon hatte große Ähnlichkeit mit ihrem Vater.

Sie war sich immer noch nicht sicher, was sie für ihren Vater empfand, nachdem sie wusste, was er Morgan angetan hatte, aber eine Stimme in ihrem Kopf wiederholte unablässig: „Willst du wirklich mit jemandem wie Dad verheiratet sein?"

Sie warf einen weiteren Blick in den Spiegel. Ihre Wangen hatten fast wieder ihre normale Farbe angenommen, also beschloss sie, zu ihrer Familie zurückzugehen und Brandon aus ihren Gedanken zu verbannen.

In der Küche merkte ihr niemand etwas an. Zum Glück fragte Morgan nicht nach Brandon, obwohl sie Jade einen Moment lang prüfend ansah, als diese sagte, sie habe kurz mit ihm gesprochen.

Nach dem Frühstück lud Chief Hank sie alle auf eine Bootstour ein. Jade ließ ihr Handy zu Hause, denn Brandon versuchte immer wieder, sie anzurufen, und schickte ihr eine Nachricht nach der anderen. Offenbar passte es ihm überhaupt nicht, dass sie das Gespräch so abrupt beendet hatte.

Der Ausflug aufs Wasser war wundervoll und lenkte sie von dem Wirrwarr in ihrem Kopf ab, sodass sie ruhiger wurde. Am Ende des Tages hatten ihre Gedanken über Brandon genug Zeit gehabt, sich zu setzen. Sie konnte sie akzeptieren. Dass Brandon ihrem Vater so ähnlich war, entsetzte sie nicht mehr. Nein, er widerte sie immer noch an, aber sie war nicht länger schockiert.

Als sie zum Haus zurückkehrten, stahl sich Jade in ihr Zimmer. Sie hatte sechzehn verpasste Anrufe und rekordverdächtige vierunddreißig Nachrichten von Brandon.

Es war nicht uninteressant, in ihrem Verlauf zu sehen, welche unterschiedlichen Stimmungen er durchlebt hatte. Zuerst bettelte er, dann war er wütend, dann beschimpfte er sie und schließlich entschuldigte er sich, bevor er wieder von vorne anfing.

Sie holte tief Luft und rief ihn an. Er hob sofort ab.

„Wo warst du den ganzen Tag? Ich dachte schon, du wärst tot!“

„Ich bin nicht tot. Ich habe den Tag zum Nachdenken genutzt.“

„Ach so? Du hast den ganzen Tag gebraucht, um nachzudenken?“

Jade räusperte sich. „Brandon, ich lasse mich scheiden.“

Einen Moment herrschte Schweigen am anderen Ende der Leitung. „Wie bitte?“

„Ich werde mich scheiden lassen“, wiederholte sie. Ihre Stimme klang ruhig. Sie wollte keinen Streit.

„Willst du mich verarschen? Nur weil ich deiner Halbschwester etwas gesagt habe, was dir nicht gefällt? Es tut mir leid, okay? Es tut mir wirklich leid. Kaum zu glauben, dass du derart überreagierst.“

„Ich werde mich Anfang nächster Woche mit einem Anwalt besprechen. Danach sehen wir weiter.“

„Du machst wohl Witze – “

Jade beendete den Anruf ohne ein weiteres Wort und schaltete ihr Telefon aus. Sie fühlte sich emotional ausgelaugt, aber gleichzeitig war da eine ungewohnte Leichtigkeit in ihrer Brust. Zum ersten Mal seit langer Zeit war sie glücklich.

Sie steckte ihr Handy in die Handtasche und ging zurück ins Wohnzimmer, wo die anderen um den Kamin saßen und S‘mores machten.

Kapitel 27

Nach einer wundervollen gemeinsamen Woche war es schließlich Zeit, sich zu verabschieden. Morgan war die erste, die abreiste. Anfang der Woche begleitete sie ihren Vater aufs Festland. Margie nahm ihr das Versprechen ab, wiederzukommen und sie zu besuchen – und ihre Ausbildung am College abzuschließen.

„Ich bin sicher, das hätte deine Mutter sich gewünscht", sagte Margie.

Morgan lächelte. „Ich weiß. Nochmals vielen Dank - für alles."

„Denk immer daran, dass du hier jederzeit willkommen bist, okay? Dies ist auch dein Zuhause."

Morgans Lächeln wurde noch strahlender. „Danke, Margie. Das bedeutet mir sehr viel."

Am Samstag fuhr Margie ihre Kinder zum Fährterminal.

„Keine Sorge, Mom", sagte Tiffany. „Wir kommen bald wieder. Ich werde versuchen, das nächste Familientreffen zu organisieren."

„Mir ist alles recht", fügte Connor hinzu. „Sag mir nur Bescheid, wann."

„Das freut mich, Schatz", sagte Margie und nahm ihn fest in den Arm. „Gute Reise! Sagt mir Bescheid, wenn ihr zu Hause ankommt, ja?"

„Machen wir", sagten alle drei wie aus einem Munde.

„Ich glaube, ich komme nächstes Wochenende wieder", sagte Jade. „Wie es aussieht, werde ich in Zukunft mehr Zeit haben."

„Das wäre schön", antwortete Margie.

Insgeheim hoffte sie, dass Jade bei ihr wohnen würde, während die Scheidung lief, doch sie beschloss, das vorerst nicht zur Sprache zu bringen. Jade war in Bezug auf ihre Gefühle äußerst verschlossen, aber Margie wusste, dass sie zu gegebener Zeit die ganze Geschichte hören würde.

Natürlich waren alle schockiert, als Jade verkündete, dass sie sich von Brandon scheiden lassen wollte. Gleichzeitig war Margie jedoch erleichtert. Sie hatte schon fast die Hoffnung aufgegeben, dass dieser Tag jemals kommen würde. Natürlich war sie nicht gerade begeistert, dass sich eines ihrer Kinder scheiden ließ, aber es war aussichtslos: Brandon würde sich niemals ändern. Schon jetzt wirkte Jade glücklicher und freier.

Als Margie nach Hause kam, stand sie einen Moment in der Küche und sog die Stille in sich auf. Es war seltsam. Sie war es nicht gewohnt, hier alleine zu sein. Schließlich war sie kaum eingezogen, als Morgan vor ihrer Haustür gestanden hatte.

Jetzt waren alle weg und das Haus war still, aber ihr Herz fühlte sich immer noch voll an.

Alle liebten das Haus, sie liebten die Insel und alles in allem hatten sie sich während des gesamten Besuchs gut vertragen. Margie kicherte leise in sich hinein. Eine derart harmonische Woche war eine echte Leistung. Dass sie alle Streitereien bei der Party aus dem Weg geräumt hatten, hatte offenbar den Weg für einen ruhigen und friedlichen Urlaub freigemacht.

Von Jeff hatte Margie nichts mehr gehört und sie rechnete auch nicht damit. Vermutlich war er immer noch mit Schadensbegrenzung beschäftigt. Zuerst hatte Margie Gewissensbisse, wenn sie daran dachte, was bei der Party passiert war, doch die verbannte sie schnell aus ihren Gedanken. Wenn die Leute jetzt eine schlechte Meinung von ihm hatten, hatte er es nicht anders verdient. Das hatte er sich alles selbst zuzuschreiben. Er war einfach kein netter Mensch. Vielleicht war er es früher einmal gewesen, aber diese Zeiten waren vorbei. Und für Margie war es befreiend, das endlich zugeben zu können.

Sie war gerade dabei, das Haus aufzuräumen und die Bettwäsche zu waschen, als ihr Telefon klingelte.

„Hallo?"

„Hallo, Margie. Hier ist Hank. Wie geht es dir?"

„Hallo, Hank! Ganz gut, ich bringe gerade alles wieder in Ordnung. Und wie ist es bei dir?"

„Sehr gut. Haben es alle auf die Fähre geschafft?"

„Ja, haben sie", sagte sie mit einem Lachen. „Diesmal ist keiner verhaftet worden."

„Gut, das freut mich. Ich hatte überlegt – nun, ich wollte dir etwas vorschlagen. Nachdem ich das große Glück hatte, deine wundervollen Abendessen zu genießen, dachte ich, ich könnte morgen vielleicht zur Abwechslung mal für dich kochen?“

Margie lächelte. Das wäre tatsächlich mal etwas anderes. „Ja, sehr gerne!“

„Ich bin ein bisschen aus der Übung, aber ich denke, ich bekomme etwas Gutes für dich hin.“

„Es wird bestimmt großartig. Wann soll ich kommen?“

„Passt dir sieben Uhr?“

„Perfekt! Und was kann ich mitbringen?“

„Nur dich, sonst gar nichts! Das ist wunderbar genug“, sagte er. „Bis dann.“

Margie spürte, wie sie rot wurde. „Okay, bis dann.“

Sein kleines Kompliment war süß, aber sie versuchte, nicht allzu viel hineinzulesen. Und natürlich würde sie im Traum nicht daran denken, zu einer Einladung mit leeren Händen zu erscheinen. Sie beschloss, zum Nachtisch eine Schichttorte mit Erdbeeren zu machen. Dagegen war doch wohl nichts einzuwenden, oder?

Sie verbrachte so viel Zeit damit, ein Outfit für das Abendessen auszuwählen, dass es ihr schon richtig peinlich war. Eigentlich hatte sie das gar nicht vorgehabt, aber sie hatte plötzlich viel Zeit. Jeff hatte nie für sie gekocht, sie war wirklich gespannt, wie es werden würde.

Außerdem musste Margie Hank endlich erzählen, was es mit Jeff, Kelly und Morgan auf sich hatte. Sie hatte Angst davor, aber es musste sein. Einen Teil der Geschichte hatte er ja schon mitbekommen, aber sie mochte sich nicht ausmalen, wie er reagieren würde, wenn er die ganze Wahrheit kannte.

Entsprechend nervös fuhr sie am nächsten Abend zu Hank. Er stand draußen am Grill, als sie vor dem Haus hielt.

„Hallo!", rief er und winkte.

„Hi", sagte Margie. „Was gibt es denn?"

„Ich habe gegrilltes mariniertes Gemüse, Ofenkartoffeln und Steak."

Margie ertappte sich dabei, dass sie ihn in seiner schwarzen Schürze anstarrte. Wie konnte eine Schürze derart männlich wirken? „Es duftet unglaublich."

„Danke! Es ist ein bisschen kalt, willst du drinnen warten?"

Margie schüttelte den Kopf. „Nein, ich würde dir gerne beim Grillen zusehen. Vielleicht kann ich ein paar Tricks von dir lernen, ich habe nämlich nicht viel Erfahrung beim Grillen. Allerdings habe ich einen Nachtisch mitgebracht. Soll ich den drinnen abstellen?"

„Hm, was hast du denn da?", sagte Hank mit einem Blick auf die Torte. „Die sieht ja umwerfend aus."

„Danke, es ist eine Schichttorte mit Erdbeeren. Und Vanilleeis habe ich auch. Ich stelle es schnell kalt."

Margie ging in die Küche und schob die Eispackung in den Gefrierschrank, die Erdbeertorte ließ sie auf der Arbeitsplatte stehen. Auf dem Weg zurück nach draußen sah sie den Esstisch, der mit einer weißen Tischdecke, Kerzen und einem Dutzend gelber Rosen dekoriert war. Unwillkürlich fuhr ihre Hand zum Mund. War das alles für sie? Es wirkte sehr ... romantisch.

Oh je. Es war höchste Zeit, ein paar Dinge richtigzustellen.

„Hank“, sagte sie, als sie wieder nach draußen kam, „du musst endlich die ganze Wahrheit erfahren. Ich muss dir alles über Morgan erzählen. Und über Jeff. Ich hatte Angst, es dir zu sagen, weil es mich nicht gerade ins beste Licht rückt. Ich habe dir einiges verheimlicht und dich irgendwie angelogen - aber ich möchte wirklich – “

Er hob eine Hand. „Kann ich dir erst etwas sagen? Du musst aber versprechen, nicht wütend auf mich zu sein, okay?“

Sie wütend auf ihn? Hatte er ihr etwas verschwiegen? Hatte er Jeff etwa ebenfalls verhaftet?

„Klar. Was ist es denn?“

Er schloss den Deckel des Grills. „Erinnerst du dich, wie du im Gefängnis warst und deinen Kindern die ganze Geschichte erzählt hast?“

„Ja?“

Er räusperte sich. „Ich habe ... tja, man könnte sagen, dass ich irgendwie mitgehört habe.“

Margie unterdrückte ein Lächeln. „Ach?“

„Ich wollte nicht lauschen. Ich wollte nur sicher sein, dass sie dir die Gelegenheit geben, alles zu erklären. Wenn sie aufgemuckt hätten, hätte ich den bösen Cop herausgekehrt und ihnen die Leviten gelesen.“

Margie lachte. „Ich glaube, Jade hast du ganz schön eingeschüchtert. Und Connor - nun, er war einfach nur verwirrt. Es hat aber funktioniert, ich konnte ihnen alles erzählen.“

„Ich weiß. Und ich hätte nicht weiter zuhören sollen, aber ... “

„Du fandst es zu spannend?“

Hank lachte. „Ja, genau. Ich habe gemerkt, dass es dir große Sorgen machte, mir alles zu erzählen, und irgendwie musste ich wissen, warum."

„Weil ich eine Lügnerin bin!", rief Margie aus. „Und weil ich dich dazu gebracht habe, mir zu helfen, und ich dir nie gesagt habe, was dahinter steckte! Und ich fühle mich schrecklich deswegen und weiß nicht, ob du mir verzeihen kannst."

„Eine Frau muss ihre Geheimnisse haben." Hank zuckte die Achseln. „Ich hatte nie das Gefühl, dass du mich irgendwie ausnutzt. Und du hast mich nicht angelogen, du hast nur einige Informationen zurückgehalten. Bis du endgültige Beweise in der Hand hattest. Wirklich erstklassige Ermittlungsarbeit."

„Tja, so kann man es auch sehen."

„Aber", sagte er und machte einen Schritt auf sie zu, „es wäre schön, wenn du in Zukunft nichts mehr vor mir verheimlichen würdest."

Margie nickte. „Natürlich nicht! So etwas werde ich nicht noch einmal machen. Und andere schreckliche Geheimnisse gibt es nicht. Jedenfalls keine, von denen ich weiß!"

„Nein", sagte Hank und kam noch ein wenig näher. „Ich meine - ich will nicht, dass du mir Geheimnisse vorenthältst. Weil ich möchte - ich versuche zu sagen, dass ich ein Teil deines Lebens sein möchte. Mit romantischen Gefühlen und allem Drum und Dran."

Oh!

„Stehen deshalb Kerzen auf dem Tisch?", fragte Margie.

Hank nickte. „Ja, die sollten für die richtige Stimmung sorgen. Ich hatte überlegt, dass es besser wäre, wenn dieses

Gespräch bei Kerzenlicht stattfindet. Dann hättest du mich nicht so gut sehen können und es wäre einfacher gewesen, dich auszutricksen."

„Du brauchst mich nicht auszutricksen", antwortete Margie. „Mir gefällt sehr gut, was ich sehe."

Er verzog das Gesicht, als hätte sie etwas Schockierendes gesagt. Dann fuhr er fort: „Seit Corinnes Tod habe ich in einer Krise gesteckt, Margie. Doch an dem Tag, als du ins Büro des Sheriffs kamst, ist alles anders geworden. Du hast mich aufgeweckt, mich sozusagen entstaubt. Du hast das Licht in mein Leben zurückgebracht. Du bist eine wunderbare Frau, und du bist das Erste, woran ich beim Aufwachen denke, und das Letzte, woran ich beim Einschlafen denke. Ich bin verrückt nach dir."

Margie betrachtete ihn einen Moment lang. Er sah so attraktiv aus, und irgendwie ließ ihn die Verletzlichkeit in seinem Blick nur noch rauer und männlicher erscheinen.

„Du weißt, wie man eine alte Frau zum Erröten bringt."

Er beugte sich vor, sodass sein Gesicht ihrem ganz nahe kam. „Ich sehe hier keine alte Frau. Aber ich sehe eine schöne lebendige Frau, die mich nicht mehr loslässt und die ich in meinem Leben haben möchte."

Margie spürte, wie ein Schwarm Schmetterlinge in ihrem Bauch aufflatterte, ein Gefühl, dass sie eigentlich für immer abgeschrieben hatte. Sie kicherte. Sie fühlte sich wie achtzehn, verrückt und schwindlig vor Glück. „Weißt du, Chief, du bist selber auch nicht so übel."

Er beugte sich vor und küsste sie. Sie schlang ihm die Arme um den Hals und erwiderte seinen Kuss.

Im nächsten Moment hob er sie hoch, sodass ihre Füße in der Luft baumelten.

„Nein!“, rief sie lachend. „Lass mich runter! Du ruinierst dir den Rücken!“

Er grinste breit. „Ich bin nicht nur mutig, weißt du? Ich bin auch stark.“

„Tatsächlich?“

Mit einer einzigen schwungvollen Bewegung fegte er sie buchstäblich von den Füßen. Margie kicherte wie ein Schulmädchen, als er sie ins Haus trug und sie auf ihren Platz am Tisch setzte.

„Und jetzt, meine Liebe“, sagte er forsch und zündete die Kerzen an, „wenn Sie das Herz haben, einem mürrischen Chief einen Platz in Ihrem Leben einzuräumen, würde er Ihnen gerne das erste von vielen fabelhaften Abendessen servieren.“

„Das wird aber auch höchste Zeit.“

Epilog

Morgan stieg von der Fähre in die kühle Oktoberluft. Einen Moment lang stand sie da und bewunderte den bezaubernden Anblick der Häuser in Friday Harbor. Ihr letzter Besuch auf San Juan Island lag schon ein paar Monate zurück, aber sie hatte ihn keineswegs vergessen. Trotz ihres wilden Auftritts auf der Überraschungsparty hatte sie ihn in bester Erinnerung und sie konnte es kaum erwarten, wieder hier zu sein.

Ihr Telefon klingelte. Es war Jade. „Hallo?"

„Hallo. Ich kann dich sehen, siehst du mich auch?" Morgan wandte sich um, konnte aber nicht über die Köpfe der Menge spähen. „Noch nicht - wo bist du?"

„Ich bin so nah, dass ich sehen kann, wie du grinst wie ein Honigkuchenpferd."

Morgan lachte. Bei jedem anderen hätte eine solche Bemerkung sie verlegen gemacht, aber Jade war allmählich tatsächlich eine Schwester für sie. Seit der schicksalhaften Geburtstagsfeier standen sie fast ständig in Kontakt. Es gab immer viel zu erzählen: Morgan selbst war wieder am College und Jade konzentrierte sich auf die Arbeit und ihre Scheidung.

Wenn jemand Morgan bei ihrem ersten Besuch auf der Insel gesagt hätte, dass Jade, ihre Halbschwester, eine ihrer besten Freundinnen, und Margie, die Ex-Frau ihres bis dato unbekannten Vaters, eine Art Ersatztante werden würden – dann hätte sie ihn rundweg für verrückt erklärt.

Aber hier stand sie nun und ihr Herz schwoll vor Freude an.

Schließlich sah sie Jade und eilte ihr den Hügel hinauf entgegen. „Tut mir leid, dass ich dich hab warten lassen. Es ist nur ... nun, hierher zurückzukehren, das hat schon was."

„Ich hoffe, es ist etwas Gutes", sagte Jade, als sie Morgans Koffer in das Auto lud.

„Auf jeden Fall."

Jade hatte sie über alle Ereignisse auf der Insel San Juan auf dem Laufenden gehalten. Viel Aufregendes hatte es gottlob nicht gegeben. Chief Hank und Margie waren ein Paar und Margie wirkte glücklicher als je zuvor. Außerdem hatte sich die Scheune inzwischen einen Namen als Veranstaltungsort gemacht, was Margie zweifellos verdient hatte.

Jade dagegen war immer noch mit ihrer Scheidung beschäftigt, die sich als mühsam erwies, obwohl sie sich nie beklagte.

„Gibt es etwas Neues von Brandon?", fragte Morgan.

Jade seufzte. „Nun, ich bezahle immer noch seine Anwaltsrechnungen."

„Aha."

„Und dieser Anwalt behauptet jetzt, dass ich Brandon Unterhalt zahlen muss."

„Oh je, wird er denn nie aufhören, dir das Geld aus der Tasche zu ziehen?"

„Wer weiß“, sagte Jade leichthin. „Willst du dich umziehen, bevor wir ausgehen?“

Morgan schüttelte den Kopf. „Nein, die Reise war nicht so schlimm.“

Als sie bei Margie ankamen, waren schon alle da: Connor, Tiffany und natürlich Chief Hank. Im Haus roch es köstlich. Für eine Art Begrüßungsparty hatte Margie alle möglichen herbstlichen Leckereien zubereitet. Es gab Tater Tots aus Süßkartoffeln, Sangria mit Zimtstangen, die einen wundervollen Duft verströmten, Brezeln mit Käse, Kürbispizza und natürlich Kürbiskuchen.

Morgan begrüßte alle und zu ihrer Überraschung nahmen alle sie in den Arm – selbst Tiffany, die viel zurückhaltender war als ihre anderen Geschwister, aber offenbar gab sie sich große Mühe, ihre Halbschwester willkommen zu heißen.

„Ah, meine Lieblingswanderin“, sagte Chief Hank mit einem Lächeln.

„Chief!“ Morgan salutierte. „Melde mich zum Dienst. Ich werde Ihnen helfen, diese Familie zu verhaften, wenn sie außer Kontrolle gerät.“

„Ich komme gegebenenfalls auf Ihr Angebot zurück“, antwortete er.

„Morgan! Ich bin so froh, dass du kommen konntest!“ Margie umarmte sie und Morgan spürte, wie sich ihr Körper entspannte.

Sie konnte nicht genau sagen, wonach Margie duftete. Lavendel und Zitronengras waren dabei und ihr Duft hatte eine beruhigende Wirkung auf sie.

„Vielen Dank für die Einladung. Es ist wunderbar, wieder hier zu sein."

„Prima! Wir sollten uns mit dem Essen ein bisschen beeilen, schließlich müssen wir bald aufbrechen, sonst verpassen wir den Dokumentarfilm."

Sie plauderten und aßen und verteilten sich dann auf zwei Autos, um in die Stadt zu fahren. Tiffany hatte dieses Familientreffen organisiert und aus irgendeinem Grund hatte sie sich für das Friday Harbor Film Festival entschieden.

„Steht Tiffany wirklich auf Filme?", fragte Morgan unterwegs.

„Ja", sagte Jade. „Man glaubt es kaum, aber sie hat tatsächlich eine künstlerische Ader."

Morgan überlegte einen Moment. „Doch, das passt. Das passt definitiv."

Die Filme vom Vormittagsprogramm hatten sie verpasst, aber das ganze Wochenende über wurden Dokumentarfilme und andere Veranstaltungen angeboten. Für den Abend hatten sie im Whittier Theatre Plätze reserviert, um sich einen Dokumentarfilm über das Leben der Southern Resident Killer Whales anzusehen, eine Gruppe von Schwertwalen im nordöstlichen Pazifik.

Obwohl sich Morgan seit Wochen auf dieses Ereignis gefreut hatte, fühlte sie sich plötzlich unsicher und schüchtern. Wollten die Cliftons sie wirklich dabei haben? War Tiffany einfach nur nett oder hatte sie ihr die Verrücktheiten des vergangenen Sommers tatsächlich verziehen?

Morgan zog sich in sich zurück, hörte still zu, wie sie scherzten und sich neckten, und freute sich daran. Wie beim letzten Mal hatten alle Spaß miteinander. Auch Morgan hatte Spaß, aber sie hatte vergessen, wie sehr sie sich als Eindringling fühlte, wenn sie mit ihnen zusammen war. Ein Teil von ihr wollte davonlaufen, zurück auf die Fähre und für immer verschwinden.

Bald nach ihrer Ankunft begann die Filmvorführung und der Film war wunderbar. Sie sahen hinreißende Videos von Killerwalen, die auf den San Juan Islands und entlang der Küste gedreht worden waren, wo sie Königslachse jagten.

Hinterher waren alle begeistert und kamen übereinstimmend zu dem Schluss, dass mehr für den Schutz der Wale getan werden musste. Morgan hörte zu und lachte mit, hielt sich aber mit ihrer Meinung zurück.

Sie mischten sich unter die Leute im Foyer des Theaters und man hätte meinen können, dass Hank der Bürgermeister des Städtchens war. Jeder kannte ihn und bei Margie war es nicht viel anders. Nach kurzer Zeit bestand Margie jedoch darauf, dass sie nach Hause zurückkehrten.

Im Anschluss an die Filmvorführung war eine kleine Party in Saltwater Bay geplant. Margie hatte dafür natürlich die Scheune angeboten, und obwohl sie an den meisten Wochenenden mit Hochzeiten und anderen Veranstaltungen ausgebucht war, hatte sie diesen Abend für das Filmfestival reserviert. Sie wollte, dass alles perfekt ablief.

Als sie in Saltwater Bay ankamen und Margie in die Scheune eilte, um sich um ein paar letzte Details zu kümmern, nahm Hank alle beiseite.

„Okay, Leute, ich habe eine gute und eine schlechte Nachricht. Welche möchtet ihr zuerst hören?"

„Hm", überlegte Tiffany. „Die gute Nachricht?"

„In Ordnung." Er griff in eine Tasche und reichte jedem von ihnen eine Kerze. „Die gute Nachricht ist, dass ich euch allen eine Kerze besorgt habe."

Sie sahen sich verdutzt an.

„Und die schlechte Nachricht?", fragte Connor. „Willst du, dass wir die Scheune der Konkurrenz in Brand setzen?"

Jade prustete vor Lachen.

Chief blickte unverändert ernst. „Nein", sagt er, „aber grundsätzlich ist das keine üble Idee. Die schlechte Nachricht ist, dass ich etwas tun werde, was Margie furchtbar verlegen machen wird. Ich werde sie um ihre Hand anhalten – vorausgesetzt, ihr seid einverstanden."

Morgan blickte rasch vom einen zum anderen, um zu sehen, wie sie die Ankündigung aufnahmen.

Jade sprach als Erste. „Das ist wunderbar! Sie wird überglücklich sein."

„Solltest du mich nicht um Erlaubnis bitten oder so?", fragte Connor.

Tiffany verdrehte die Augen. „Ja, Connor, alle sollten dich immer um Erlaubnis bitten."

Er lachte. „War doch nur ein Witz. Ich find's toll, aber wehe dir, wenn du nicht gut zu ihr bist!"

„Dann sperren wir dich ins Gefängnis in Friday Harbor“, sagte Tiffany. „Aber ich glaube, Mom wird sich riesig freuen. Also, meinen Segen hast du.“

„Meinen auch“, fügte Connor hinzu. „Warum hast du so lange gebraucht, Alter?“

Morgan konnte nicht anders. Sie kicherte los. „Nun mach mal halblang, immerhin sind es erst ein paar Monate.“

Chief Hank schüttelte lachend den Kopf. „Ich weiß. Aber ich bin verrückt nach ihr. Und wenn man alt ist, hat man keine Zeit zu verlieren.“

Alle lachten.

„Es bedeutet mir viel, dass ihr einverstanden seid“, sagte Hank. „Ich glaube, ich hatte mehr Angst davor, mit euch zu reden als mit ihr. Und was meinst du, Morgan?“

Morgan wurde klar, dass sie sich ein wenig von der Gruppe zurückgezogen hatte. „Oh - ich weiß nicht. Ich bin ja nur ... ich gehöre ja nicht zur Familie.“

Tiffany streckte eine Hand aus. „Natürlich gehörst du zur Familie. Mom würde es sich nicht träumen lassen, dich außen vor zu lassen. Und wir auch nicht.“

Morgan hatte einen Kloß im Hals. Sie räusperte sich und ergriff Tiffanys Hand. „Danke, Tiffany. Ich weiß, es ist irgendwie komisch und – “

„Es ist überhaupt nicht komisch“, sagte Jade. „Du bist jetzt ein Teil der Familie. Für immer und ewig, bis du stirbst.“

„Ob es dir nun gefällt oder nicht“, sagte Connor.

Morgan strahlte. „Das würde mir sehr gut gefallen.“

„Prima“, sagte Tiffany lächelnd. „Dann bist du dabei. Also, was sollen wir machen, Chief?“

„Oder sollten wir dich Dad nennen?“, fragte Connor.

Alle stöhnten und Tiffany stupste ihn an die Schulter. „Kannst du mal eine Viertelstunde aufhören, Blödsinn zu reden?“

Connor nickte breit lächelnd.

„Okay“, sagte Chief Hank und wies sie an, sich mit dem Rücken an die Wand zu stellen. „Ich werde sie durch diese Hintertür hereinführen. Das Licht ist aus, nur die Kerzen brennen.“

Sie nahmen ihre Plätze ein und Morgan sah erst jetzt, dass überall in der Küche der Scheune Blumen verteilt waren. Der Chief wusste, wie man’s machte!

„Oh Mann, das hätte ich fast vergessen. Morgan, ich habe Neuigkeiten. Wir haben eine Videoaufnahme von dem Abend, an dem deine Mutter angefahren wurde.“

„Was? Ehrlich?“

Er nickte. „Bis jetzt wissen wir noch nicht viel. Aber wir haben eine Aufnahme, auf dem das Auto zu sehen ist. Ich habe sie erst gestern bekommen.“

„Das ist ja unglaublich!“

„Ja. Und die Zeit passt genau. Aber etwas daran ist seltsam.“

„Was denn?“

„Am Steuer saß eine Frau.“

„Wer?“

„Das wissen wir noch nicht, aber wir arbeiten daran. Tut mir leid, dass ich dich damit überfalle, ich wollte es nur in der ganzen Aufregung nicht vergessen."

Morgan nickte und wandte das Gesicht ab. „In Ordnung."

„Du solltest Mom holen, bevor sie noch auf die Idee kommt, in letzter Minute einen Kuchen zu backen oder so", drängte Jade.

Hank nickte und verschwand durch die Hintertür. Connor, Jade, Tiffany und Morgan standen da, mit ihren Kerzen in der Hand, und versuchten, nicht zu kichern.

Kurz darauf hörten sie Margies Stimme.

„Wir brauchen die Küche heute Abend nicht, weil die Caterer die Horsd'œuvres mitbringen und daher - "

„Überraschung!", rief Connor, als sie den Raum betrat.

Margie zuckte erschrocken zusammen. „Kinder! Was macht ihr denn hier?"

Sie schwiegen. Jade bedeutete ihr stumm, dass sie sich umdrehen solle.

Verdutzt wandte sich Margie langsam um und sah Chief Hank vor ihr auf dem Boden knien. Sie schnappte hörbar nach Luft.

„Margie Clifton, ich habe dich heute hierher gebracht, nicht, um dich zu Tode zu erschrecken, sondern um dir eine Frage zu stellen."

„Nein!"

„Nein?", sagte Hank.

„Ich meine - nein, ich meine, ich kann nicht - "

„Lass den armen Mann ausreden, Mom“, sagte Tiffany lachend. Morgan begann zu kichern und bald bogen sich alle vor Lachen.

Chief Hank erhob sich und stemmte die Hände in die Hüften. „Reißt euch zusammen, Leute, ich versuche, dieser wundervollen Frau hier einen Heiratsantrag zu machen.“

„Das Nein war nicht so gemeint“, sagte Margie schnell.

„Gut, ich dachte schon, du hättest abgelehnt, noch bevor ich überhaupt etwas sagen konnte.“ Er ging wieder auf die Knie und sie versuchten, ihr Kichern zu unterdrücken. „Margie Clifton, du bist eine wunderbare Frau und der Sonnenschein meines Lebens. Bitte, achte gar nicht auf die Leute auf den billigen Plätzen, die ständig dazwischenreden, wenn du meine Frage beantwortest: Willst du mich heiraten?“

„Ja!“, kreischte sie und hüpfte auf und ab. „Was ich sagen wollte war Ja, du wunderbarer Mann!“

Er stand auf und umarmte sie, bevor er einen Ring aus der Tasche zog, den er ihr an den Finger steckte. Morgan, Jade und Tiffany jubelten „Hurra!“ und stellten ihre Kerzen ab, um klatschen zu können.

Margie umarmte sie einen nach dem anderen. „Wusstet ihr davon?!“

„Nein, wir wissen es auch erst seit zehn Minuten“, sagte Connor.

„Aber wir freuen uns alle für dich", fügte Tiffany hinzu und warf Connor einen strengen Blick zu.

Sie drückte alle noch einmal fest. „Das ist alles zu viel! Wie soll ich jetzt um Himmels willen eine Party veranstalten!“

„Ja", sagte Jade, „wir müssen einen kühlen Kopf bewahren und aufpassen, dass sich Morgan nicht wieder das Mikrofon schnappt."

Morgan stöhnte. „Ihr solltet doch gar nicht wissen, was ich diesmal vorhabe."

Margie lief aufgeregt von der Küchentür zur Hintertür und wieder zurück und rief: „Ich weiß überhaupt nicht, was ich als Nächstes tun soll. Ich glaube, ich stehe unter Schock! Hank! Ich kann es gar nicht fassen!"

„Der Ring ist wirklich hübsch, Mom", sagte Jade.

Margie sah auf ihre Hand hinunter. „Oh mein Gott, er ist wunderschön! Ich habe ihn mir noch nicht einmal richtig angesehen! Hank!"

Er zuckte mit den Schultern. „Was soll ich sagen? Mir hat jemand geholfen."

„Wer denn?"

Tiffany hob langsam die Hand. „Bekenne mich schuldig."

„Tiffany!", rief Margie aus. „Und du hast mir nichts gesagt!"

„Es sollte doch eine Überraschung sein."

„Tja, das ist euch gelungen", sagte Margie und zog sich hoch, um sich auf die Küchentheke zu setzen. „Ich bin für heute erledigt. Ihr macht mich fertig, alle miteinander."

„Hey", sagte Morgan lächelnd. „Wie wär's, wenn ich nach meinem Abschluss wiederkomme und dir helfe, ein großes Hochzeitsfest zu planen?"

„Ein Hochzeitsfest!", sagte Margie und fächelte sich mit der Hand Luft zu. „Für eine alte Frau wie mich! Das ist - "

„Ach, komm schon, Mom, du musst etwas machen. Immerhin hast du diese tolle Scheune“, sagte Jade.

Margies Wangen waren gerötet, sie war ganz offenkundig fassungslos und konnte nicht aufhören zu lächeln. „Das entscheiden wir später.“

„Wie in alten Zeiten“, sagte Morgan. „Wir zwei im Lieferwagen.“

Jade lachte. „Das klingt gut.“

„Ja, das klingt wirklich gut“, sagte Margie und tupfte sich eine Träne aus dem Augenwinkel. „Das klingt wunderbar. Ich liebe euch alle so sehr. Ich weiß ehrlich gesagt nicht, wohin mit mir.“

Chief Hank reichte ihr die Hand, um ihr von der Küchentheke zu helfen. „Nun, meine schöne Braut, ich würde vorschlagen, dass wir einen Schritt nach dem anderen machen und jetzt erst einmal diese rauschende Party genießen, die du organisiert hast?“

Margie ergriff seine Hand und sprang von der Theke. „Das ist eine gute Idee.“

Morgan wartete, bis alle anderen die Küche verlassen hatten, und hielt einen Moment inne. Sie freute sich für Margie und Hank. Dass die Familie sie in einem solchen Augenblick willkommen geheißen hatte, gab ihr ein wunderbar warmes Gefühl.

Und was noch besser war: Im Fall ihrer Mutter gab es neue Entwicklungen. Bald würde sie nach San Juan zurückkehren und dann stand ihr eine aufregende Zeit bevor.

In ihrem Herzen flackerte ein Hoffnungsschimmer auf. Morgan löschte das Licht in der Küche und lief hinter ihren Halbgeschwistern her.

Ein Gruß von der Autorin

Danke, dass Sie meine Geschichte gelesen haben! Ich würde mich freuen, von Ihnen zu hören und zu erfahren, wie sie Ihnen gefallen hat. Und: Rezensionen entscheiden oft darüber, ob ein Leser einem Buch eine Chance gibt. Würden Sie sich die Zeit nehmen und einen Kommentar schreiben, wenn Ihnen dieses Buch gefallen hat? Herzlichen Dank!

Lesergruppe

Möchten Sie in Amelias Leser-E-Mail-Liste aufgenommen werden? Melden Sie sich hier an: http://bit.ly/AmeliaDE

Über die Autorin

Amelia Addler schreibt herzerfrischende, bewegende oder anrührende Liebesromane. Sie ist der festen Überzeugung, dass jeder einen Menschen verdient hat, mit dem er bis in alle Ewigkeit glücklich sein kann.

Ihr Seelenverwandter hat sie einmal fünf Wochen lang jeden Morgen um vier Uhr zur Arbeit gefahren, weil ihr Auto kaputt war (ohne sich auch nur ein einziges Mal zu beschweren). Sie hat das Glück, mit diesem Mann verheiratet zu sein, und lebt mit ihm und ihrem kleinen gelben Hund in Pittsburgh.

Besuchen Sie ihre Website unter AmeliaAddler.com oder schicken Sie eine E-Mail an amelia@AmeliaAddler.com.

Printed in Poland
by Amazon Fulfillment
Poland Sp. z o.o., Wrocław

15573560R00160